吴則虞全集

花外集斠箋

〔南宋〕王沂孫 撰
吴則虞 箋注

浙江古籍出版社

上方補選白泰山殷先生手批真蹟 德輝寫之

玉笥山人詞集 一名花外集

山陰王沂孫碧山父著

天香 龍涎香

孤嶠蟠烟層濤蜕月驪宮夜採（一作擷）鉛水訊遠槎風夢深薇
露化作斷魂心字紅甆候火還乍識冰環玉指一縷縈
簾翠影依稀海天雲氣 幾回殢嬌半醉剪春鐙夜寒
花碎更好故溪飛雪小窗深閉荀令如今頓老（頓老一作憔悴）總忘却
樽前舊風味謾惜餘熏空篝素被

花犯 苔梅

古嬋娟蒼鬟素靨盈盈瞰流水斷魂十里嘆紺縷飄零
難繫離思故山歲晚誰堪寄琅玕聊自倚謾記我綠蓑

西江月 為趙元父賦雪梅圖

褪粉輕盈瓊靨護香重疊冰綃數枝誰帶玉痕描夜夜東風不掃 溪上橫斜影淡夢中落莫魂消峭寒未肯放春嬌素被獨眠清曉

一斛珠

小窗銀燭輕鬟半擁釵橫玉數聲春調清真曲拂拂朱簾殘影亂紅撲垂楊學畫蛾眉綠年年芳

一

湖南圖書館藏明文淑抄本玉笥山人詞集

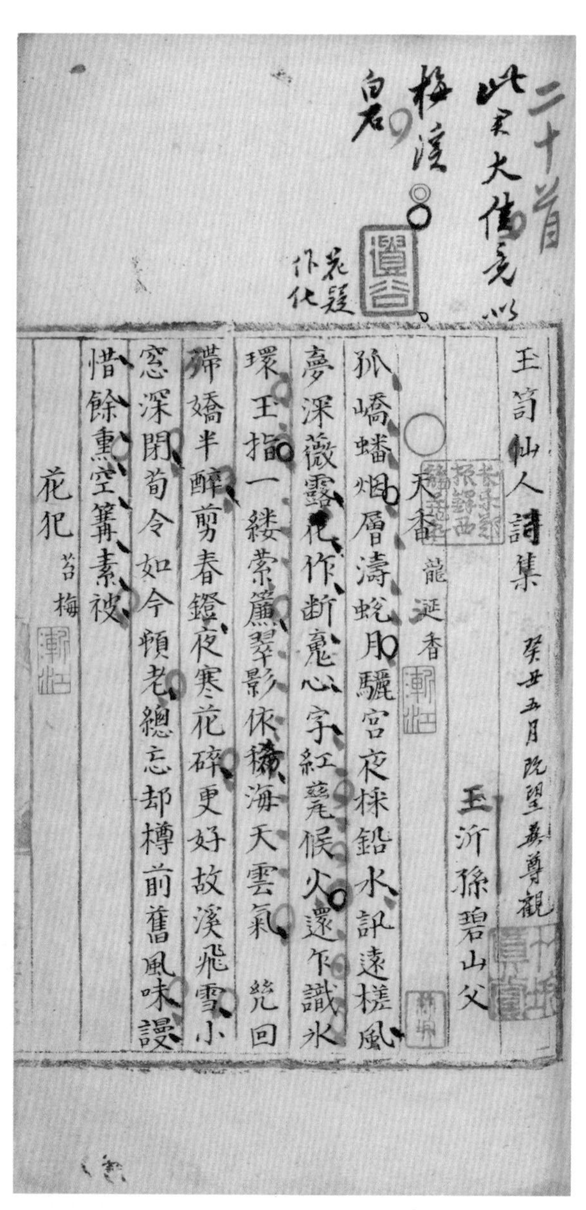

國家圖書館藏明石村書屋抄本玉笥山人詞集（宋元明三十三家詞之一）

花外集 一名碧山樂府

玉笥山人王沂孫

天香 龍涎香

孤嶠蟠煙，層濤蛻月，驪宮夜採鉛水。汛遠槎風，夢深薇露，化作斷魂心字。紅甆候火，還作識、冰環玉指。一縷縈簾翠影，依稀海天雲氣。（樂府補題海天作海山）幾回殢嬌半醉。翦春鐙、夜寒花碎。更好故溪飛雪，小窗深閉。荀令如今頓老，總忘卻、樽前舊風味。謾惜餘熏，空篝素被。

花犯 苔梅

復旦大學圖書館藏清乾隆、道光間鮑廷博刻本花外集（知不足齋叢書之一）

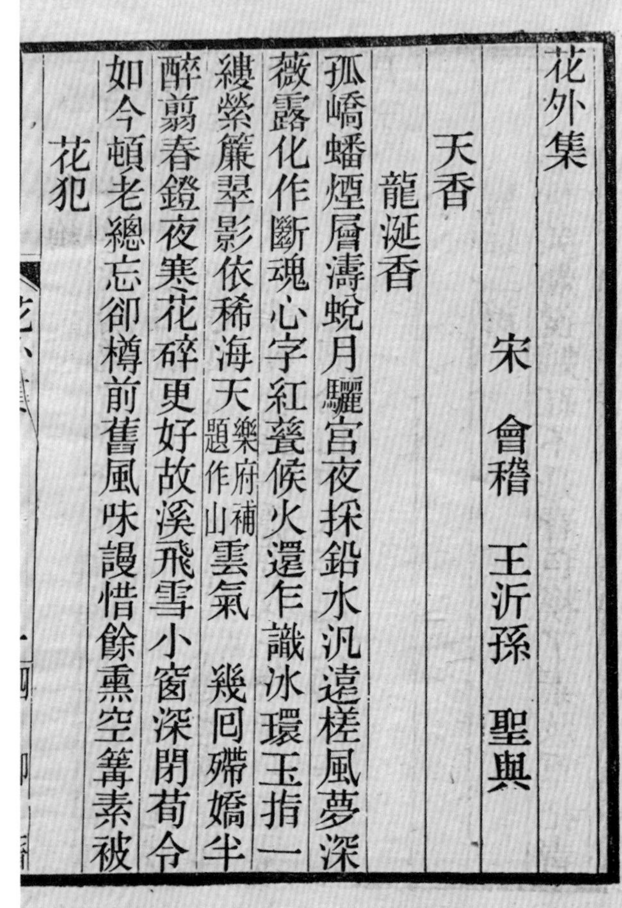

花外集

宋　會稽　王沂孫　聖與

天香

龍涎香

孤嶠蟠煙層濤蛻月驪宮夜採鉛水汎遠槎風夢深薇露化作斷魂心字紅甆候火還乍識冰環玉指一縷縈簾翠影依稀海天雲氣　幾回殢嬌半醉翦春鐙夜寒花碎更好故溪飛雪小窗深閉荀令如今頓老總忘卻樽前舊風味謾惜餘熏空篝素被

花犯

蘇州圖書館藏清光緒王鵬運四印齋刻本花外集（四印齋所刻詞之一）

玉笥山人詞集

王沂孫碧山父

天香 龍涎香

孤嶠蟠煙，層濤蛻月，驪宮夜採鉛水。訊遠槎風，夢深薇露，化作斷魂心字。紅甆候火，還乍識、氷環玉指。一縷縈簾翠影，依稀海天雲氣。　幾回殢嬌半醉。剪春鐙、夜寒花碎。更好故溪飛雪，小窗深閉。荀令如今頓老，總忘却、樽前舊風味。謾惜餘熏，空篝素被。

花犯 苔梅

古嬋娟，蒼鬟素靨，盈盈瞰流水。斷魂十里。嘆紺縷飄零，難繫離思。故山歲晚誰堪寄。琅玕聊自倚。謾記我、綠蓑

國家圖書館藏清蔣氏別下齋抄本玉笥山人詞集（宋九家詞之一）

花外集

宋會稽王沂孫聖與

天香

龍涎香

孤嶠蟠煙，層濤蛻月，驪宮夜採鉛水。訊遠槎風，夢深薇露，化作斷魂心字。紅甆候火，還乍識、冰環玉指。一縷縈簾翠影，依稀海天雲氣。

幾回殢嬌半醉，翦春鐙、夜寒花碎。更好故溪飛雪，小窗深閉。荀令如今頓老，總忘卻、尊前舊風味。謾惜餘熏，空篝素被。

夜採（明抄本採作探）訊遠（鮑本訊作汎，范本、王本、川本並同。樂府補題訊遠作汎逝）海天（樂府補題天作山）殢嬌（舊抄本殢作滯，周之琦心日齋詞錄同）頓老（歷代詩餘作顦頓）

上海圖書館藏民國二十二年孫人和校刻本花外集（中國學院國學系叢書之一）

吴則虞全集引言

吴則虞（一九一三—一九七七），字藕廎，安徽涇縣茂林人。四歲習字，六歲學詩。未冠，父母俱卒，由族叔朋三公撫養成人。青年時至上海，入正風文學院中文系，後入無錫國學專科學校，師從耆宿陳石遺、楊鐵夫。陳氏大加青眼，乃介紹至蘇州拜謁章太炎。遂收爲入室弟子，肄業於章氏國學講習會，專攻文字、音韻及訓詁之學，於學術思想及治學門徑深受太炎先生影響。其後任茂林養正小学教員、湘岸鹽務處圖書室主任、衡陽扶輪中學教員、廣東中華文學院教授、藍田師範學院講師、南嶽師範學院教授、重慶女子師範學院教授。一九四九年後，任中國公學大學部校務委員、教授，西南師範學院中文系主任、教授，兼圖書館系副主任、教授。一九五七年三月，調入中國科學院哲學研究所，任研究員，並於北京大學哲學系、中國人民大學哲學系、中央高級黨校講授中國哲學史、文字學、校勘學等課程。同時從事古籍整理，兼任北京大學中文系古典文獻專業研究生導師。

吴則虞先生夙有肝陽之疾，服杜仲以減。曾植一株於庭，蒼翠可愛。廣雅謂杜仲爲『曼榆』，故號書齋爲曼榆館。居室慊静齋，則表恬淡沖和、静心治學之志。平素伏案著述，每至深夜，數十年如一日，終致積勞成疾。一九七一年左體偏枯，仍堅持卧榻著書，親手寫定詩詞集。

一九七七年十一月十六日逝世，終年六十五歲。

吴則虞先生治學嚴謹，根柢深厚，精於考據，於文學、歷史、哲學、宗教諸方面均有造詣，詞學、諸子學最爲擅場。著述宏富，古籍校點訓釋之作尤多，已刊者有晏子春秋集釋、清真集、山中白雲詞、花外集、辛棄疾選集、中國工具書使用法、桓譚新論、續藏書紀事詩諸種，其未刊者更夥，有禮記述要、晉會要、晉書證異、莊子内篇箋正、荀子集疏、淮南子集釋、論衡集證、申鑒校注、諸子校議、版本校勘學通論、詞筏、讀曲先知、曼榆館詩集、曼榆館詞集等，凡數十種，彙集爲慊静齋叢稿。

爲弘揚學術，嘉惠學林，受吴則虞先生之女吴受璩研究員委託，浙江古籍出版社擬整理出版慊静齋叢稿，易名爲吴則虞全集，陸續推出，卷帙多者分册出版，篇幅較小者則數種合刊，庶前人心血不致泯没，後人有資考鏡辨章。

全集由吴受璩研究員及其子俞震先生主持整理，重慶南岸老君洞鄧信德道長復代爲募集部分出版資金，整理過程中又得劉沛、南江濤、鄭凌峰等人襄助，始能蕆事，特表謝意。

浙江古籍出版社

二〇二二年十二月

重版説明

吴則虞先生精研倚聲之學，尤擅長箋注詁釋。本書爲其宋人詞集注本之一，原名花外集斠箋，於王沂孫花外集通體施注，每詞下分校、箋注、斠律、彙評四部分，相關資料又輯爲附録，體例完備，校注詳覈，允稱精善。此書吴則虞先生生前未刊，一九八八年，上海古籍出版社根據遺稿加以整理，納入宋詞别集叢刊，改題爲花外集。

此次重版，除恢復本名花外集斠箋，增添版本書影，覆覈引文訂正文字訛誤外，又於卷首增加兩篇文章，一爲與吴則虞論碧山詞書，出自龍榆生詞學論文集，一爲此書文言自序，見於手稿本，其餘則基本保持排印本原貌，不作更動。

花外集斠箋手稿本尚存兩種，均藏於吴受璩研究員家中。兩稿本保存完整，爲吴則虞先生箋注花外集前後兩稿。兩稿之間頗有異同，稿本與排印本間又有異同，三本並觀，此書撰集出版過程大略可知。爲使名家手蹟不致湮晦，故一併彩色影印，據成稿先後分爲甲、乙二本，置於排印本之後，以饗讀者。

本書出版，得吴受璩研究員、俞震先生鼎力相助，謹申謝忱。

浙江古籍出版社

二〇二三年二月

前言

在宋末元初，曾出現了很多的愛國詞人，其中最著名的有劉辰翁、周密、張炎和王沂孫等。花外集的作者王沂孫，一向被推爲大家。清代周濟編宋四家詞選，把王沂孫和周邦彦、辛棄疾、吴文英並列，認爲是四派的首領；而把張炎歸在王沂孫這一派内。宋四家詞選編于道光十二年（一八三二），過了六十年，陳廷焯在光緒十七年（一八九一）作白雨齋詞話，對王沂孫更備加推崇，説是：「王碧山（沂孫）詞，品最高，味最厚，意境最深，力量最重。感時傷世之言，而出以纏綿忠愛，詩中之曹子建、杜子美也。」又説：「詩有詩品，詞有詞品，碧山詞性情和厚，學力精深。……論其詞品，已臻絶頂，古今不可無一，不能有二。」這些過高的評價，當然不盡恰當，但是把王沂孫看做獨立的一派，看出王沂孫詞有感時傷世之言，却有道理，值得我們注意。

現在談談王沂孫和他的作品本身。

王沂孫字聖與，號碧山，又號中仙，會稽人，生卒年不詳。根據他稱呼周密爲「丈」，同時人張炎也稱周密爲「翁」，張炎又寫過悼念他的瑣窗寒詞，可知他是周密的晚輩，和張炎平輩，又比張炎早卒，年齡可能是略大於張炎。周密生于宋理宗紹定五年壬辰（一二三二），張炎生于宋理宗淳祐八年戊申（一二四八），比周密小十六歲。那末王沂孫至遲生于公元一二四八年。再根據志雅堂雜鈔的記録，在元至元二十八年辛卯（一二九一）十二月時，王沂孫已經逝世，那末他至遲是死于這一年。如果是這樣的話，他不過活了四十三四歲。宋亡時，他大概三十歲左右，此後過了十幾年的遺民生活。

王沂孫在元朝有没有做官，是有争論的。根據絶妙好詞箋中引延祐四明志，王沂孫在至元中爲慶元路學正。四明志是他同時人袁桷寫的，這記載應該可靠。（其事蹟見後附王沂孫事蹟考略，兹從略）

從宋末元初的整個政治環境和王沂孫活動來看，不管這學正是什麽性質的職務，也不管擔任學正的時間長短，畢竟是白圭有玷，這是一面。再從另一面看，他在宋亡後參加了十四位遺民宛委山房等的秘密集會，寫出了懷念故君故國的許多詞曲（後人編爲樂府補題），這些詞，有的是指斥元代統治者盜發會稽宋陵，有的是議及當時的一些大事，不同程度地表現了作者的愛國思想。厲鶚論詞詩：

頭白遺民涕不禁，補題風物在山陰。殘蟬身世香蓴興，一片冬青冢畔心。

這評價我認爲是對的。樂府補題的内容可能是如此，作者的身世、思想、情感大致也是如此。

再從花外集來看，現存六十五闋中，可分爲四類：

第一類：是有寄託的，主題思想比較鮮明。

第二類：是拈題分詠之作，不一定有寄託的。

第三類：是没有寄託的。

第四類：是贋品——如補遺内望梅、青房並蒂蓮等。那贋品，我們姑且不管。所要談的是前面三類。

從第一類來看，如水龍吟牡丹：

曉寒慵捲珠簾，牡丹院落花開未？玉闌干畔，柳絲一把，和風半倚。國色微酣，天香乍染，扶春不起。自真妃舞罷，謫仙賦後，繁華夢，如流水。池館家家芳事，記當時、買栽無地。争如一朵，幽人獨對，水邊竹際。把酒花前，賸拚醉了，醒來還醉。怕洛中、春色忽忽，又入杜鵑聲裹。

這詞表面是寫的牡丹，暗中寫的是南宋時勢，從過去到現在，從盛到衰。這裏面的洛中，當然不一定就是指的洛陽，它可以指汴梁，也可能就是指着淪没後的臨安。這詞，儘管極其含蓄，只在收聲結尾處隱隱約約地點了一下，但是作者的「纏綿忠愛」之情，却已傳導給讀者了。

再看他寫作比較成功的一首詞——眉嫵新月：

漸新痕懸柳，澹彩穿花，依約破初暝。便有團圓意，深深拜，相逢誰在香徑？畫眉未穩，料素娥、猶帶離恨。最堪愛、一曲銀鉤小，寶簾掛秋冷。千古盈虧休問。歎謾磨玉斧，難補金鏡。太液池猶在，淒涼處、何人重賦清景。故山夜永，試待他、窺户端正。看雲外山河，還老盡桂花影。

的確，句句是在寫月，而且是寫新月，反過來說，換頭以後，句句並不是寫月，句句也不是刻畫新月。作者通過想象，借題發揮，把月兒的圓和缺，來譬喻祖國河山的完整和破碎。國土被敵人侵占了，當然是要問的，可是不直率地説出「問」，而反過來要説「休問」；金甌缺了，當然是要補的，可是不説要「補」，而惋惜着「難補」。從「問」到「休問」，從「補」到「難補」，作者用「休」字和「難」字，把無限的傷心舊事，概括進去了。但作者還是殷望着復國的志士，能够磨起玉斧，來挽救淪没的河山。所以下面兩句緊接着説，在那更闌寂靜的長夜裏，人們仍然等待着月兒再圓，金鏡重光。這期待是殷切的，又是渺茫的，作者爲了表達在元朝統治下千千萬萬人民迫切期待和徬徨、恐懼的心情，於是千錘百鍊地才用上了一個「試」字。真的，這個嘗試，没有成功，這個希望，終歸消失。流亡粤海的南宋政權，終於失掉最後的根據地，給人民帶來的只是絕望而已。作者的内心，是多麽的沉痛！

花外集中像這類的詞，還有天香龍涎香、水龍吟落葉、又白蓮二首、齊天樂螢、又蟬二首、一萼紅題花光卷、慶宫春水仙花、高陽臺懷陳君衡等。作者用隱喻的語言，淒惋的聲音，描畫出他所傷心和所關心的時事和朋友，這些詞裏追念故國的思想，是比較明顯的。

我們不同意胡適所説王沂孫的詞是「八股」，是「燈謎」，是「詞匠的笨把戲」，「没有文學價值」；也不同意像張爾田等人的一些看法，他們認爲王沂孫每一首詞都有寄託，都是忠君愛國；同時也不贊成某些人給樂府補題和王沂孫詞作過高的評價，説成爲民族鬭争的號角。即以慶清朝榴花、摸魚兒蓴而言，他們認爲是指楊璉盜發六陵這件事，但是經過反覆推敲，還令人無法置信。我認爲王沂孫有一部分詠物詞，并不一定全有寄託，因此劃爲第二類。

至於南浦春水二首、聲聲慢催雪、高陽臺紙被、露華碧桃、解連環橄欖、三姝媚櫻桃、掃花游秋聲、又緑陰等等，雖然也有人用盡心思地去曲解附會，終於没有辦法找出他究竟有什麽深邃的思想内容，也不能具體的説出它是反映了什麽。這類詞，歸到第三類。

自然，這二、三類詞，是有争論的，見解不會一致。遠者如李商隱的無題、王士禛的秋柳，近者如朱古微的某些詞，有人是那樣猜，有人又這樣説，有的説是本無其事，有的説是原來如此。這個姑且不作肯定的結論吧。

因此説，王沂孫的詞，有一部分是有現實意義的，是有愛國思想的，正由於此，所以説他是一家。可是從分量上看，這類詞僅占全集的四分之一左右；從表現上看，態度是消極的，情緒是低沉的。不過是吞吞吐吐地借東説西，不過是嗚嗚咽咽的向隅而泣。比不上謝翱冬青樹的空山痛哭，也比不上劉辰翁蘭陵王的悲歌送春。這是各人的風格，這也是作者政治立場、政治態度的不同反映。像王沂孫這樣的一個人及其在亡國之後的表現，態度是不够堅强，立場也不够堅定，不可能要求他作品裏有什麽更光輝更積極的東西。陳廷焯説他有「感時傷世之言」，是對的；而把他比做偉大的愛國詩人杜甫，那就有點荒唐了！

從宋代的詞風來看，音律格調，寫作技巧，到南宋末更趨於成熟，形成一套完整的寫作法程。這些法程，王沂孫似乎都廣泛地加以采用。據我的看法，他是學習了周邦彦的鉤勒，學習了吴文英的鍊字，學習了姜夔的提空手法（借用劉師培論漢魏文作法的術語），由於這樣地從各方面學習，因此他的詞不是單純地摹仿那一家那一派，而是通過吸收融化，出現了他自己的風貌，成爲獨立的一派。

問題正在這裏，王沂孫成爲一派是可以的，但是周濟把這派和辛棄疾一派相提並論，又是不妥當的。用譬喻來説：正如下弦的殘月不能比上弦的新魄，西下的夕陽，不能比東升的旭日。辛棄疾的詞派，如同吕梁龍門之水，澎湃千里；王沂孫的詞派，却像渟滀的水池，儘管反映天光雲影，畢竟是死水，或則還是回旋的逆流。從詞史上看，詞到了王沂孫這一派，逐漸地凝固和僵化了。

他的缺點首先是有些詞没有思想内容，没有生活氣息，只是在那裏堆垛字眼和描頭畫角。

試看他錦堂春七夕與中秋兩詞，除了拼湊了有關七夕、中秋的一些典故詞藻而外，還有什麽傳給讀者呢？ 其次，王沂孫的學問，既比不上周密的閎富，也比不上周邦彦的雜博，他詞裏用典用字，一部分直接取材於宋時通行本類書——如事類賦。遽然看來，好像金碧輝煌，光彩奪目，仔細推敲一下，反而覺得詞彙貧乏，不够豐滿，造句有時不够靈活，用典生吞活剥、奄奄無生氣。像這類的詞在集内也占了一定的分量。

綜上以觀，再結合周濟、陳廷焯的話來看，王沂孫的詞，的確有「感時傷世之言」，但是不過是其中的一部分；王沂孫無忝是獨成一派，但究竟是末派；王沂孫詞是有較高的藝術成就，但有形式主義的傾向。

這是我對王沂孫詞的一點粗淺之見。

此書，孫人和先生二十多年前校勘過，我根據近來發現的材料，略加補充。這個「箋注」是我在抗日戰爭期間寫的（近來也稍有修訂）。這兩部稿子，到今天才有機會合併一起發表，我和孫先生一致表示：這些校勘、箋注工作僅僅爲讀者鈔集了一些資料，其中還有不少的缺點和錯誤，希望得到大家的指正。

此外，斠律部分，似乎對詞的格律和形式説得多了一點。但是，我的目的，不只是爲花外集訂律，而是通過格律嚴整的花外集，來闡述南宋詞的格律變化。二十年前邵次公指導他的學生寫了部周詞訂律（開明書店出版），在詞律方面，有點用處。王沂孫和周邦彦又相隔百餘年，詞的形式和樂律都有些變化。詞是中國文學中一種特殊形式，其本身自然有其演化過程，懂得這些，并不一定是毫無意義的。因此斠律部分只是在舊稿中壓縮了一些而没有全部删去。

吴則虞

一九五八年七月于青島海濱

【上海古籍出版社編者附記】本集爲吴則虞先生遺稿。此次出版，除對注釋作了少量必要的增删，并對匯評的編次略作調整外，内容基本上保持了原貌。封面題箋爲吴先生遺墨。

自序

詞有浙派，猶文之有桐城派也，規矱法度乃以立。浙派開自樊榭，碧山爲之尸祝，逮清季而益昌。此集以鮑刻爲佳，戈、周、范、孫遞相讎補。余經年握玩，積爲斠箋，並爲碧山事蹟考略，歲甲申辟寇湖外作也。

注緝之業，莫難乎詞。蓋詞者，婉以託事，曲以遯情，當淪胥傾覆之時，史廢於上，詩亡於下，而幽渺怊悵之詞作矣。百世之下，於恍惚影響之間，較量乎摘章隸事之末，得毋哂其徒勞耶？雖然，音實難知，而尋聲於焉覘變；言授於意，辨言適以通微。論世知人，量裁在我，會心處其則不遠，併所謂規矱法度者，自得之於脣吻行墨之中矣，詎非學宋詞者之一助歟？

涼秋九月，烽火流離，勉寄丹鉛，聊以遣日，備他日删取焉。

涇縣吴則虞。

與吴則虞論碧山詞書

藹廎詞長撰席：

前荷寄示尊著花外集斠箋，困於羸病，未暇細讀爲愧。至其考覈之精審，數易稿而後定，使碧山心事，歷數百年，猶能與讀者精爽相接，其有功詞苑，又豈待短拙之仰贊耶？碧山生天水末造，躬罹亡國之慘，舉其幽潔芳悱、淒涼怨慕之懷，一托之於詠物，危絃自咽，欲吐還茹。集中如齊天樂之詠蟬、詠螢，眉嫵之詠新月，疏影之詠梅，慶宫春之詠水仙，天香之詠龍涎香，皆詞外别有事在。試一詳其身世，有不爲之低徊往復，臨風掩涕，而深歎其無涯之戚，故有難於自已者乎？在當時朋輩中，如周公謹、張叔夏，已深氣類之感，叔夏且贊其琢語峭拔，有白石意度，其可言者如此。其在彼時有絶不能言者，則有待於陵谷遷變後之知人論世，於嘲風雪、弄花草之中，故自猿嘯鵑啼，淚盡而繼之以血，此亦歷來選家所不敢明言，至晚清周止庵、譚復堂輩，乃稍稍逗露消息耳。碧山詞見采於公謹絶妙好詞者十首、朱竹垞氏詞綜者三十一首，二氏故已心知其意，至武進張氏茗柯詞選，以比興言詞，始標舉碧山詠新月、詠蟬、詠梅、詠榴花四闋，而各綴以識語，使讀者得知其用心之所在。周止庵氏宋四家詞選，則逕取碧山與清真、稼軒、夢窗並列，而又爲之説云：『清真，集大成者也。稼軒歛雄心，抗高調，變温婉，成悲涼。碧山黁心切理，言近旨遠，聲容調度，一一可循。夢窗奇思壯采，騰天潛淵，返南宋之清泚，爲北宋之穠摯。是爲四家，領袖一代。』又云：『問途碧山，歷稼軒、夢窗以還清真之渾化。余所望於世之爲詞人者，蓋如此。』自周選一出，碧山乃大爲世重，花外一集，既於沉霾數百年後，由鮑氏知不足齋、王氏四印齋次第刊行，一時作者如端木子疇、王佑霞、況夔笙輩，幾無不染指於碧山，有如薇省同聲集、庚子秋詞、春蟄吟等，更唱疊和之作，亦駸駸乎樂府補題之嗣響。蓋自甲午以來，外侮頻仍，國幾不國，有心之士，故不能漠然無動於中，一事一物，引而申之，以寫其幽憂憤悱之情，以結一代詞壇之局，碧山詞所以特盛於清季，殆不僅因其隸事處以意貫串，渾化無痕，爲有矩度可循也。彊邨先生序半塘定稿，且贊其與止庵周氏之説契若鍼芥，至其晚歲，始稍稍欲脱常州羈絆，以東坡之清雄，運夢窗之緜密，卓然有以自樹。弟曾以周選叩諸先生，先生謂以碧山儕諸周、辛、吴之列，微嫌未稱，蓋由其格局較小耳。拉雜書此，質之左右，以爲何如？幸有以教之。

一九五六年九月，弟龍元亮謹上。

凡例

（一）校訂凡例（孫人和）

一、參校各本，擇善而從，異文分注每首之後。

一、長沙葉氏所藏抄本，後跋定爲文淑手寫，殊無確證，今但稱明抄本。其天津圖書館所藏，則稱舊抄本以別之。

一、本書標題：明抄本作玉笥山人詞集，注云「一名花外集」；舊抄本僅題玉笥山人詞集；鮑氏知不足齋本作花外集，注云「一名碧山樂府」；范鍇刻本及王氏四印齋本僅題花外集。今以玉田題詞已稱花外詞集，故從范本、王本。又結銜標稱各本亦異，明抄本作「山陰王沂孫碧山父著」，舊抄本作「王沂孫碧山父」，鮑本作「玉笥山人王沂孫」，范本作「元會稽王沂孫聖與」，王本作「宋會稽王沂孫聖與」。今亦從王本，並不別注，以免繁複。

一、各詞先後次第，概依王本。明抄本原有踏莎行、望梅二首，鮑刻以來皆入「補遺」，今但注明，並不改從明抄本。

一、明抄本嘗爲江都秦氏所藏，故有「秦恩復校補」，今稱「秦校」、「秦補」云云。

一、本集刊行，余所見者鮑本爲先，范本、王本俱從之出，范本別采金桐孫校，今稱「范本注」云云。王本雖采戈順卿校，但多見宋七家詞選及其後跋，故逕引「戈校」，其爲戈選所無，則稱「王本注」云云。至于四川所刊，全依鮑本，不復別出，如有誤文，間亦標注，以明板本之精粗。

一、范、王諸本，多襲鮑校，今從其朔，僅稱「鮑注」云云。又各選本往往同出一源，雖録異文，並不疊舉。

（二）斠箋凡例（吴則虞）

一、「補校」。此本以鹽城孫氏校本爲底本，並取別下齋藏宋九家詞抄本玉笥山人詞、意禪室藏宋八家詞抄本碧山詞及吴訥唐宋百名家詞本樂府補題補校。校語内以「則虞按」三字別之。

一、「箋注」。原有繁簡二本，繁本成於一九四四年秋日，稿散落，今存者簡本。徵考雖略，然亦足以訓文通意。

一、「斠律」。辨律訂聲，爲讀南宋詞者不可少之事。初於諸家句法及四聲異同，考別尤詳，嫌其繁冗，擇要而存之。

一、「附録」。鮑本、孫本原有「題詞」若干首，茲增補之；並附碧山事蹟考略、序跋、詞評、詞話，載於卷末。

花外集斠箋目録

補遺

花外集斠箋

天香　龍涎香〔一〕

孤嶠蟠煙，層濤蜕月，驪宫夜採鉛水〔二〕。訊遠槎風，夢深薇露，化作斷魂心字〔三〕。紅瓷候火，還乍識、冰環玉指。一縷縈簾翠影，依稀海天雲氣〔四〕。　幾回殢嬌半醉。翦春燈、夜寒花碎。更好故溪飛雪，小窗深閉。荀令如今頓老，總忘却、尊前舊風味〔五〕。謾惜餘熏，空篝素被〔六〕。

【校】

〔夜採〕明抄本「採」作「探」。則虞按：明抄本誤，見下斠律。〔訊遠〕鮑本作「汛遠」，范本、王本、川本同。樂府補題作「汛逝」。則虞按：别下齋抄本玉笥山人詞作「訊遠」，説見下。吴訥百家詞本樂府補題仍作「訊遠」。〔海天〕樂府補題「天」作「山」。〔殢嬌〕舊抄本「殢」作「滯」，周之琦心日齋詞録同。〔花碎〕則虞按：吴訥百家詞本樂府補題「花」作「光」。〔頓老〕歷代詩餘作「顛頽」。

【箋注】

〔一〕樂府補題，宛委山房調寄天香同賦龍涎香者有：周密、王易簡、馮應瑞、唐藝孫、吕同老、李彭老、王沂孫、無名氏八人，蓋有所寄託而作也。莊希祖以爲指謝太后北遷事；周止庵始以爲白蓮諸詠指發六陵事，夏瞿禪教授作樂府補題考益張其説，且引此詞「驪宮夜採鉛水」句爲證，是以此詞爲發宋陵而作也。謝后無北遷事，王觀堂考辨甚詳，莊氏之説，固不足信。厲樊榭論詞絶句：「頭白遺民涕不禁，補題風物在山陰。殘蟬身世香蓴興，一片冬青冢畔心。」所謂「冬青冢畔心」者，言作者丁桑海之會不忘故君故國，非謂補題諸作盡指發六陵之一事言也。適作年在發陵之先後，而玉潛又適爲植樹瘞骨之人，以此宛委盍簪，似盡爲越陵而作，以一賅全，致遠恐泥。蟬、蓴諸什，頗似清初之秋柳、秋草，題雖一而託意各殊，發陵則特其一端耳。天香一闋，王易簡：「煙嶠收痕，雲沙擁沫，孤槎萬里春聚。」吕同老：「蜿蜒夢斷瑶島……待寄相思，仙山路杳。」李居仁：「萬里槎程……隱約仙洲路杳。」與碧山此作，疑皆指帝昺厓山之事。龍涎香産自海嶠，龍爲人君之象，地即瀛澥之鄉，龍歸大海，而龍失其靈，蜕月蟠煙，殆謂此耶？龍涎香，張世南遊宦紀聞：「諸香中龍涎最貴。廣州市直每兩不下百千，次等亦五六十千，係蕃中禁榷之物，出大食國。近海傍常有雲氣罩山間，即知有龍睡其下。或半載或二三載，土人更相守視，俟雲散則知龍已去，往觀必得龍涎，或五七兩或十餘兩，視所守人多寡均給之。」明人以龍涎入藥，産量漸多，在宋則用以和香。蔡絛鐵圍山叢談：「時於奉宸中得龍涎香……分錫大臣近侍，其模製甚大而外視不甚佳，每以一豆大爇之，輒作異花氣，芬鬱滿座，終日略不歇，於是太上大奇之。」

〔二〕鉛水　李賀金銅仙人辭漢歌詩：「憶君清淚如鉛水。」又五月詩：「井汲鉛華水。」

〔三〕心字　楊慎詞品：「詞家多用心字香。蔣捷詞云：『銀字箏調，心字香燒。』張于湖詞：『心字夜香清。』晏小山詞：『記得年時相見，兩重心字羅衣。』范石湖驂鸞録云：『番禺人作心字香，用素馨茉莉半開者著净器中，以沉香薄劈，層層相間，密封之，日一易，不待花蔫花過香成。』所謂心字香者，以香末縈篆成心字也。」

〔四〕「一縷」二句　嶺外雜記：「……和香而用真龍涎焚之，則翠煙浮空，結而不散，坐客可以用一剪以分煙縷。所以然者，蜃氣樓臺之餘烈也。」

〔五〕「荀令」二句　吴文英天香詞：「荀令如今老矣，但未減、韓郎舊風味。」荀令，李商隱韓翃舍人即事詩：「橋南荀令過，十里送衣香。」習鑿齒襄陽記：「荀令君至人家坐處三日香。」朱鶴齡以荀令君爲荀勗，誤。案晉書荀顗傳：「魏時以父勳除中郎，宣帝輔政，見顗奇之，曰：荀令君之子也。」顗爲荀彧（字文若）第六子。魏志注引彧别傳：「司馬宣王常稱……逮百數十年間，賢才未有及荀令君者也。」案彧爲尚書令，故稱「荀令」。昭明太子銅博山香爐賦：「粤文若之留香。」正指文若言。

〔六〕「謾惜」二句　周邦彦花犯詞：「更可惜、雪中高樹，香篝熏素被。」

【斠律】

「夜採」明抄本作「夜探」，此字有用平聲者，不如用仄爲是。「訊遠槎風」句，「汛」，「訊」本古字假借，而詞中不必用古字，使意義略變，致對法意境，俱爲減色。「紅瓷候火」句，「紅」字可仄而「候」字必去。「冰環玉指」句，「玉」字通平。「一縷」之「一」字亦同。「依稀海天」句，「海」字應去，而此處去上可通。

後片起句，草窗作「素被瓊篝夜悄」；夢窗二首，其一作「銀燭淚深未曉」，句調不同。「更好句」十字，有作上六下四者，語氣一貫，可以不拘。「荀令如今頓老」句，「老」字不叶韻；觀夢窗篠巧韻作「豆蔻釵梁恨裊」，草窗同韻，作「空趁斷煙飛繞」，英發紙止韻作「幾片菱花鏡裏」，可竹語御韻作「好是芳鈿翠嫵」，俱叶韻。碧山失叶。

篇中諸去聲字，如「候」、「半」、「夜」、「頓」、「舊」、「素」等字，各名家皆同，此爲音響關鍵處，萬氏詞律論之甚詳。又篇中去上聲字用於句中或句尾者，有「夜採」、「訊遠」、「候火」、「翠影」、「更好」、「頓老」、「素被」（「被」字宋人讀去聲）計七處之多。夢窗此調「蟫葉黏霜」一首，用「未曉」、「恨裊」、「雁杳」，草窗「碧腦浮冰」一首，用「素被」、「夜悄」、「漸少」、「漸老」，英發用「候暖」、「鏡裏」、「翠被」，可竹用「萬里」、「透曉」、「最苦」、「謾省」、「翠嫵」、「寄與」。以碧山所用爲最多。

【彙評】

陳廷焯白雨齋詞話：碧山天香龍涎香一闋，莊希祖云：「此詞應爲謝太后作，前半所指，多海外事。」此論正合余意。惟後疊云：「荀令如今漸老，總忘却、尊前舊風味。」必有所興，但不知其何所指，讀者各以意會可也。

陳亦峯雲韶集碧山詞評（王氏晴靄廬抄本）：起八字高。　字字嫻雅，斟酌於草窗、西麓之間。　亦有感慨，却不激迫，深款處得風人遺旨。

花犯 苔梅〔一〕

古嬋娟，蒼鬟素靨，盈盈瞰流水。斷魂十里。歎紺縷飄零，難繫離思。故山歲晚誰堪寄〔二〕，琅玕聊自倚〔三〕。謾記我、緑蓑衝雪〔四〕，孤舟寒浪裏〔五〕。 三花兩蕊破蒙茸，依依似有恨〔六〕，明珠輕委。雲臥穩，藍衣正〔七〕，護春顦顇。羅浮夢、半蟾掛曉〔八〕，幺鳳冷、山中人乍起〔九〕。又喚取、玉奴歸去〔一〇〕，餘香空翠被〔一一〕。

【校】

〔十里〕歷代詩餘「十」作「千」。〔兩蕊〕戈載詞選「蕊」作「花」。跋云，此字宜平。周録亦作「花」。人和按：草窗用「怨」字，亦爲仄聲。歷代詩餘收草窗詞前段「謾記得、漢宫仙掌」句，誤爲「謾説漢宫仙掌」。後段「誰歎賞」句脱「歎」字。以爲一百字體，與碧山一百二字體别，其實所據誤本，非異體也。故仍從各本作「蕊」。

【箋注】

〔一〕苔梅　周密武林舊事：「淳熙五年二月，上過德壽宫起居，太上留坐看古梅。太上曰：苔梅有二種，宜興張公洞者苔蘚甚厚，花極香；一種出越上，苔如緑絲，長尺餘。今歲二種同時着花，不可不少留一觀。」此詞蓋在越中作。

〔二〕「故山歲晚」句　荆州記：「陸凱自江南寄梅花一枝詣長安范曄，並贈詩曰：『折梅逢驛使，寄與隴頭人。江南無所有，聊寄一枝春。』」史繩祖學齋佔畢云：「劉向説苑已載越使諸發執一枝梅遺梁王，梁之臣曰韓子者顧左右曰：『烏有一枝梅乃遺列國之君？』則折梅遺使始此矣。」按：碧山此云「誰堪寄」者，恐亦用説苑折梅贈君之意，言無可寄也。

〔三〕「琅玕」句　琅玕，竹也。竹坡詩話：「（陶潛）讀山海經云『亭亭明玕照，落落清瑶流。』……明玕，謂竹。」李紳南庭竹詩：「粉開春籜聳琅玕。」碧山此用杜甫佳人詩：「天寒翠袖薄，日暮倚修竹。」高觀國金人捧露盤賦梅詞：「天寒翠袖，可憐是、倚竹依依。」同。

〔四〕緑蓑衝雪　張志和漁父詞：「青箬笠，緑簑衣。」蘇軾送趙寺丞詩：「莫忘衝雪送君時。」

〔五〕孤舟寒浪　柳宗元江雪詩：「孤舟簑笠翁，獨釣寒江雪。」

〔六〕「依依」句　周邦彦花犯詞：「相逢似有恨，依依愁悴。」

〔七〕藍衣　説文：「菭，水衣也。」清異録：「苔，一名緑衣。」此平仄不合，故用「藍衣」。

〔八〕羅浮夢　龍城録載隋趙師雄遊羅浮，日暮，於林間酒肆旁舍見美人淡粧素服出迎。與語，因叩酒家共飲。師雄醉臥，久之，東方既白，起視乃大梅花樹下，上有翠羽啾嘈，月落參橫，但惆悵而已。

〔九〕幺鳳　蘇軾次韻李公擇梅花詩：「故山亦何有，桐花集幺鳳。」又西江月詞：「海仙時遺探芳叢，倒掛緑毛幺鳳。」王文誥注：「次公曰：西蜀有桐花鳥，似鳳而小，而先生眉山人，故稱故山也。」雞肋篇：「東坡在惠州，作梅詞云云。廣南有緑羽丹觜禽，其大如雀，狀類鸜鵒，棲集皆倒懸於枝上，土人呼爲倒掛子，北人所未知者。」古今詞話：「幺鳳，惠州梅花上珍禽，名倒掛子，似緑毛鳳而小……東坡西江月云『倒掛緑毛幺鳳』是也。」碧山此處上用羅浮典，下用東坡詩意，皆切梅言。「緑毛鳳」又映帶「苔」字。

〔一〇〕玉奴　蘇軾次韻楊公濟奉議梅花十首詩：「月地雲階漫一樽，玉奴終不負東昏。」王文誥注：「南史王茂傳：東昏妃潘氏玉兒有國色，武帝將留之。王茂曰，亡齊者此物，恐貽外議。帝乃出之。軍主田安啓求爲婦，玉兒義不受辱，乃自縊。」蘇軾用玉兒典并不太切梅花，碧山又用蘇詩意，故義益晦。

〔一一〕「餘香」句　何遜嘲劉郎詩：「猶憐翠被香。」李商隱夜冷詩：「西亭翠被餘香薄。」

【斠律】

此調創自清真梅詞，方千里和之，規矩森嚴，四聲咸合；自來詞家作此調者無不字字摹擬，不敢易一字，碧山、夢窗無不如此。此篇仿清真風度，用「素靨」、「紺縷」、「歲晚」、「自倚」、「記我」、「浪裏」、「臥穩」、「掛曉」、「鳳冷」、「乍起」、「喚取」、「翠被」，十二處去上字，夢窗亦如此森嚴，名家無不恪守。「斷魂十里」句，「十」字宋人本可作平，然亦恐爲「千」字之誤；「記」字、「可」字亦不合。

後片起句「三花兩蕊破蒙茸」，「蕊」字清真用「花」字，「今年對花最怱怱」是也。夢窗二首，其一爲「行雲夢中認瓊娘」，俱爲拗句；草窗作「冰絃寫怨更多情」，西麓作「溪松徑竹素知心」，則不拗。「依依」以下九字，可於五字逗，亦可於三字逗，一氣貫下，本不拘也。

【彙評】

白雨齋詞話：碧山花犯苔梅云：「三花兩蕊破蒙茸，依依似有恨、明珠輕委。雲臥穩，藍衣正，護春顛頓。羅浮夢、半蟾掛曉，幺鳳泠、山中人乍起。」筆意幽索，得屈宋遺意。

露華　碧桃〔一〕

紺葩乍坼。笑爛漫嬌紅〔二〕，不是春色。換了素粧，重把青螺輕拂。舊歌共渡煙江〔三〕，却占玉奴標格〔四〕。風霜峭，瑤臺種時〔五〕，付與仙骨。　閒門晝掩悽惻。似淡月梨花，重化清魄。常帶唾痕香凝，怎忍攀摘。嫩綠漸滿溪陰，蔌蔌粉雲飛出〔六〕。芳豔泠，劉郎未應認得〔七〕。

【校】

〔風霜峭〕明抄本「峭」作「悄」，舊抄本同。杜文瀾云：「花外集『風霜峭』句『霜』作『露』，此字應去聲，可從。」人和按：今見諸本均作「霜」，杜氏所見，蓋別一本也。○則虞按：別下齋抄本亦作「悄」，「霜」爲「露」之誤。　〔漸滿〕詞綜，「滿」作「暖」，詞律同。

【箋注】

〔一〕碧桃　戴表元剡源集有碧桃花賦，謂王丞公家燬於火，亂定，有碧桃生其間。句有云：「西山之陽，孤竹之子，亭亭冰映，皦皦玉峙，惋塗炭之在前，欲潔身而趨避也。」此詞之旨似之。玉田亦用此調賦碧桃，蓋同爲當時倡和之作，樂府補題失收耳。

〔二〕爛漫嬌紅　杜甫春日江村詩：「栽桃爛漫紅。」吴融桃花詩：「滿樹如嬌爛漫紅。」

〔三〕「舊歌」句　王獻之愛妾名桃葉，妹曰桃根，獻之嘗臨渡作歌以送之曰：「桃葉復桃葉，渡江不用楫。但渡無所苦，我自來迎接。」見古今樂録。案陶宗儀露華賦碧桃用南湖韻，有云：「素靨暈鉛，巧把黛螺輕冪。莫是歌渡煙江，浣却舊時顔色。」即自碧山此詞蜕出。

〔四〕玉奴　見前七頁花犯苔梅注〔一〇〕。

〔五〕「瑶臺」句　瑶臺，西王母所居。漢武帝内傳載七月七日，西王母降，以仙桃四顆與帝，桃甘且美，「帝食輒留其核。王母問帝，帝曰欲種之。母曰：『此桃三千年一生實，中夏地薄，種之不生。』帝乃止。」殷璠帝京二首詩之一：「迎春別賜瑶池宴，捧進金盤五色桃。」韋莊南省伴直詩：「文昌二十四仙曹，盡倚紅簷種露桃。」

〔六〕粉雲　杜牧殘春獨來南亭因寄張祜詩：「暖雲如粉草如茵。」

〔七〕「劉郎」句　范成大次韻周子充正字館中緋碧兩桃花詩：「碧城香霧赤城霞，染出劉郎未見花。」塵史：「劉禹錫爲主客郎，遊玄都觀，花如紅霞，劉賦詩曰：『百畝庭中半是苔，桃花盡浄菜花開。種桃道士歸何處？前度劉郎今又來。』」

【斠律】

詞之句調變化，往往在於换頭煞尾處。此首换頭「閒門」句，比起句多二字；煞尾「劉郎」句，比前結少二字，中間前後片俱同。要注意者「是」字、「素」字與「化」字及「唾」字，不惟用仄，且須去聲，此爲詞之起調處，不可以其非四聲調而忽之也。「換了」十字一韻與「尚帶」十字一韻，前者上四下六，後者上六下四，此在一韻之中，一氣貫下，分句不拘。「凝」字本讀去聲，「怎」字可平，故前片相對之「青」字可仄。「舊歌」六字兩句一韻，與「嫩緑」六字兩句一韻，「緑」字入可通平，證以陶九成此句爲「嫩緑護出溪頭」，正與此同。「風霜悄」與「芳豔冷」兩三字句必平仄仄，證以陶九成用「還又訝」、「春晚也」，張仲舉用「風露起」、「秋夢冷」，可知「霜」字爲「露」字之誤，杜氏之説是也。

南浦　春水〔一〕

柳下碧粼粼，認麴塵乍生，色嫩如染〔二〕。清溜滿銀塘〔三〕，東風細、參差縠紋初徧〔四〕。別君南浦〔五〕，翠眉曾照波痕淺。再來漲緑迷舊處〔六〕，添却殘紅幾片。葡萄過雨新痕〔七〕，正拍拍輕鷗〔八〕，翩翩小燕〔九〕。簾影蘸樓陰，芳流去、應有淚珠千點。滄浪一舸，斷魂重唱蘋花怨。采香幽徑鴛鴦睡〔一〇〕，誰道湔裙人遠〔一一〕。

【校】

〔色嫩如染。清溜滿銀塘〕戈選作「清溜初滿。色嫩染銀塘。」跋云：「染出韻。」　〔初徧〕戈選作「如翦」。　〔波痕淺〕周濟詞選「痕」作「紋」。　〔輕鷗〕則虞按：別下齋本「鷗」作「漚」。　〔千點〕戈選作「流徧」。　〔幽徑〕歷代詩餘「徑」作「逕」，詞綜、周選並同。○則虞按：作「逕」是也。見下箋注。　〔鴛鴦睡」鮑本注云，别本「睡」誤作「暖」。人和按：舊抄本亦作「暖」。○則虞按：意禪室藏抄本亦作「暖」。

【箋注】

〔一〕玉田南浦春水，獨步當時，皆以張春水目之。碧山此詞蓋亦同時倡和之什，樂府補題失收。

〔二〕麴塵　麴上所生菌，色淡黄如塵，因以稱淡黄色。也作「鞠塵」。周禮天官「鞠衣」注：「黄桑服也，色如鞠塵，象桑葉始生。」吴文英齊天樂詞：「麴塵猶沁傷心水。」

〔三〕「清溜」句　按此用梁簡文帝和武帝宴詩二首詩：「銀塘瀉清溜。」

〔四〕縠紋　杜牧江上偶見詩：「水紋如縠燕差池。」蘇軾庚辰歲正月十二日天門冬酒熟詩：「汎溢東風有縠紋。」

〔五〕别君南浦　楚辭：「送美人兮南浦。」江淹别賦：「春草碧色，春水緑波，送君南浦，傷如之何！」

〔六〕「漲緑」句　趙師俠酹江月詞：「桃花浪煖，緑漲迷津浦。」

〔七〕「葡萄」句　庾信春賦：「葡萄醱醅。」李白襄陽歌詩：「遥看漢水鴨頭緑，恰似葡萄初醱醅。」宋祁蝶戀花詞：「雨過葡萄新漲緑。」葉夢得賀新郎詞：「浪黏天、葡萄漲緑。」

〔八〕拍拍輕鷗　蘇軾遊桓山得澤字詩：「春風在流水，鳧雁先拍拍。」

〔九〕翩翩小燕　按此用魏明帝短歌行詩「翩翩春燕」句。

〔一〇〕采香幽徑　歷代詩餘作「采香幽涇」，是。蘇州府志：「采香涇在香山之傍，小溪也。吴王種香於香山，使美人泛舟於溪以采香。今自靈巖山望之，一水直如矢，故又名箭溪。」

〔一二〕湔裙　義同「湔裳」、「濺裙」。杜臺卿玉燭寶典：「元日至於月晦，民並爲酺食渡水，士女悉湔裳，酹酒水湄，以爲度厄。」李商隱擬意詩：「濯錦桃花水，濺裙杜若洲。」

【斠律】

仄韻南浦，各家句法平仄不同，原校甚詳，兹以各家不同之處比證之。首句五字，各家皆同。次句「認麴塵乍生，色嫩如染」，又一首亦然，爲上五下四句。梅溪作「待倩他、和愁點破粧鏡」，句法上三下六，而「和」字平聲；虚舟句法平仄，與梅溪同；玉田作「燕飛來、好是蘇堤春曉」，句法亦與梅溪同，而「是」字用仄，「堤」字用平。次韻「清溜滿銀塘，東風細、參差縠紋初徧」，下九字句玉田作「流紅去、翻笑東風難掃」，梅溪作「平白地、都護雨昏煙暝」，「笑」字、「護」字俱用仄，而碧山「差」字用平。第三韻「別君南浦」十一字兩句一韻各家俱同，惟玉田後片第三韻「餘情渺渺」之「渺」字撞韻耳。最複雜者在結韻十三字，碧山前結「再來漲緑迷舊處，添却殘紅幾片」，後結「采香幽徑鴛鴦睡，誰道湔裙人遠」；與玉田前結「回首池塘青欲徧，絶似夢中芳草」，後結「前度劉郎歸去後，溪上碧桃多少」，同爲上七下六句法，而玉田平仄與碧山相反。又虚舟前結「碧雲欲暮，空惆悵韶華，一時虚度」，後結「可堪杜宇，空只解聲聲，催他歸去」；與梅溪前結「謝屐未蠟，安排共文鴛，重遊芳徑」，後結「海棠夢在，相思過西園，秋千紅影」，同爲上四中五下四句法，平仄亦同。但虚舟「暮」字、「宇」字叶韻，而梅溪不叶；中五字句虚舟以一領四，而梅溪如五言詩，又不同耳。至「謝屐」之「屐」字，原以入作平。作者摹擬誰家即誰家，不可亂也。

【彙評】

許昂霄詞綜偶評：（「別君南浦」四句）點化文通別賦，却又轉進一層，匪夷所思。（「應有淚珠千點」）用東坡詞意。

白雨齋詞話：碧山南浦春水云：「簾影蘸樓陰……重唱蘋花怨。」寄慨處清麗紆徐，斯爲雅正。

雲韶集碧山詞評：題極清秀，却合碧山手法。寄慨處亦清麗閑雅，非蔣竹山，亦非周草窗也。

又 前題

柳外碧連天，漾翠紋漸平、低蘸雲影。應是雪初消，巴山路、蛾眉乍窺清鏡〔一〕。綠痕無際，幾番漂蕩江南恨。弄波素襪知甚處〔二〕，空把落紅流盡。何時橘里蓴鄉〔三〕，泛一舸翩翩，東風歸興。孤夢繞滄浪，蘋花岸、漠漠雨昏煙瞑。連筒接縷，故溪深掩柴門静〔四〕。只愁雙燕銜芳去，拂破藍光千頃〔五〕。

【校】

〔題〕則虞按：別下齋抄本無「前題」二字。〔知甚處〕歷代詩餘「知」誤作「至」。〔翩翩〕歷代詩餘作「翻然」，詞綜作「翩然」，周録同。〔蘋花岸〕鮑本注云，別本「岸」誤作「冷」。人和按：舊抄本無「岸」

字。詞綜同。〔銜芳〕鮑本注云，別本「芳」誤作「春」。人和按：明抄本、歷代詩餘、詞綜並作「春」。「銜春」誼亦可通。○則虞按：別下齋抄本亦作「春」。

【箋注】

〔一〕「巴山路」句　李商隱巴江柳詩：「巴江可惜柳，柳色綠侵江。」吳文英浣溪沙詞：「柳搖蛾綠妬春眉。」此檃括其意。

〔二〕弄波素襪　曹植洛神賦：「凌波微步，羅襪生塵。」此改「凌」爲「弄」以諧平仄。

〔三〕橘里蓴鄉　橘里，玉隱記：「洞庭有橘里。」林外洞仙歌詞：「橘里漁村半烟草。」蓴鄉，顏氏家訓：「露葵是蓴，水鄉所出。」故稱蓴鄉。

〔四〕「連筒」二句　杜甫春水詩：「三月桃花浪，江流復舊痕。朝來没沙尾，碧色動柴門。接縷垂芳餌，連筒灌小園。已添無數鳥，争浴故相喧。」

〔五〕藍光　杜牧丹水詩：「沈定藍光徹。」

聲聲慢　催雪

風聲從臾，雲意商量〔一〕，連朝滕六遲疑〔二〕。茸帽貂裘〔三〕，兔園準擬吟詩〔四〕。紅爐旋添獸炭〔五〕，辦金船、羔酒鎔脂〔六〕。問翦水〔七〕，恁工夫猶未，還待何時？休被梅花争白〔八〕，好誇奇鬭巧，早徧瓊枝〔九〕。綵索金鈴〔一〇〕，佳人等塑獅兒〔一一〕。怕寒繡幃慵起，夢梨雲、説與春知〔一二〕。莫誤了，約王猷、船過剡溪〔一三〕。

【校】

〔從臾〕明抄本作「慫慂」，歷代詩餘同。范本作「容裔」。人和按：方言十：「食閻、慫慂，勸也。南楚凡己不欲喜而旁人説之，不欲怒而旁人怒之，謂之食閻，或謂之慫慂。」王念孫廣雅釋詁疏證云：漢書衡山王傳，日夜縱臾王謀反事。顏師古注云，縱臾，謂奬勸也。史記作從容。汲黯傳，從諛承意，並與慫慂同。慫慂者，從旁動之也。因而物之自動者，亦謂之慫慂。漢書司馬相如傳，紛鴻溶而上厲。張注云，鴻溶，竦踊也。竦踊、鴻溶，又語之轉矣。據知從臾、慫慂，並與慫慂同。從臾有自旁上厲之誼。以之比肖風聲，最爲微妙。與雲意商量，工力相匹。又考此調首句末字當用仄聲。周禮考工記弓人釋文，臾音庾，蓋讀以主切。是此詞作臾，或作慂，並不讀羊朱切，明矣。范本作容裔者，疑不明從臾之誼。又以臾字平聲，不合本調，故易爲容裔，不足據也。〔鎔脂〕明抄本「鎔」作「溶」，舊抄本、歷代詩餘並同。〔恁工夫〕各本無「恁」字。范本據歷代詩餘補。今從之。

【箋注】

〔一〕雲意商量　徐昌圖天香詞：「雲共雪、商量不了。」方岳瑞鶴仙詞：「正同雲，商量雪也。」

〔二〕滕六　雪神名。牛僧孺幽怪録：「蕭至忠欲獵，有老麋求救，一黄冠曰：『若滕六降雪，巽二起風，即蕭使君不出矣。』翌日風雪大作。」

〔三〕茸帽貂裘　吳文英十二郎詞：「貂裘茸帽，重向淞江照影。」

〔四〕兔園　謝惠連雪賦：「梁王不悦，游於兔園……俄而微霰零，密雪下，王乃歌北風於衛詩，詠南山於周雅。」

〔五〕「紅爐」句　晉書羊琇傳：「琇性豪侈，費用無復齊限，而屑炭和作獸形以温酒，洛下豪貴咸競效之。」駱賓王冬日宴詩：「當爐獸炭然。」

〔六〕「辦金船」句　金船，葉廷珪海録碎事六飲器門：「金船，酒器中大者。」晏幾道臨江仙詞：「流霞淺酌金船。」羔酒，清異録載陶穀買党太尉家姬，遇雪，取雪水烹團茶，謂姬曰：「党太尉家應不識此。」姬曰：「彼粗人也，安有此景，但能銷金暖帳下，淺酌低唱，飲羊羔美酒耳。」

〔七〕翦水　陸暢雪詩：「天人寧許巧，翦水作花飛。」趙長卿玉蝴蝶詞：「片片空中翦水。」

〔八〕梅花争白　盧梅坡雪梅二首詩：「梅雪争春未肯降，騷人擱筆費平章。梅須遜雪三分白，雪却輸梅一段香。」

〔九〕「好詩奇」二句　辛棄疾鷓鴣天用前韻和趙文鼎提舉賦雪詞：「從教犬吠千家白，且與梅成一段奇。」王初早春詠雪詩：「珠蕊瓊花鬬剪裁。」

〔一〇〕綵索金鈴　寧王春時於後園中，紉紅絲爲繩，密綴金鈴，繫於花梢之上。每有鳥鵲翔集，則令園吏掣鈴索以驚之。見開元天寶遺事。

〔一一〕獅兒　雪獅兒。朱淑真念奴嬌詞：「笑捏獅兒隻。」張耒有雪獅兒詩，詞調又有雪獅兒。

〔一二〕夢梨雲　王建夢看梨花雲詩：「落落寞寞路不分，夢中唤作梨花雲。」

〔一三〕「莫誤了」二句　世説新語任誕：「王子猷居山陰，夜大雪，眠覺，開室命酌酒。四望皎然，因起傍徨，詠左思招隱詩。忽憶戴安道，時戴在剡，即便夜乘小船就之，經宿方至，造門不前而返。人問其故，王曰：『吾本乘興而行，興盡而返，何必見戴？』」

【斠律】

此調據萬紅友詞律所定有九十七字平仄韻各一體，又有九十九字平仄韻各一體，此爲九十六字平韻體，與碧山另二首九十七字平韻體者不同。其別即在「問翦水、工夫猶未」一句，此非落一字，有石次仲一首可證。次仲此句爲「最苦是、殷勤密約」，與此句法同。「問翦水」三字，能逗而不能斷，范本據歷代詩餘有「恁」字。又元遺山「林間雞犬」一首，前結作「任人笑、風雲氣少，兒女情多」亦似，然朱彊村校定遺山樂府，據平定張碩洲、華亭張調甫兩本有「甚」字，錢塘凌彥翀本脱「甚」字，此未必纏聲伸縮關係，以「任人笑」可以斷句，而「翦水工夫」四字中間不當斷也。起句「從臾」即「慫慂」，與「商量」爲疊韻對，原校考證綦詳，示學者以規範，甚是也。現以石次仲「花前月下」一首相證，惟「好誇奇鬬巧」一句次仲作「魂斷處高城」，平仄相反。結句「船過剡溪」，必用平仄仄平，次仲「着箇甚醫」，「着」以入作平，中間二字，去上可通而入聲不可通也。

高陽臺　紙被〔一〕

霜楮刳皮，冰花擘繭〔二〕，滿腔絮溼湘簾〔三〕。抱甕工夫〔四〕，何須待吐吴蠶〔五〕。水香玉色難裁翦〔六〕，更繡鍼、茸線休拈。伴梅花、暗卷春風，斗帳孤眠〔七〕。篝熏鵲錦熊氈〔八〕，任粉融脂涴，猶怯癡寒〔九〕。我睡方濃，笑他欠此清緣。揉來細軟烘烘暖，儘何妨、挾纊裝綿〔一〇〕。酒魂醒、半榻梨雲，起坐詩禪〔一一〕。

【校】

〔熊氈〕范本「氈」下有「了」字，注云：此調换頭皆作七字句。御選本作「一任」，屬下讀。鮑本誤作六字句。今擬補「了」字，與後之數首方同一律。人和按：高陽臺有一百字者，有九十九字者。其異處即换頭有六字協韻、七字不協韻二種，增一字者少一韻，蓋由纏聲伸縮所致也。此詞换頭六字，「氈」字協韻，其爲九十九字體無可疑議，不得彊同後數首也。范本所校，出自金氏桐孫。既不明高陽臺之體别，而所補「了」字，又不言其依據，至爲謬妄。〔清緣〕明抄本「清」作「情」。〔揉來〕舊抄本「揉」作「操」。〔起坐〕舊抄本「起」作「記」。

【箋注】

〔一〕紙被　紙被宋人多用之，産自閩浙。劉子翬有答吕居仁惠建昌紙被詩：「高人擁楮眠，㘘卷意自適……嘗聞盱江藤，蒼崖走虬屈。斬之霜露秋，漚以滄浪色。粉身從澼絖，蜕骨齊麗密。乃知瑩然姿，故自漸陶出。」

〔二〕「霜楮」二句　蘇易簡紙譜：「吴人以繭，楚人以楮。」楊慎謂：越俗製楮以敲冰時爲之，故韌潔也。

見外集。

〔三〕絜涇湘簾　通俗文：「方絜白紙。」古時造紙皆以簾取漿，北紙用横簾，南紙用竪簾。湘簾即指此。

〔四〕抱甕　莊子天地：「子貢南遊於楚，反於晉，過漢陰。見一丈人方將爲圃畦，鑿隧而入井，抱甕而出灌，搰搰然用力甚多而見功寡。」蘇軾次韻李公擇梅花詩：「各抱漢陰甕。」此云「抱甕工夫」，養拙之意。

〔五〕吴蠶　李賀春晝詩：「吴蠶作繭。」

〔六〕水香　即「香皮紙」，見嵇含南方草木狀及段公路北户雜録。　玉色　紙譜：「玉版紙瑩潤如玉。」

〔七〕「伴梅花」二句　遵生八牋：「梅花紙帳，即榻牀外立四柱，各柱掛以銅瓶，插梅數枝……用白楮作帳罩之。」

〔八〕鵲錦　格古要論：「古有鸞鵲錦。」　熊氈　拾遺記：「周靈王設紫羆文縟。」

〔九〕癡寒　韓愈送侯參謀赴河中幕詩：「癡如遇寒蠅。」李廷忠瑞鷓鴣詞：「蝶不禁寒總是癡。」

〔一〇〕挾纊　左傳宣十二年：「申公巫臣曰：王巡三軍，拊而勉之，三軍之士，皆如挾纊。」　裝綿　杜甫遊何將軍山林詩：「衣冷欲裝綿。」

〔一一〕「酒魂醒」二句　蘇軾沐浴起聖僧舍詩：「酒清不醉休休暖，睡穩如禪息息匀。」陸游謝朱元晦紙被詩：「紙被圍身度雪天，白於狐腋軟於綿。放翁用處君知否？絕勝蒲團夜坐禪。」

【斠律】

此調平仄最寬，句法只換頭起韻有異，「抱甕」以下與「我睡」以下皆同。前後片第六句如七言詩。「伴梅花」「酒魂醒」兩三字句，必仄平平，且有叶韻者。换頭「篝熏鵲錦熊氈」爲六字句，必叶韻。原校極當，且斥范本之謬，是也。碧山另三首，一爲「雙蛾不拂青鸞鏡」，一爲「一枝芳信應難寄」，一爲「江南自是離愁苦」，如七言詩者不叶韻。萬紅友詞律謂：「如此長調，必不以一字多少而分兩調。」此爲九十九字之高陽臺，正同於一百字之高陽臺。蓋明乎纏聲住字之説，則雖宫調失考，而讀者能心知其意，自然不作刻舟求劍之論矣。

疏影　詠梅影〔一〕

瓊妃臥月〔二〕。任素裳瘦損，羅帶重結。石徑春寒，碧蘚參差，相思曾步芳屧。離魂分破東風恨〔三〕，又夢入、水孤雲闊。算如今、也厭娉婷，帶了一痕殘雪。　猶記冰匳半掩，冷枝畫未就，歸櫂輕折。幾度黄昏，忽到窗前，重想故人初別〔四〕。蒼虬欲卷漣漪去，慢蜕却、連環香骨。早又是、翠蔭蒙茸，不似一枝清絶〔五〕。

【校】

〔調〕則虞按：别下齋抄本無此首。〔詠梅影〕歷代詩餘無「影」字。〔冷枝〕戈選「冷」作「凍」，舊抄本脱「枝」字。〔早又是〕歷代詩餘、范本、戈選並如此。他本無「又是」二字，考此調始於姜夔，實當有此二字。「是」字似當用平聲，然此調趙以夫、陳允平、周密、張炎諸作，平仄頗有出入，亦難一例論也。

〔翠蔭〕舊抄本「蔭」誤作「陰」。

【箋注】

〔一〕玉田、草窗同調賦梅影，蓋亦倡和之作。此類詞足補樂府補遺之遺。

〔二〕瓊妃　鄭愔奉和幸上官昭容院詩：「更覓瓊妃伴。」

〔三〕「離魂」句　用唐人小説「倩女離魂」事。

〔四〕「忽到窗前」二句　盧仝有所思詩：「相思一夜梅花發，忽到窗前疑是君。」

〔五〕一枝清絶　齊己早梅詩：「前村深雪裏，昨夜一枝開。」周密疏影詞：「瘦倚數枝清絶。」

【斠律】

疏影、暗香二調，爲姜白石詠梅自度曲，碧山以之詠梅影（草窗、玉田皆有梅影和作），夢窗以之賦墨梅，巽吾以之賦尋梅（元草堂詩餘題彭元遜詞調爲解佩環，就詞句立新名耳，其實即疏影也。又山中白雲詞有紅情、緑意二調，詠荷花、荷葉，亦即暗香、疏影調也），各家四聲，俱遵白石，絶少變動。前片「羅帶」以下，後片「歸櫂」以下同。

「瓊妃臥月」四字句叶韻，平仄各家俱同。「任素裳瘦損，羅帶重結」二句，與白石原作「有翠禽小小，枝上同宿」同。草窗「素」字作「横」字，「帶」字作「花」字，玉田、巽吾皆與白石、碧山同。「石徑春寒，碧蘚參差」二句，白石原作「客裏相逢，籬角黄昏」，除夢窗詞有殘缺外，各家俱同，「籬」字、「碧」字，平入本通。「相思曾步芳𦣇」句，白石原作「無言自倚修竹」，夢窗則作「凌曉東風吹裂」，與其後片之「香滿玉樓瓊闕」相同。

此句草窗作「彷彿玉容明滅」，玉田作「幾度背燈難折」；此句與後片之「重想故人初別」同，亦與白石原作「早與安排金屋」相同。惟白石前後平仄有異，夢窗與白石至交，精通律吕，改其平仄，必有至理存焉。「離魂分破東風恨」句，白石原作「昭君不慣胡沙遠」，「分」字與「不」字平入相通，草窗、玉田、巽吾俱用仄聲字。「又夢入、水雲孤闊」句，白石原作「但暗憶、江南江北」，「水」字、「江」字，平上相通，玉田、巽吾俱用平，草窗用入，正平上入可以相通。「算如今、也厭娉婷」句，白石原作「想珮環、月下歸來」，「如」字平，「珮」字去，草窗用「美」字，玉田用「夜」字，巽吾用「孤」字，此字四聲通用。「帶了一痕殘雪」句，白石原作「化作此花幽獨」，草窗、玉田俱同，「一」字巽吾用「江」字，平入相通也。

後片「猶記冰匳半掩」句，白石原作「猶記深宫舊事」，各家俱同，只巽吾「猶」字用「日」字，平入相通。「冷枝畫未就」句，白石原作「那人正睡裏」，玉田同，草窗「畫」字用「漪」字，巽吾「畫」字用「年」字，是四聲相通之字。「歸櫂輕折」句，白石原作「飛近蛾緑」，各家俱同。「幾度黄昏，忽到窗前」二句，白石原作「莫似春風，不管盈盈」，「忽」字、「不」字，玉田、巽吾俱用平聲，平入相通。「重想故人初别」句，白石原作「早與安排金屋」，草窗、玉田、巽吾俱同，碧山用「重」字，平上相通。「蒼虯欲卷漣漪去」句，白石原作「還教一片隨波去」，「欲」字、「一」字俱入聲，草窗用「誰」字，玉田用「海」字，巽吾用「窈」字，上與入本可相通。「謾蜕却、連環香骨」句，白石原作「又却怨、玉龍哀曲」，「連」字、「玉」字，本平入相通，草窗用「煙」字，玉田用「珊」字，巽吾用「浮」字，又「香」字用「澧」字，平上入之相通也；但「謾」字、「却」字巽吾用「遺」字、「環」字爲異耳。「早又是、翠蔭蒙茸」句，原刻脱「又是」二字，據戈順卿選本補入，但白石原作「等恁時、重覓幽香」，「時」字平而「是」字宋人讀上聲，亦可通，草窗用「回」字，玉田用「得」字，巽吾用「鷗」字，是平入相通。「不似一枝清絶」句，白石原作「已入小窗横幅」，「已」字草窗用「瘦」字，玉田用「空」字，巽吾用「寄」字，此字四聲可通用也。

露華 碧桃

晚寒竚立，記鉛輕黛淺，初認冰魂〔一〕。紺羅襯玉，猶凝茸唾香痕〔二〕。净洗妬春顏色，勝小紅、臨水湔裙〔三〕。煙渡遠，應憐舊曲〔四〕，換葉移根〔五〕。　山中去年人到，怪月悄風輕，閒掩重門。瓊肌瘦損，那堪燕子黃昏〔六〕。幾片故溪浮玉，似夜歸、深雪前村〔七〕。芳夢冷，雙禽誤宿粉雲。

【校】

〔題〕則虞按：別下齋抄本無此首。　〔紺羅〕歷代詩餘「紺」作「碧」，詞譜同。　〔猶凝〕戈選「凝」作「疑」。　〔人到〕歷代詩餘「到」作「別」。詞譜、戈選並同。　〔那堪〕明抄本「堪」作「看」。舊抄本同。疑誤。　〔故溪〕歷代詩餘「故」作「過」。詞譜、戈選並同。

【箋注】

〔一〕冰魂　蘇軾再用前韻（松風亭下梅花盛開）詩：「玉雪爲骨冰爲魂。」

〔二〕茸唾　李煜一斛珠詞：「爛嚼紅絨，笑向檀郎唾。」絨，通茸。

〔三〕小紅　杜甫江雨有懷鄭典設詩：「點注桃花舒小紅。」　湔裙　見前一二頁南浦春水注〔一一〕。

〔四〕「煙渡」二句　見前九頁露華碧桃注〔三〕。

〔五〕換葉移根　周邦彦解連環詞：「想移根換葉。」

〔六〕燕子黄昏　周邦彦燭影摇紅詞：「燕子來時，黄昏庭院。」

〔七〕「似夜歸」句　見前二二頁疏影詠梅影注〔五〕。

【斠律】

此平韻露華也。「記鉛輕」以下至「煙渡遠」，與「怪月悄」以下至「芳夢泠」前後片同。換頭多二字，煞尾少二字。其與仄韻異者，一爲換頭六字句不叶韻，二爲前片第七句、後片第六句皆七字而非六字。「認」字、「襯」字、「掩」字、「瘦」字，不僅用仄，且須用去，觀玉田用「洞」字、「淡」字、「惱」字，去上可通，「觀」字爲「宫觀」之「觀」本去聲。草窗用「淡」字、「弄」字、「下」字、「試」字，名家重視去聲，音響所關，決不輕輕放過。

【彙評】

雲韶集碧山詞評：字字精鍊，句句雅秀，無一毫纖小之態。　精湛之句，結筆寄慨。

無悶　雪意〔一〕

陰積龍荒，寒度雁門〔二〕，西北高樓獨倚〔三〕。悵短景無多〔四〕，亂山如此。欲喚飛瓊起舞〔五〕，怕攪碎、紛紛銀河水。凍雲一片〔六〕，藏花護玉，未教輕墜。清致，悄無似。有照水一枝〔七〕，已攙春意。誤幾度憑闌，莫愁凝睇〔八〕。應是梨花夢好〔九〕，未肯放、東風來人世。待翠管、吹破蒼茫〔一〇〕，看取玉壺天地。

【校】

〔題〕明抄本校云，一作「催雪」。歷代詩餘無「意」字。周録無此題。〔悵短景〕明抄本「悵」作「恨」。

〔凍雲一片〕夢窗催雪詞亦四字句，與此同。陽春白雪卷一載丁葆光無悶一首，此上多一仄聲領句，此亦纏聲伸縮之故，非王詞有脱文也。〔照水一枝〕詞綜「一」作「南」，詞律、歷代詩餘並同。人和按：上疏影詞云「不似一枝清絶」，周邦彦玉燭新詠梅花云「終不似、照水一枝清瘦」，則作「一枝」是也。且此字各家皆仄聲，不當用平聲，疑後人以與上一片複而改之，不足據也。

【箋注】

〔一〕此恐亦當時拈題倡和之作。

〔二〕「陰積」二句　虞世南結客少年場詩：「雲起龍沙暗，木落雁門秋。」

〔三〕西北高樓　古詩：「西北有高樓。」

〔四〕短景　杜甫閣夜詩：「歲暮陰陽催短景。」

〔五〕飛瓊起舞　逸史：「唐許瀍病起題壁句：坐中惟有許飛瓊。」飛瓊，仙女名。漢武帝内傳：「（王母）又命侍女董雙成吹雲和之笙，石公子擊昆庭之鐘，許飛瓊鼓震靈之簧。」瓊玉似雪，借以爲喻。

〔六〕凍雲一片　方干冬日詩：「凍雲愁暮色。」

〔七〕照水一枝　周邦彦花犯詞：「但夢想、一枝瀟灑，黄昏斜照水。」又玉燭新詞「詠梅花」：「終不似、照水一枝清瘦。」

〔八〕莫愁　按莫愁爲古女子之名，不盡指石城女子莫愁也。梁武帝河中之水歌詩：「洛陽女兒名莫愁。」韋莊憶昔詩：「南國佳人號莫愁。」皆然。此云「莫愁凝睇」，猶言「佳人凝睇」。

〔九〕梨花夢好　即用王建夢看梨花雲詩，詳前一六頁聲聲慢首注〔一二〕。

〔一〇〕翠管　杜甫臘日詩：「翠管銀罌下九霄。」

【斠律】

此詞與吴夢窗、丁葆光三首互勘，其相通處，皆在平入、平上、去上之間，絶少四聲相通之字。起首兩四字句，碧山用龍荒、雁門，爲地名對；夢窗用飛瓊、弄玉，爲人名對。其平入相通之字，正在落句上，此例甚尠。前片結韻，夢窗作「正蹇驢吟影」，用「正」字領一韻，而碧山無之。原校謂纏聲伸縮之故，非王詞有脱文也，此説亦是。蓋此正如高陽臺换頭有六字叶韻、七字不叶韻之異同。洞仙歌、二郎神、安公子等調亦率類此。大抵一句之中，有一字至二、三字之伸縮，皆由所填纏聲之多寡而定，深知音律之宋賢，類知之而能爲之。猶元明人之製南北曲者，同一牌調而所填襯字之多寡有無，可以任意爲之也。「照水一枝」之「一」字，原校更引證詳明，作「南」字者必爲後人所妄改，宋詞正不避複字也。　詞中换頭用促拍者，加一短韻，如滿庭芳、憶舊游之類，更促者連用兩短韻，此詞「清致，悄無似」，即連用二短韻，鎖窗寒亦如此。

【彙評】

白雨齋詞話：（碧山）無悶雪意後半闋云：「清致，悄無似。……看取玉壺天地。」無限怨情，出以渾厚之筆。惟「南枝」句中含譏刺，當指文溪、松雪輩。

雲韶集碧山詞評：筆致翩翩，音調和雅。是雪意，不是落雪。寫「意」字，描色取神，極盡能事。

眉嫵 新月〔一〕

漸新痕懸柳，澹彩穿花，依約破初暝〔二〕。便有團圓意〔三〕，深深拜〔四〕，相逢誰在香徑？畫眉未穩〔五〕，料素娥、猶帶離恨。最堪愛、一曲銀鉤小，寶簾掛秋冷〔六〕。千古盈虧休問。歎謾磨玉斧，難補金鏡〔七〕。太液池猶在，淒涼處、何人重賦清景〔八〕。故山夜永，試待他、窺户端正〔九〕。看雲外山河，還老盡桂花影〔一〇〕。

【校】

〔澹彩〕詞律「彩」作「影」。〔團圓〕范本「圓」作「圞」。〔寶簾〕張惠言詞選「簾」作「奩」。〔難補〕詞譜作「猶掛」，掛字與上複。〔還老盡桂花影〕歷代詩餘、詞譜如此，別本並作「還老桂花舊影」。萬樹云，石帚後結云「又争似相攜，乘一舸，鎮長見」。「乘一舸」下，與此篇不同，想亦可如此。然石帚在前，定宜從之。愚又疑此或是「還老桂、舊花影」。于「桂」字豆，本與姜同，而誤以桂花連寫耳。杜文瀾云，詞譜後結作「還老盡桂花影」，有「盡」字，無「舊」字。查姜白石、張仲舉二詞後結作折腰句法，應遵改。人和按：杜説是也。今據改。○則虞按：別下齋抄本作「還老桂花舊影」。

【箋注】

〔一〕此爲王昭儀清惠而作，且以悲金甌之缺也。王清惠滿江紅題驛壁詞：「太液芙蓉，渾不似、舊時顔色。曾記得、春風雨露，玉樓金闕。名播蘭簪妃后裏，暈潮蓮臉君王側。忽一聲、鼙鼓揭天來，繁華歇。龍虎散，風雲滅。千古恨，憑誰説。對山河百二，淚盈襟血。客館夜驚塵土夢，宫車曉碾關山月。問姮娥、於我肯從容，同圓缺。」陶宗儀輟耕録：「至元十三年丙子春正月十八日，淮安王伯顔以中書右相統兵入杭。宋謝、全兩后以下皆赴北。有王昭儀者題滿江紅於驛。」又，詞林紀事引女史：王昭儀抵上都，懇爲女道士，號沖華，碧山此詞似詠其事。「畫眉未穩」，即當日承恩之事，即昭儀詞中之首段：「太液池」數語，即詞中「太液芙蓉，渾不似、舊時顔色」之意：「老盡桂花影」似指女冠之請，以素娥耐冷爲喻。「千古盈虧休問」三句，且以悲悼國破之不可重光。

〔二〕破初暝　賀方回吴門柳詞：「好月爲人重破暝。」

〔三〕便有團圓意　牛希濟生查子詞：「新月曲如眉，未有團圞意。」此反用其意。

〔四〕深深拜　王昌齡甘泉歌詩：「昨夜雲生拜初月。」施肩吾幼女詞詩：「學人拜新月。」李端拜新月詞：「開簾見新月，便即下階拜。」

〔五〕畫眉　用張敞事，見漢書張敞傳。新月似眉，此假用。吴文英聲聲慢詞：「新彎畫眉未穩。」

〔六〕「最堪愛」二句　秦觀浣溪沙詞：「寶簾閒掛小銀鉤。」

〔七〕「歎謾磨」二句　酉陽雜俎：「太和中鄭仁本表弟與王秀才游嵩山，將暮，忽聞林中鼾睡聲。尋之，見一人布衣甚潔白，枕一襆物方眠，呼之起，問所自。其人笑曰：君知月乃七寶合成乎？月勢如丸，其影，日爍其凸處也。常有八萬二千户修之。因開襆有斤鑿數事，玉屑飯兩裹。」辛棄疾滿江紅詞：「誰做冰壺涼世界，最憐玉斧修時節。」又乾淳起居注：「九年八月十五日曾覿進壺中天慢云：『雲海塵清，山河影滿，桂冷秋香雪。何勞玉斧，金甌千古無缺。』上皇大喜曰：『從來月詞，不曾用金甌事，可謂新奇。』」碧山易「缺」爲「補」，言金甌缺而無可復圓矣。此用本朝故實。

〔八〕「太液池」二句　盧多遜新月應制詩：「太液池邊看月時，好風吹動萬年枝。誰家玉匣開新鏡，露出清光些子兒。」

〔九〕窺户端正　姜夔玲瓏四犯詞：「端正窺户。」

〔一〇〕桂花影　酉陽雜俎：「月桂高五百丈，下有一人常斫之，樹創隨合。」

【斠律】

此調不知所始。除碧山外，只見白石、仲舉二詞，四聲相應，一字不苟，不啻方千里之和清真也。「便有」至「離恨」，與後片「太液」至「端正」相同。「新痕懸柳，澹彩穿花」兩句，白石作「垂楊連苑，杜若侵沙」，仲舉作「蛛分天巧，鵲誤秋期」。後片「謾磨玉斧，難補金鏡」兩對句，白石作「暗藏弓履，偷寄香翰」，仲舉作「翠屏天遠，清夢雲去」，屬對奇工。「畫眉未穩」、「故山夜永」用去平去上，白石作「翠尊共欵」、「亂紅萬點」，仲舉作「此情更苦」、「竊香伴侶」，仲舉第一字雖不用去而仍皆仄聲。更有注意者，「漸」字、「破」字、「拜」字、「在」字、「帶」字、「最」字、「掛」字；後片之「謾」字、「補」字、「處」字、「賦」字、「户」字、「看」字、「桂」字，俱用去聲。「補」字亦去上相通，詞譜「難補」作「猶掛」，「掛」字仍去聲。「柳」字、「小」字、「古」字、「盡」字，皆用上聲。是此調定格，非此不足以見其音響之佳。白石用「未」字、「妙」字、「意」字、「夜」字；後片之「寄」字、「解」字、「水」字，「解」、「水」二字亦去上相通。仲舉用「會」字、「限」字、「夜」字、「影」字，後片之「夢」字、「綴」字、「畫」字、「影」字，亦去上相通。前結「寶簾掛秋冷」，白石作「愛良夜微暖」，仲舉作「漸涼影催曙」，皆上一下四句。碧山上二下三，如五言拗律句，正如霜葉飛之五言句，清真、夢窗不同也。換頭「千古盈虧休問」，白石作「無限風流疏散」，仲舉作「私語敍盟何處」，似叶短韻，碧山不叶。煞尾「還老桂花舊影」，白石作「乘一舸鎮長見」，爲折腰句。詞譜刻「還老盡桂花影」，姜詞在前，固宜遵之，原校是也。

【彙評】

雲韶集碧山詞評：句句是新月，却句句是望到十五。「漸」字及「便有」字，用得婉約。「千古」句忽將上半闋意一筆撇去，有龍跳虎臥之奇。結更高簡。

水龍吟 牡丹〔一〕

曉寒慵揭珠簾，牡丹院落花開未〔二〕？玉闌干畔，柳絲一把，和風半倚〔三〕。國色微酣，天香乍染〔四〕，扶春不起〔五〕。自真妃舞罷，謫仙賦後，繁華夢，如流水〔六〕。池館家家芳事，記當時、買栽無地〔七〕。争如一朵，幽人獨對，水邊竹際〔八〕，把酒花前，賸拚醉了，醒來還醉〔九〕。怕洛中、春色忽忽〔一〇〕，又入杜鵑聲裏〔一一〕。

【校】

〔獨對〕周選「獨」作「相」。〔舞罷〕則虞按：意禪室藏抄本作「浴罷」。

【箋注】

〔一〕宋翔鳳曰：「南宋詞人繫情舊京，凡言歸路、言家山、言故國，皆恨中原隔絶。」此詠洛中牡丹，即寓此意。撫洛下之風流，哀宗周之禾黍，婉轉體物，以寄哀思。

〔二〕牡丹院落 花品序：「洛下永寧院有僧種花最盛，謂之牡丹院。」

〔三〕「玉闌干」三句 此檃括徐仲雅宫詞詩：「内人曉起怯春寒，輕揭珠簾看牡丹。一把柳絲收不得，和風搭在玉闌干。」

〔四〕「國色天香」二句　摭異記：「太和中有程修己者，以善畫得進謁……會内殿賞花，上問修己曰：今京邑傳唱牡丹詩誰稱首？對曰：中書舍人李正封詩：『國色朝酣酒，天香夜染衣。』」

〔五〕扶春不起　吴文英漢宫春詞：「休謾道，花扶人醉，醉花却要人扶。」又喜遷鶯詞：「還倩東風扶起。」

〔六〕「自真妃舞罷」四句　事見松窗雜録：禁中初有木芍藥植於沉香亭前，時花盛開，上乘照夜，太真以步輦從。李龜年手捧檀板押衆樂工，將歌。上曰：「賞名花，對妃子，焉用舊樂章？」命龜年持金箋賜李白，詔進清平調詞三章。

〔七〕「池館」二句　羅鄴（瀛奎律髓作羅隱）牡丹詩：「買栽池館恐無地。」辛棄疾杏花天詞：「買栽池館多何益。」

〔八〕「幽人」二句　酉陽雜俎：「牡丹前史中無説處，惟謝康樂集中言竹間水際多牡丹。」劉儗木蘭花慢詞：「肯來水邊竹下，與幽人、相對説淒涼。」

〔九〕「賸拚醉了」二句　趙長卿西江月詞：「醉了還醒又醉。」

〔一〇〕洛中春色　事物紀原：「武后冬月遊後苑，花俱開，而牡丹獨遲，遂貶於洛陽。故今言牡丹者，以西洛爲冠首。」花品序：「牡丹出洛陽者爲天下第一。」羣芳譜：「唐宋時洛陽之花爲天下冠，故牡丹竟名『洛陽花』。」

〔一一〕杜鵑聲裏　見聞録：「嘉祐末，康節邵先生行洛陽天津橋，忽聞杜宇之聲，歎曰：『……異哉！不及十年其有江南人以文字亂天下者乎？』」此用杜鵑聲裏，喻洛陽之淪没。

【斠律】

此調平仄極寬，句法亦多參差，未必如紅友之定論。「曉寒」以下十三字，上六字句、下七字句如七言詩，但亦有作上七下六者。東坡「露寒煙冷蒹葭老，天外征鴻嘹唳」，白石作「夜深客子移舟處，兩兩沙禽驚起」，劉叔安作「弄晴臺館收煙候，時有燕泥香墜」，稼軒、竹山亦俱有之，想不拘也。但「牡丹院落」必上四下三句法，不可易。前後片四字三句爲一韻者各二，而晁次膺一首後片作「最是關情處，高樓上、一聲羌管」，夢窗一首前片作「紺玉鉤簾處，橫犀麈、天香分鼎」，一首後片作「攜手同歸處，玉奴喚、綠窗春近」，伯雨一首後片作「不須十載光陰，渭水相逢，又入非熊夢了」，字數增加而平仄不差。結韻以一領字領三四字句，而少游作「念多情、但有當時皓月，照人依舊」，東坡作「細看來、不是楊花，點點是離人淚」，清真作「恨玉容不見，瓊英謾好，與何人比」，白石作「甚謝郎、也恨飄零，解道月明千里」，碧山此首作「怕洛中、春色怱怱，又入杜鵑聲裏」，應在「怱怱」斷句，又海棠一首「怕明朝、小雨濛濛，便化作燕支淚」，亦在「濛濛」斷句，夢窗九首則上例皆有。詞律所謂後結必一五字句兩四字句，是一定鐵板，亦未免爲削足就屨之論。換頭必上六下七句，如晁補之一首，作「此去濟南，爲説道愁腸，不醒猶醉」。總之詞本以韻定拍。一韻之中，字數既可因纏聲而伸縮，爲曼爲促，又各字不同。謳者只須節拍不誤，而一拍以内，不必以文句語氣爲句逗。作詞者亦只求節拍不誤，而行氣遣詞具有揮灑自如之地，非必拘拘於字句。兩宋知音者多明此理，故有各各不同之句也。不獨水龍吟如此，憶舊游、尉遲盃、瑞龍吟、念奴嬌皆有相似之例。是以同在一韻之中，出於知音之筆，任何句逗皆可。「怕洛中、春色怱怱，又入杜鵑聲裏」，應於怕字逗，下接四字二句，再接一二一之四字句，爲正格。清真「恨玉容不見，瓊英謾好，與何人比」，碧山此不合。然雪舟「待問春、怎把千紅，換得一池緑水」，亦如此。

【彙評】

詞綜偶評：以下三首俱明雋清圓，無堆垛之習。（「曉寒慵揭珠簾」四句）用徐仲雅宫詞。

雲韶集碧山詞評：牡丹極富豔，作者易入俗態。此作精工富麗，却又清虚騷雅，絶不作一市井語，詞可占品。結有感慨。

又　海棠〔一〕

世間無此娉婷〔二〕，玉環未破東風睡〔三〕。將開半歛，似紅還白〔四〕，餘花怎比〔五〕。偏占年華，禁煙纔過，夾衣初試〔六〕。歎黄州一夢〔七〕，燕宫絶筆〔八〕，無人解，看花意。　猶記花陰同醉，小闌干、月高人起〔九〕。千枝媚色，一庭芳景〔一〇〕，清寒似水。銀燭延嬌，緑房留豔，夜深花底〔一一〕。怕明朝、小雨濛濛，便化作燕支淚〔一二〕。

【箋注】

〔一〕雲麓漫鈔：「徽廟既内禪，尋幸淮浙，嘗作小詞名月上海棠，末句云：『孟婆且與我做些方便。』」弇於此窺之。

州山人四部稿以爲渡黄河詞，蓋道君北狩時作也。此云「燕宫絶筆」疑指此而言。全章之意，亦得

〔二〕「世間」句　劉處静燭影摇紅詞「詠海棠」：「世間還有此娉婷。」

〔三〕「玉環」句　明皇登沉香亭，召太真，宿酒未醒，釵横鬢亂，不能再拜。上笑曰：「豈海棠春睡未足耶？」見太真外傳。

〔四〕「將開半斂」二句　青箱雜記載晏殊詩句：「似紅如白野棠花。」楊廷秀海棠詩：「絶憐欲白仍紅處，政是微開半吐時。」史達祖海棠春令詞：「似紅如白含芳意。」

〔五〕餘花怎比　此似用崔得符海棠詩「便教桃李能言語，西子嬌妍比得無」之意。

〔六〕夾衣初試　林逋春日寄錢都使詩：「宅院時情漸夾衣。」一本作「時清試夾衣」。

〔七〕黄州一夢　許昂霄謂「黄州」句指王元之知黄州事，似非。疑用蘇軾事。東坡寓居定惠院之東雜花滿山有海棠一株土人不知貴也詩純以海棠自寓。詩人玉屑卷十七：「東坡作此詩，詞格超逸，不復蹈襲前人……平生喜爲人寫，蓋人間刊石者自有五六本，云軾生平得意詩也。」「一夢」，本事詞載蘇軾在儋耳，一日遇一媪，謂坡曰：「學士昔日富貴，一場春夢耳。」

〔八〕燕宫絶筆　見本篇注〔一〕。此用本朝典以寓慨。

〔九〕月高人起　唐裴潾白牡丹詩：「别有玉盤承露冷，無人起就月中看。」

〔一〇〕一庭芳景　徐伸二郎神詞：「門掩一庭芳景。」

〔一一〕「銀燭」三句　蘇軾海棠詩：「只恐夜深花睡去，故燒高燭照紅妝。」

〔一二〕燕支淚　王炎念奴嬌詞「詠海棠」：「曉來雨過，正海棠枝上，燕支如滴。」

【彙評】

詞綜偶評：（「歎黄州一夢，燕宫絶筆，無人解，看花意」）王元之知黄州有海棠詩，燕宫謂宣和畫譜也。兩首前後結句彷佛相似，尚少變化。

雲韶集碧山詞評：起筆絶世丰神。字字是痛惜之深，花耶人耶？吾烏乎測其命意之所至。纏綿嗚咽，風雨葬西施，同此淒豔。

又　落葉〔一〕

曉霜初著青林，望中故國淒涼早。蕭蕭漸積〔二〕，紛紛猶墜〔三〕，門荒徑悄。渭水風生〔四〕，洞庭波起〔五〕，幾番秋杪。想重厓半没，千峯盡出，山中路，無人到。　前度題紅杳杳，遡宫溝、暗流空繞〔六〕。啼螿未歇，飛鴻欲過，此時懷抱。亂影翻窗，碎聲敲砌，愁人多少。望吾廬甚處〔七〕，只應今夜，滿庭誰掃〔八〕？

【校】

〔宫溝〕明抄本「宫」作「官」，疑誤。

【箋注】

〔一〕白雨齋詞話以爲此詞「重厓半没」數語有慨乎厓山之事，此説是也。兹申説之：「渭水風生」，蓋指西北之敗；「洞庭波起」，似指德祐二年潭、袁、連、衡、永、郴、全、道之陷落。湖外之戰，李芾、尹穀之死，爲渡江來死事之烈者也。厓山板屋，飄寓水裔，荃橈蘭旌，揚靈未極，此上片之意也。「望吾廬甚處」，與靖節同一貞抱。玉田三姝媚詞亦有「古意蕭閒，問結廬人遠，白雲誰侣」之句。風颯颯兮木蕭蕭，思公子兮徒離憂。哀吾生之無樂，幽獨處乎山中。此下片之意也。

〔二〕「蕭蕭」句　杜甫登高詩：「無邊落木蕭蕭下。」

〔三〕「紛紛」句　范仲淹御街行詞：「紛紛墜葉飄香砌。」

〔四〕渭水風生　賈島憶江上吴處士詩：「秋風吹渭水，落葉滿長安。」

〔五〕洞庭波起　楚辭湘夫人：「洞庭波兮木葉下。」謝莊月賦：「洞庭始波，木葉微脱。」

〔六〕「前度題紅」二句　唐僖宗時，于祐於御溝中拾一紅葉，見題詩云：「流水何太急，深宫盡日閒。慇懃謝紅葉，好去到人間。」祐亦題一詩于上云：「曾聞葉上題紅怨，葉上題詩寄阿誰？」置溝逆流，爲宫人韓拾得之。後祐託韓泳門館，因帝放宫女三千人，泳以韓有同姓之親，作伐嫁祐。按：本事詩、雲溪友議俱以爲顧況事，侍兒小名録則以爲賈山虚事，北夢瑣言以爲李茵事，玉溪編事又以爲侯繼圖事，山堂肆考則以爲于祐事。

〔七〕「望吾廬」句　陶淵明讀山海經詩：「吾亦愛吾廬。」

〔八〕滿庭誰掃　白居易長恨歌詩：「落葉滿階紅不掃。」

【彙評】

雲韶集碧山詞評：淒涼奇秀，屈宋之遺。　此中無限怨情，只是不露，令讀者心怦怦焉。

又

白蓮〔一〕

淡粧不掃蛾眉〔二〕，爲誰佇立羞明鏡。真妃解語〔三〕，西施净洗，娉婷顧影。薄露初勻，纖塵不染，移根玉井〔四〕。想飄然一葉，颼颼短髮〔五〕，中流臥，浮煙艇。　可惜瑤臺路迥，抱淒涼、月中難認〔六〕。相逢還是，冰壺浴罷，牙牀酒醒〔七〕。步襪空留，舞裳微褪，粉殘香冷。望海山依約，時時夢想，素波千頃。

【校】

〔爲誰〕范本「誰」作「伊」。　〔佇立〕則虞按：吳訥百家詞本樂府補題作「玉立」。　〔難認〕樂府補題「難」作「誰」。　〔舞裳〕樂府補題作「羽衣」，歷代詩餘同。

【箋注】

〔一〕樂府補題浮翠山房賦白蓮調寄水龍吟，同賦者九人：周密、王易簡、陳恕可、唐珏、吕同老、趙汝鈉、王沂孫、李居仁、張炎，皆遺民也。學齋佔畢云：「楚辭頌橘，取其渡淮爲枳，秉性不移；茂叔愛蓮，以其濯水彌鮮，出塵不染。是則故老拈題，聲家調律，依微擬義，其志皭然矣。玉潛之『翠輿難駐』，竹山之『別浦重尋』，和甫之『流水斷魂』，碧山之『海山依約』，皆暗寓趙昺之南去，不盡切盜發六陵也。」

〔二〕「淡粧」句　張祜集靈臺詩：「淡掃蛾眉朝至尊。」

〔三〕真妃解語　開元天寶遺事：「太液池有千葉白蓮數枝盛開，帝與貴戚宴賞焉。左右皆歎羨久之，帝指貴妃示於左右曰：『爭如我解語花？』」

〔四〕移根玉井　韓愈古意詩：「太華峯頭玉井蓮，開花十丈藕如船。」

〔五〕颼颼短髮　陸游秋夜池上作詩：「短髮颼颼病骨輕。」

〔六〕「可惜瑶臺」二句　李白清平調詞：「若非羣玉山頭見，會向瑶臺月下逢。」李商隱無題詩：「如何雪月交光夜，更在瑶臺十二層。」

〔七〕牙牀酒醒　趙彦端鵲橋仙「詠蓮」詞：「夜深風露逼人懷，問誰在、牙牀酒醒。」

又

前題〔一〕

翠雲遥擁環妃〔二〕，夜深按徹霓裳舞〔三〕。鉛華凈洗〔四〕，涓涓出浴〔五〕，盈盈解語〔六〕。太液荒寒，海山依約，斷魂何許。甚人間別有，冰肌雪豔，嬌無奈〔七〕，頻相顧。　三十六陂煙雨〔八〕，舊淒涼、向誰堪訴。如今謾説，仙姿自潔，芳心更苦〔九〕。羅襪初停，玉璫還解〔一〇〕，早凌波去〔一一〕。試乘風一葉，重來月底，與修花譜〔一二〕。

【校】

〔題〕則虞按：別下齋抄本無「前題」二字。〔夜深〕歷代詩餘「深」作「涼」。〔涓涓〕則虞按：百家詞本作「娟娟」。〔無奈〕樂府補題「奈」作「那」，戈選同。〔舊凄涼〕樂府補題「舊」作「甚」。〔向誰〕鮑本注云，別本作「有誰」。〔花譜〕范本作「簫譜」。

【箋注】

〔一〕此闋疑指王清惠爲女冠事，參見前二八頁眉嫵新月注〔一〕。

〔二〕環妃　三餘帖：「蓮花一名玉環。」此故稱「環妃」。

〔三〕霓裳舞　羅公遠多秘術，嘗與玄宗至月宮，仙女數百皆素練霓裳，舞於廣庭。問其曲，曰：霓裳羽衣。見逸史。此自「玉環」之名而引出，用此典蓋所以切清惠身世。

〔四〕鉛華　曹植洛神賦：「鉛華弗御。」

〔五〕出浴　杜衍荷花詩：「晚開一朵煙波上，似畫真妃出浴時。」宋祁蝶戀花「詠蓮」詞：「温泉初試真妃浴。」

〔六〕解語　見前三九頁前首注〔三〕。

〔七〕嬌無奈　辛棄疾最高樓詞：「漢妃翠被嬌無奈。」

〔八〕「三十六陂」句　康與之洞仙歌詞：「恨回首、西風波淼淼，三十六陂煙雨。」姜夔惜紅衣詞：「問甚時同賦，三十六陂秋色。」

〔九〕「芳心」句　賀鑄踏莎行詞：「紅衣脱盡芳心苦。」

〔一〇〕「玉璫」句　李商隱春雨詩：「玉璫緘札何由達。」此用「玉璫」實即玉珮，以平仄不合，故用「璫」字。列仙傳載，江妃二女遊於江濱，逢鄭交甫，遂解珮與之，交甫受珮而去。數十步，懷中無珮，二女亦不見。

〔一一〕早凌波去　姜夔念奴嬌詞：「情人不見，争忍凌波去。」

〔一二〕修花譜　姜夔側犯詞：「寂寞劉郎，自修花譜。」

綺羅香　秋思

屋角疏星，庭陰暗水〔一〕，猶記藏鴉新樹〔二〕。試折梨花，行入小闌深處。聽粉片、簌簌飄階，有人在、夜窗無語。料如今、門掩孤燈，畫屏塵滿斷腸句。　佳期渾似流水〔三〕，還見梧桐幾葉，輕敲朱户。一片秋聲〔四〕，應做兩邊愁緒。江路遠、歸雁無憑〔五〕，寫繡牋、倩誰將去。謾無聊、猶掩芳尊，醉聽深夜雨。

【校】

〔秋思〕詞綜無此題，歷代詩餘同。〔流水〕戈選「流」作「逝」。人和按：此字當用仄聲。作「逝」近是。〔還見〕周選「見」作「有」。〔一片〕歷代詩餘作「一派」。〔將去〕歷代詩餘「將」作「持」。〔深夜〕歷代詩餘「深」作「秋」。

【箋注】

〔一〕暗水　杜甫夜宴左氏莊詩：「暗水流花徑。」

〔二〕藏鴉　梁簡文帝金樂歌詩：「楊柳正藏鴉。」

〔三〕「佳期」句　秦觀鵲橋仙詞：「柔情似水，佳期如夢。」

〔四〕一片秋聲　周邦彦慶春宫詞：「動人一片秋聲。」

〔五〕歸雁無憑　晏幾道蝶戀花詞：「欲盡此情書尺素，浮雁沉魚，終了無憑據。」

【斠律】

此調中間兩韻「試折」至「孤燈」，與後片「一片」至「芳尊」同，後片第一韻比前片多二字，句法亦異，結句比前片少二字。前後結句與换頭句，絶似齊天樂，前結「畫屏塵滿斷腸句」必用仄平平仄去平仄，只第一字可以平仄移動。仲舉作「蕭蕭金井斷蛩暮」，梅溪第一字用「鈿」字，本可仄；第五字必用去聲，萬一不能，亦僅上聲可代。後結「醉聽深夜雨」必仄平平去上，换頭「佳期渾似流水」以平平平仄仄仄爲準，原校極是。更有可注意者，「庭陰暗水」與「梧桐幾葉」，必平平仄仄；「藏鴉新樹」與「輕敲朱户」，必平平平仄；「小闌深處」、「夜窗無語」與「兩邊愁緒」、「倩誰將去」，必仄平平仄。此爲詞中用字關鍵處，不可疏忽而失却音響，古人名作，無不如此。

又 紅葉[一]

玉杵餘丹[二]，金刀贉綵[三]，重染吴江孤樹[四]。幾點朱鉛，幾度怨啼秋暮。驚舊夢、緑鬢輕凋，訴新恨、絳脣微注。最堪憐、同拂新霜，繡蓉一鏡晚粧妬[五]。千林摇落漸少，何事西風老色，争妍如許。二月殘花，空誤小車山路[六]。重認取、流水荒溝[七]，怕猶有、寄情芳語[八]。但淒涼、秋苑斜陽，冷枝留醉舞[九]。

【校】

〔留醉舞〕明抄本「留」作「流」，疑誤。

【箋注】

〔一〕玉田亦賦此詞，且同調同題，蓋亦當時同賦之作。

〔二〕玉杵　裴航過藍橋，渴甚，一舍有老嫗，揖之求漿。嫗令雲英以一甌漿水飲之。航欲娶雲英，嫗曰：得玉杵臼當與。後航得玉杵臼，遂娶而仙去。見裴硎傳奇。

〔三〕金刀贉綵　李白白紵辭詩：「吴刀剪綵。」晏幾道蝶戀花詞：「金剪刀頭芳意動。綵蕊開時，不怕朝寒重。」歐陽修蝶戀花詞：「金刀剪綵呈纖巧。」

〔四〕吴江孤樹　此用「楓落吴江冷」之句，「吴江」以切楓丹。新唐書崔信明傳載崔嘗矜其文，謂過李百藥，議者不許。鄭世翼遇之於江中，曰：「聞公有『楓落吴江冷』，願見其餘。」信明欣然多出衆篇與觀。世翼覽未終，曰：「所見不逮所聞！」投諸水，引舟去。

〔五〕一鏡晚粧妬　吴文英過秦樓詞：「一鏡萬粧争妬。」

〔六〕「二月」二句　杜牧山行詩：「停車坐愛楓林晚，霜葉紅於二月花。」

〔七〕流水荒溝　李賀勉愛行詩：「荒溝古水光如刀。」

〔八〕寄情芳語　即御溝紅葉事，見前三七頁水龍吟落葉注〔六〕。

〔九〕冷枝留醉舞　姜夔法曲獻仙音詞：「誰念我、重見冷楓紅舞。」

又　前題

夜滴研朱〔一〕，晨粧試酒〔二〕，寒樹偷分春豔。賦冷吴江，一片試霜猶淺。驚漢殿、絳點初凝〔三〕，認隋苑、綵枝重翦〔四〕。問仙丹、煉熟何遲〔五〕，少年色换已秋晚。疏枝頻撼暮雨，消得西風幾度，舞衣吹斷。緑水荒溝，終是賦情人遠。空一似、零落桃花，又等閒、誤他劉阮〔六〕。且留取、閒寫幽情，石闌三四片。

【校】

〔題〕則虞按：別下齋抄本無「前題」二字。　〔研朱〕王本「研」誤作「妍」。　〔煉熟〕舊抄本脱

「煉」字。

【箋注】

〔一〕夜滴研朱　高駢步虚詞：「滴露研朱點周易。」

〔二〕晨粧試酒　楊廷秀秋山詩：「小楓一夜偷天酒。」

〔三〕「驚漢殿」句　三輔黄圖：「漢宫殿中多植楓，故曰楓宸。至霜後葉丹可愛，騷人多稱詠之。」

〔四〕「認隋苑」句　通鑑隋煬帝紀：「大業元年築西苑……宫樹秋冬凋落，則剪綵爲華葉綴於枝條，色渝則易以新者，常如陽春。」

〔五〕仙丹　漢武内傳：「西王母云：仙之上藥有玄霜絳雪。」裴硎傳奇：「薛昭遇仙女得絳雪丹度世。」此暗用「絳」字以切紅葉之色。

〔六〕劉阮　漢明帝永平五年，剡縣劉晨、阮肇，共入天台山。迷路不得返。糧盡，得山上數桃啖之，遂不飢。下山，一大溪邊有二女，姿質妙絶，因要還家，勅婢速作食，有胡麻山羊脯，甚美。遂留半載餘，懷土求歸，女曰：「宿福所牽，何復欲還？」因指示還路。既出，無復相識，問得七世孫，傳聞上世入山迷道不得歸。見幽明録。

齊天樂　螢〔一〕

碧痕初化池塘草〔二〕，熒熒野光相趁〔三〕。扇薄星流〔四〕，盤明露滴〔五〕，零落秋原飛燐〔六〕。

練裳暗近。記穿柳生涼，度荷分暝。誤我殘編，翠囊空歎夢無準〔七〕。樓陰時過數點，倚闌人未睡，曾賦幽恨。漢苑飄苔，秦陵墜葉〔八〕，千古淒涼不盡〔九〕。何人爲省，但隔水餘暉，傍林殘影〔一〇〕。已覺蕭疏，更堪秋夜永。

【校】

〔飛燐〕明抄本「燐」誤「憐」。〔練裳〕人和按：「練」當作「綀」。玉篇「綀，紡粗絲也」。集韻「綌屬」，說文新附：「綀，布屬。」今本後漢書禰衡傳作「踈巾」，可知戴良傳之踈裳布被，亦綀裳布被也。引後漢禰衡著綀巾。即世說新語識鑒篇注引續晉陽秋，與晉書車胤傳之「練囊」，亦「綀囊」之誤。蓋「綀」「練」形近，後人多見「練」，少見「綀」，故「綀」譌爲「練」也。且此字周邦彥、史達祖、吳文英、周密諸人並用平聲，即碧山集中其餘四首，亦並用平聲。廣韻魚韻「綀，所菹切」，徐鉉詩「好風輕透白綀衣」，尤可證明此字當作「綀」，不作「練」也。

【箋注】

〔一〕此亦當時拈題同賦之什，餘詞鮮傳耳。自來詠螢詞賦，多爲弔古哀時之作，取其宵燐碧血，助人淒冷。碧山此詞，且有所指，其爲瀛國公之事乎？後漢書孝靈帝紀：建寧六年中常侍張讓、段珪劫少帝、陳留王走小平津。尚書盧植追讓、珪等，斬殺數人。帝與陳留王協，夜逐螢火，走行數里，得民家露車共乘之，辛未還宮。少帝、帝㬎，同爲亡國殤主；露車共載，輿櫬北行，事又相類。託爲熠燿之飛，以抒覆亡之痛。漢苑秦陵，已顯言之矣。

〔二〕「碧痕」句　禮記月令：「季夏之月，腐草爲螢。」

〔三〕「熒熒」句　月令疏引李巡爾雅注：「熒火夜飛，腹下如火光。」埤雅：「螢，夜飛腹下有火，故字從熒。」

〔四〕「扇薄」句　杜牧秋夕詩：「輕羅小扇撲流螢。」

〔五〕盤明露滴　漢武故事：「帝以銅作承露盤，上有仙人掌，擎玉盤以承雲表之露。」

〔六〕飛燐　詩東山傳：「熠燿，燐也。燐，螢火也。」古今注：「螢，一名燐。」駱賓王螢火賦：「知戰場之飛燐。」

〔七〕「誤我」二句　車胤好學不倦，貧無燈火，夏日用練囊盛數十螢火以照夜讀。見續晉陽秋。

〔八〕「漢苑」二句　劉禹錫秋螢引詩：「漢陵秦苑遥蒼蒼，陳根腐葉秋螢光。」吴彦高春從天上來詞：「漢苑秦宫，墜露飛螢。」

〔九〕「千古淒涼」句　歐陽修玉樓春詞：「滿眼淒涼愁不盡。」周邦彦丁香結詞：「此恨自古，銷磨不盡。」

〔一〇〕「但隔水」二句　杜甫螢火詩：「帶雨傍林微。」又駱賓王螢火賦：「泛灩乎池沼，徘徊乎林岸。」按此云「隔水餘暉」，蓋指帝昺之入海；「傍林殘影」，指帝㬎之北征。

【斠律】

首句如七言詩，一三字平仄可動，有起韻者，亦可不叶，不拘也。次句必平平仄平平仄。前後片兩四字對句，「扇薄星流」與後片「漢苑飄苔」，必用仄仄平平。「盤明露滴」與後片「秦陵墜葉」，必用平平仄仄。「度荷分暝」與後片「傍林殘影」，必用仄平平仄。更要注意者，中間「練裳暗近」，與後片「何人爲省」兩四字叶韻句，必用平平去上，叶入聲韻者用平平去入。原句「近」字，宋人本讀上聲。「練」字各刻皆如此而不知爲「綀」字之誤。「綀」字本北朝俗體書，由「疏」變而爲「疎」，又由「疎」變而爲「綀」，隋唐以來，久經沿用，原校引證，最爲詳盡。此字自有齊天樂以來，無有用仄聲者。試觀碧山後二闋咏蟬作「淒涼倦耳」、「窗明月碎」，又一首作「西窗過雨」、「餘音更苦」，贈秋崖一首作「江南恨切」、「江雲凍結」，清真「雲窗靜掩」，千里「重門向掩」，西麓「牙牀半掩」，逃禪「紗幬半掩」是也，各家無不如此。前結「翠囊空歎夢無準」，必用仄平平仄去平仄，「夢」字亦可以上代去。後結「更堪秋夜永」，必用仄平平去上，叶入聲韻者用去入。此爲本調鐵板注脚，不可稍動，蓋此雖非四聲調而兩結必四聲相合。詞有特別注重於前後煞拍者，此其一例也。換頭「樓陰時過數點」，以平平平仄仄仄爲準。間有用平平仄平仄仄者，如白石「西窗又吹暗雨」；用仄平平平仄仄者，如夢窗「寂寥西窗久坐」，可以變動。「倚闌人未睡」句，可上一下四，如後闋「歎攜盤去遠」。「曾賦幽恨」句，「賦」字以用仄爲準，如後二闋「都是秋意」、「難貯零露」。更後二首「如今休説」、「涼生江滿」，固可用平聲，然亦當依此爲是。紅友謂調中字句有拗而古人多數從之者，正要從其多處，捨易就難，爲詞家必經之路；拗者正是大家名作，順者不及，此理極易明。原校固有見地，而戈選亦可從也。

【彙評】

雲韶集碧山詞評：淒淒切切，秋聲秋色，秋氣滿紙。感慨蒼茫。末二語一往歎惜。

又 蟬〔一〕

緑槐千樹西窗悄〔二〕，厭厭晝眠驚起。飲露身輕，吟風翅薄〔三〕，半翦冰箋誰寄。淒涼倦耳，漫重拂琴絲，怕尋冠珥〔四〕。短夢深宮，向人猶自訴憔悴。　殘虹收盡過雨，晚來頻斷續，都是秋意。病葉難留〔五〕，纖柯易老，空憶斜陽身世。窗明月碎，甚已絶餘音，尚遺枯蛻。鬢影參差〔六〕，斷魂青鏡裏。

【校】

「緑槐」舊抄本「槐」作「陰」，樂府補題亦作「陰」。〔西窗悄〕樂府補題「悄」作「曉」。〔驚起〕鮑本注云，詞綜誤「睡」。按明抄本「起」亦作「睡」。戈載云，「睡」與上「眠」字犯。〔飲露身輕，吟風翅薄〕樂府補題作「嫩翼風微，流聲露悄」。〔短夢深宮〕樂府補題作「夢短宮深」。〔猶自〕樂府補題「自」作「與」。〔殘虹〕舊抄本「虹」作「紅」。疑誤。○則虞按：別下齋抄本亦作「紅」。許昂霄曰：「紅當作虹。」〔窗明月碎〕舊抄本「窗」作「山」，脱「月」字。樂府補題「窗」亦作「山」。〔尚遺〕樂府補題「遺」作「餘」，與上複。〔青鏡〕詞綜「青」作「清」。

【箋注】

〔一〕周濟詞選以爲詠蟬諸詞爲元僧楊璉真伽發宋陵而作，王樹榮、夏瞿禪益張其説。周密癸辛雜識：

一村翁於孟后陵得一髻，髻長六尺餘，其色紺碧。謝翱爲作古釵歎。詠蟬十詞九用鬟鬢，即其本事也。此説極是。樂府補題諸詞，往往題同而託興各異，惟賦蟬一闋，作者八人，寓意則一。詞意尤顯者，如吕同老：「早枯翼飛仙，暗嗟殘景。見洗冰奩，怕翻雙翠鬢。」陳恕可：「任翻鬢雲寒，綴貂金淺。蜕羽難留，頓驚仙夢遠。」王易簡：「怕寒葉凋零，蜕痕塵土。」仇遠：「滿地霜紅，淺莎尋蜕羽。」非即林景熙之「親拾寒瓊出幽草」之意乎？然則此詞之「枯蜕」、「嬌鬢」不言可喻矣。是則陳廷焯「全后爲尼」，端木埰「禾黍之悲」（見王鵬運跋花外集所引），特得半之論耳。

〔二〕「緑槐」句　蘇軾阮郎歸詞：「緑槐高柳咽新蟬。」

〔三〕「飲露」二句　曹大家蟬賦：「吸清露於丹園。」沈鵬蟬詩：「依樹愧身輕。」駱賓王在獄詠蟬詩序：「有翼自薄，不以俗厚而易其真。吟喬樹之微風，韻姿天縱；飲高秋之墜露，清畏人知。」

〔四〕「冠珥」句　蔡邕獨斷：「趙武靈王效胡服，始施貂蟬之飾，秦滅趙，以其君冠賜侍中。」漢官儀：「貂蟬冠，侍中、中常侍服。黄金璫附蟬爲文，貂尾爲飾，侍中插左，常侍插右。」宛委餘編：「冠加金璫貂蟬者，金取剛强百煉不耗，蟬居高飲清，口在腋下。」蓋本徐廣車服志之説。

〔五〕「病葉」句　陸游秋後一日風雨詩：「病葉風吹盡，鳴蟬雨打疏。」

〔六〕「鬢影」句　崔豹古今注：「魏文帝宫人絶所愛者，有莫瓊樹……日夕在側。瓊樹乃製蟬鬢，縹眇如蟬，故曰蟬鬢。」駱賓王在獄詠蟬詩：「不堪玄鬢影。」此用以切「蟬」，且以切后妃身世。

【彙評】

雲韶集碧山詞評：較草窗一作稍覺婉雅，其借題抒寫身世之感，情則一也。　有骨有韻，不獨哀感。後半直與草窗作無二。

又 前題

一襟餘恨宫魂斷〔一〕，年年翠陰庭樹。乍咽涼柯，還移暗葉，重把離愁深訴。西窗過雨，怪瑶佩流空，玉筝調柱。鏡暗粧殘，爲誰嬌鬢尚如許。　銅仙鉛淚似洗，歎攜盤去遠，難貯零露〔二〕。病翼驚秋，枯形閲世〔三〕，消得斜陽幾度。餘音更苦，甚獨抱清高〔四〕，頓成淒楚。謾想薰風，柳絲千萬縷。

【校】

〔餘恨〕樂府補題「餘」作「遺」。戈選同。〔庭樹〕樂府補題「樹」作「宇」。〔深訴〕樂府補題「深」作「低」。〔西窗〕樂府補題「窗」作「園」。〔怪瑶佩流空〕樂府補題作「漸金錯鳴刀」。○則虞按：藝苑雌黄：「錢昭度詩：荷揮萬朵玉如意，蟬鳴一聲金錯刀。」較瑶佩流空尤切。〔鏡暗〕舊抄本「暗」作「掩」。樂府補題亦作「掩」。〔如許〕周選「許」作「此」。人和按：借此字協語御韻。白石長亭怨慢有其例。然歷代詩餘所載姜詞，與今本白石道人歌曲異，殊難確定，此處似不必借協。且各本並作「如許」，惟周選作「如此」，孤證亦難從也。〔似洗〕張選「似」作「如」。人和按：此字不當用平聲。〔攜盤〕明抄本、舊抄本、鮑本並作「移盤」。「移」「攜」誼得兩通。碧山慶宫春詠水仙花云「攜盤獨出，空想咸陽，故宫落月」，並用魏明帝事。李賀金銅仙人辭漢歌詩云：「空將漢月出宫門，憶君清淚如鉛水。衰蘭送客咸陽道，天若有情天亦老。攜盤獨出月荒涼，渭城已遠波聲小。」亦作「攜盤」。今從樂府補題及周録。○則虞按：别下齋抄本作「移」。〔斜陽〕歷代詩餘「斜」作「殘」。〔清高〕詞綜「高」作「商」。歷代詩餘同。〔謾想〕舊抄本「想」誤「相」。

【箋注】

〔一〕宫魂　馬縞中華古今注：「昔齊后忿而死，尸變爲蟬，登庭樹嘒唳而鳴。王悔恨。故世名蟬爲齊女焉。」此云「宫魂」即用其典。

〔二〕「銅仙鉛淚」三句　李賀金銅仙人辭漢歌詩序云：「魏明帝青龍元年八月，詔宫官牽車西取漢孝武捧露盤仙人，欲立置前殿。宫官既拆盤，仙人臨載，乃潸然淚下。」詩見原校引，注略。

〔三〕枯形閲世　孫楚蟬賦：「形如枯槁。」

〔四〕清高　案詞綜作「清商」者非是。李商隱蟬詩：「本以高難飽」，如作「清商」，則與下句「凄楚」意複。

又　贈秋崖道人西歸〔一〕

冷煙殘水山陰道，家家擁門黄葉〔二〕。故里魚肥，初寒雁落，孤艇將歸時節。江南恨切，問還與何人，共歌新闋？换盡秋芳，想渠西子更愁絶。　當時無限舊事，歎繁華似夢，如今休説。短褐臨流，幽懷倚石，山色重逢都别。江雲凍結。算只有梅花〔三〕，尚堪攀折。寄取相思〔四〕，一枝和夜雪〔五〕。

【校】

〔如今休説〕戈選作「今向誰説」，跋云「今」字宜仄。人和按：下四明别友一首，作「涼生江滿」，是此字亦可用平聲也。

【箋注】

〔一〕秋崖有五，皆與碧山年代相近。李萊老，字周隱，號秋崖，咸熙六年任嚴州知府，與李彭老爲昆季。周密刊其詞十二闋于絶妙詞選，浩然齋雅談復著其人。此其一。奚淢，字倬然，號秋崖，西湖志收有芳草南屏晚鐘詞，又校輯宋金元人詞有秋崖詞十首，如醉蓬萊蓬萊閣懷古等。張玉田詞源有云：「近代楊守齋神於琴，故深知音律……與之遊者周草窗、奚秋崖，每一聚首，必分題賦曲。」此其二。敖秋崖，仕迹未詳。劉辰翁一剪梅、燭影摇紅、齊天樂諸詞皆和秋崖韻，辰翁丙子國變後居浙者猶十餘載，秋崖蓋亦同遊之人。此其三。方岳，字巨川，號秋崖，祁門人，有秋崖先生小集，有詞名，卒於景定之後。此其四。戴表元剡源集有贈天台潘山人秋崖詩：「老潘雙眸如紺珠，帶以秋陽朝露之清暎。山形水態出没千百變，經君指顧不得藏錙銖。」隱遯士之也。此其五。許昂霄詞綜偶評以爲贈方秋崖，恐非。似以奚秋崖爲相近。奚氏芳草詞有云：「笑湖山紛紛歌舞，花邊如夢如薰。」此云：「當時無限舊事，歎繁華似夢，如今休説。」是皆慨乎臨安昔日之繁盛。至題稱

「西歸」者指杭越，言錢塘之西也。碧山賦此詞時，當在會稽，故云「想渠西子更愁絕」。由是推知奚氏登蓬萊閣懷古之作，疑賦於此時。

〔二〕擁門　柳宗元答問：「擁門填扃。」

〔三〕「算只有梅花」二句　按此指秋崖長相思慢詞「幾多年、江湖浪識，知心只許梅花」句而言。

〔四〕寄取相思　用陸凱事，見前六頁花犯苔梅注〔二〕。

〔五〕一枝夜雪　用齊己早梅詩句，見前二一頁疏影詠梅影注〔五〕。

【彙評】

白雨齋詞話：碧山贈秋崖道人西歸（調齊天樂）云：「冷煙殘水山陰道，家家擁門黃葉。」一起令人魂銷。又云：「換盡秋芳，想渠西子更愁絕。」亦不堪多誦。後疊云：「短褐臨流，幽懷倚石，山色重逢都別。」黍離麥秀之悲。「山色」六字，淒絕警絕，覺「國破山河在」猶淺語也。下云「江雲凍結，算只有梅花，尚堪攀折」，此亦必有所指，骨韻高絕。玉田感傷處亦自雅正，總不及碧山之厚。

雲韶集碧山詞評：起得淒秀。　一味感惜，情見乎詞。　淋漓曲折，白石化境。

又　四明別友〔一〕

十洲三島曾行處〔二〕，離情幾番悽惋。墜葉重題，枯條舊折，蕭颯那逢秋半。登臨頓懶，更葵箑難留〔三〕，苧衣將換〔四〕。試語孤懷，豈無人與共幽怨。遲遲終是也別〔五〕，算何如趁取，涼生江滿。挂月催程〔六〕，收風借泊，休憶征帆已遠。山陰路畔，縱鳴壁猶蛩，過樓初雁。政恐黄花，笑人歸較晚〔七〕。

【校】

〔四明別友〕周録無此題。〔曾行處〕歷代詩餘「行」作「遊」。周録同。〔悽惋〕舊抄本「惋」作「婉」。鮑本、王本並同。○則虞按：別下齋抄本則作「婉」。〔幽怨〕鮑本注云，一作「愁怨」。〔何如〕歷代詩餘作「何時」。〔趁取〕明抄本「取」作「耳」。〔挂月〕舊抄本「挂」誤「桂」。〔休憶〕歷代詩餘「憶」作「意」。○則虞按：別下齋抄本亦作「意」。〔政恐〕周録「政」作「正」。○則虞按：別下齋抄本亦作「正」。

【箋注】

〔一〕四明　山名。唐六典：江南道名山曰四明山。在浙江省寧波市西南。

〔二〕十洲三島　史浩喜遷鶯詞：「著向十洲三島。」十洲者，謂祖、瀛、懸、炎、長、元、流、生、鳳麟、聚窟。見舊題東方朔撰十洲記。「三島」謂蓬萊、方丈、瀛洲。

〔三〕葵箑　世説新語輕詆注引續晉陽秋：「（謝）安鄉人有罷中宿縣詣安者。安問其歸資，答曰：『嶺南凋弊，唯有五萬蒲葵扇，又以非時爲滯貨。』安乃取其中者捉之。京師士庶競慕而服焉，價值數倍，旬月無賣。」

〔四〕苧衣　韓偓卜隱詩：「藜藿充腸苧作衣。」

〔五〕遲遲　孟子萬章下：「遲遲吾行也，去父母國之道也。」

〔六〕挂月　吴均詠懷二首詩：「挂月青山下。」

〔七〕「政恐黄花」二句　此用陶淵明歸去來辭「三徑就荒，松菊猶存」意。

一萼紅　石屋探梅〔一〕

思飄飄。擁仙姝獨步〔二〕，明月照蒼翹。花候猶遲，庭陰不掃，門掩山意蕭條。抱芳恨、佳人分薄，似未許、芳魄化春嬌。雨澀風慳〔三〕，霧輕波細，湘夢迢迢〔四〕。　誰伴碧尊雕俎〔五〕，笑瓊肌皎皎，緑鬢蕭蕭。青鳳啼空，玉龍舞夜，遥睇河漢光摇〔六〕。未須賦、疏香淡影，且同倚、枯蘚聽吹簫。聽久餘音欲絶，寒透鮫綃〔七〕。

【校】

〔飄飄〕絶妙好詞作「飄飖」。　〔雨澀〕歷代詩餘作「雨滢」。　〔笑瓊肌〕絶妙好詞作「唤瓊姬」。箋注本作「唤瓊肌」，歷代詩餘作「歎瓊肌」。　〔緑鬢〕絶妙好詞作「緑髮」。　〔遥睇〕絶妙好詞「睇」作「盼」。箋注本作「睇」。戈選亦作「盼」。　〔鮫綃〕舊抄本脱「鮫」字。

【箋注】

〔一〕石屋　洞名，在浙江省杭州市南高峯下。董嗣杲西湖百詠注：「石屋在大仁院内，錢氏建，岊石虛廣若屋，下有洞路，石上鐫五百羅漢。其屋上建閣三層。」

〔二〕仙姝　此用蘇軾留題仙遊潭中興寺詩「還訪仙姝款石闈」句意。

〔三〕雨澀風慳　蘇軾約公擇飲是日大風詩：「曉來顛風塵暗天，我思其由豈坐慳。」注：「俗諺慳值風、嗇值雨。」

〔四〕湘夢　宋孝武帝登魯山詩：「湘夢極南流。」

〔五〕雕俎　莊子達生：「加汝肩尻乎雕俎之上。」

〔六〕光搖　蘇軾雪夜書北堂壁詩：「光搖銀海眩生花。」

〔七〕鮫綃　南海出鮫綃，一名龍紗，以爲服，入水不濡。見述異記。

【斠律】

此調以碧山五首、草窗一首、玉田三首互相對照，其平仄可通者有「獨」、「花」、「庭」、「門」、「芳」、「恨」、「似」、「未」、「霧」、「湘」、「誰」、「雕」、上「皎」字、「遥」、「須」、「賦」、「同」、「倚」、「寒」諸字。惟白石於「聽久餘音欲絶」句，作「待得歸鞍到時」，「時」字用平；詞綜載劉天迪一首，作「夢破梅花角聲」，正白石用法。碧山、草窗、玉田俱不如此，從其多者故舉出。

又　丙午春赤城山中題花光卷〔一〕

玉嬋娟。甚春餘雪盡，猶未跨青鸞〔二〕。疏萼無香，柔條獨秀，應恨流落人間。記曾照、黄昏淡月〔三〕，漸瘦影、移上小闌干〔四〕。一點清魂，半枝空色，芳意班班。重省嫩寒清曉，過斷橋流水，問信孤山〔五〕。冰粟微銷，塵衣不浣，相見還誤輕攀。未須訝、東南倦客〔六〕，掩鉛淚、看了又重看。故國吴天樹老，雨過風殘。

【校】

〔丙午春赤城山中題花光卷〕明抄本「卷」作「菴」。歷代詩餘作「赤城山中題梅花卷」，周録同。范本「花光」亦作「梅花」。人和按：「花光卷」是也。黄山谷内集十九，花光仲仁出秦蘇詩卷，思兩國士不可復見，開卷絶歎。因花光爲我作梅數枝，及畫煙外遠山，追少游韻記卷末。内有云：「雅聞花光能畫梅，更乞一枝洗煩惱。」又云：「寫盡南枝與北枝，更作千峯倚晴昊。」黄集又有題花光畫、題花光畫山水二詩，則此所謂花光卷者，當即舊傳花光老所作之梅花卷也。故詞中多寫梅花，以寄感慨。别本作「梅花卷」者，疑不知花光之誼。又以詞中多寫梅花，故易爲梅花卷，不足據也。○則虞按：丙「午」應爲丙「子」之誤，説詳拙撰碧山事蹟考略（附後）。〔影移〕舊抄本作「移影」，鮑本同。〔空色〕明抄本「空」作「寒」，周録同。〔芳意〕明抄本「芳」作「苦」。〔問信〕歷代詩餘「信」作「訊」，范本同。〔冰粟〕明抄本「粟」作「肌」，舊抄本同。歷代詩餘作「骨」，周録同。○則虞按：别下齋抄本亦作「冰肌」。〔未須訝〕鮑本「須」作「許」，王本同。按此字當用平聲。〔重看〕明抄本「看」誤作「見」。

【箋注】

〔一〕題　赤城山，在浙江省天台縣北六里。孔靈符會稽記：「赤城山土皆赤，狀似雲霞，望之如雉堞。」孫綽天台山賦：「赤城霞起而建標。」花光，周密志雅堂雜鈔：「衡州有華光山，其長老仲仁能作墨梅，所謂華光梅是也。」王惲秋澗集有題花光墨梅二絶序云：「蜀僧超然字仲仁，居衡陽花光山，避靖康亂，徙江南之柯山，與參政陳簡齋並舍而居。山谷所謂研墨作梅，超凡入聖，法當冠四海，而名後世。嘗有『移船來近花光住，寫盡南枝與北枝』之句。其丰度可想見矣。」按：簡齋集有送僧超然詩，即其人也。東坡、少游亦皆有贈詩，元好問亦有題花光梅詩。

〔二〕青鸞　光武時有大鳥高五尺，五色備舉而多青，蔡衡曰：「凡象鳳者有五，多青色者鸞也。」見洽聞記。

〔三〕黄昏淡月　林逋山園小梅詩：「暗香浮動月黄昏。」

〔四〕移上小闌干　王安石夜直詩：「月移花影上闌干。」

〔五〕「重省」三句　華光長老寫梅，黄魯直觀之曰：「如嫩寒春曉，行孤山水邊籬落間。」並賦蝶戀花及西江月二詞。見冷齋夜話及羣芳譜。此蓋用其事。辛棄疾念奴嬌詞：「還似籬落孤山，嫩寒清曉。」斷橋，武林舊事：「斷橋又名段家橋。」西湖遊覽志：「本名寶祐橋，自唐時呼爲斷橋。斷橋荒蘚合，以孤山之路至此而斷，故以爲名。」孤山，在杭州，爲林和靖隱居處。

〔六〕東南倦客　周邦彥滿庭芳詞：「憔悴江南倦客。」

【彙評】

白雨齋詞話：（碧山）一萼紅赤城山中題梅花卷云：「疏萼無香，柔條獨秀，應恨流落人間。」後半云：「重省嫩寒清曉……雨過風殘。」身世之感，君國之恨，一一可見。

又　紅梅

占芳菲。趁東風嫵媚，重拂淡燕支。青鳳銜丹〔一〕，瓊奴試酒，驚換玉質冰姿〔二〕。甚春色、江南太早，有人怪、和雪杏花飛〔三〕。蘚佩蕭疏，茜裙零亂，山意霏霏〔四〕。空惹別愁無數，照珊瑚海影，冷月枯枝〔五〕。吴豔離魂，蜀妖浥淚〔六〕，孤負多少心期。歲寒事、無人共省，破丹霧、應有鶴歸時。可惜鮫綃碎翦〔七〕，不寄相思。

【校】

〔枯枝〕戈選「枯」作「孤」。　〔鶴歸時〕川本「鶴」作「偶」，舊抄本「歸時」作「時歸」，疑並非是。　〔可惜〕歷代詩餘「惜」作「恨」。

【箋注】

〔一〕青鳳銜丹　杜甫麗人行詩：「青鳥飛去銜紅巾。」

〔二〕玉質冰姿　毛滂木蘭花詞：「玉骨冰肌元淡竚。」

〔三〕「甚春色」二句　西清詩話：「紅梅清豔兩絶，昔獨盛於姑蘇。晏元獻始移植西岡第中，特珍賞之。一日，貴游賂園吏得一枝分接，由是都下有二本。公嘗與客飲花下賦詩，曰：『若更遲開三二月，北人應作杏花看。』客曰：『公詩固佳，特北俗何淺也。』公笑曰：『顧傖父安得不然？』一坐絶倒。……王介甫紅梅詩云：『春半花纔發，多應不耐寒。北人初未識，渾作杏花看。』與元獻之詩暗合。」

〔四〕山意　杜甫小至詩：「山意衝寒欲放梅。」

〔五〕「照珊瑚」二句　蕭德藻古梅詩：「海月冷挂珊瑚枝。」與此意同。

〔六〕吴豔、蜀妖　見後六二頁又前題注〔四〕〔五〕。

〔七〕鮫綃碎翦　蘇軾梅詩：「鮫綃剪碎玉簪輕。」

又 前題

翦丹雲〔一〕。怕江皋路冷，千疊護清芬。彈淚綃單，凝粧枕重，驚認消瘦冰魂〔二〕。爲誰趁、東風換色，任絳雪、飛滿緑羅裙〔三〕。吴苑雙身〔四〕，蜀城高髻〔五〕，忽到柴門。欲寄故人千里，恨燕支太薄，寂寞春痕〔六〕。玉管難留，金尊易泣〔七〕，幾度殘醉紛紛。謾重記、羅浮夢覺〔八〕，步芳影、如宿杏花村〔九〕。一樹珊瑚淡月，獨照黄昏〔一〇〕。

【校】

〔易泣〕鮑本「泣」作「注」，王本同。人和按：白石暗香詞云：「翠尊易泣，紅萼無言耿相憶。」作「泣」爲是。

【箋注】

〔一〕丹雲　辨命論：「丹雲不卷。」

〔二〕冰魂　陸游梅詩：「醫得冰魂雪魄回。」

〔三〕絳雪　毛滂紅梅詩「渾將絳雪點寒枝」。緑羅裙，魯逸仲南浦詞：「故國梅花歸夢，愁損緑羅裙。」

〔四〕吴苑雙身　晏元獻移紅梅植西岡第中。一日，貴游賂園吏得一枝分接，由是都下有二本。王君玉以詩遺公曰：「園吏無端偷折去，鳳城從此有雙身。」見梅譜及西清詩話。

〔五〕蜀城高髻　蜀州有紅梅數本，郡侯鍵閣扃户，游人莫得見。忽有兩婦人高髻大袖憑闌笑語，郡侯啓鑰，闃不見人，唯東壁有詩曰：「南枝向暖北枝寒，一種春風有兩般。憑仗高樓莫吹笛，大家留取倚闌干。」見摭遺。

〔六〕春痕　毛滂南歌子詞：「零落酴醾，花片損春痕。」

〔七〕金尊易泣　姜夔暗香詞：「翠尊易泣。」黄孝邁湘春夜月詞：「空尊夜泣。」

〔八〕羅浮夢覺　見前六頁花犯苔梅注〔八〕。

〔九〕杏花村　杏花村有三：一在朱陳村，一在池州城外，一在江寧境。此「杏花村」係泛言，非地名。

〔一〇〕「一樹」二句　李商隱小桃園詩：「猶憐未圓月，先出照黄昏。」

又　初春懷舊

小庭深。有蒼苔老樹，風物似山林。侵户清寒，捎池急雨，時聽飛過啼禽。掃荒徑、殘梅似雪，甚過了、人日更多陰〔一〕。壓酒人家〔二〕，試燈天氣〔三〕，相次登臨。　猶記舊游亭館，正垂楊引縷，嫩草抽簪〔四〕。羅帶同心〔五〕，泥金半臂〔六〕，花畔低唱輕斟〔七〕。又争信、風流一别，念前事、空惹恨沈沈。野服山筇醉賞，不似如今。

【校】

〔清寒〕戈選作「寒風」。　〔飛過啼禽〕歷代詩餘「啼」作「鳴」，周録同。戈選作「啼斷幽禽」。

【箋注】

〔一〕人日更多陰　杜甫人日詩：「元日到人日，未有不陰時。」此又用杜詩「花風纔一信，人日故多陰」

之句。西清詩話：都人劉克者該貫典籍，人多從之質。嘗注杜詩：「元日到人日，未有不陰時。」舉東方朔占書示客。凡歲後八日，一日雞，二日犬，三日豕，四日羊，五日牛，六日馬，七日人，八日穀。其日晴，則所主之物育，陰則災。少陵之意，謂天寶離亂，四方雲擾幅裂，人物歲歲俱災。豈非春秋書「王正月」之意邪？碧山此詞蓋作於丙子之後，有所寄慨。

〔二〕壓酒　李白金陵酒肆留別詩：「吴姬壓酒勸客嘗。」

〔三〕試燈天氣　舊俗元宵節張燈結綵，以祈豐收。正月十四日爲試燈日。范成大丙午新正書懷詩：「酥花芋葉試新燈。」陸游初春詩：「元日人日來聯翩，轉頭又見試燈天。」

〔四〕「正垂楊」二句　復齋漫録：「政和中一貴人使越州回，得辭於古碑陰，無名無譜。亦不知何人作也。録以進御……因詞中語賜名『魚遊春水』。中有句云：『嫩草方抽碧玉簪，媚柳輕窣黄金縷。』」耆舊續聞：「『嫩草初抽碧玉簪，緑楊輕拂黄金穟』，蓋用唐人詩句。」按又見唐詞紀。

〔五〕羅帶同心　駱賓王帝京篇詩：「同心結縷帶。」

〔六〕半臂　東軒筆録：「宋子京……多内寵，後庭曳綺羅者甚衆。嘗宴於錦江，偶微寒，命取半臂，諸婢各執一枚，凡十餘枚俱至。」

〔七〕低唱句　柳永鶴沖天詞：「忍把浮名，換了淺斟低唱。」

解連環　橄欖

萬珠懸碧，想炎荒樹密〔一〕，□□□□。恨絳娣、先整吴帆，政鬟翠逞嬌，故林難別。歲晚相逢，薦青子、獨誇冰頰，點紅鹽亂落〔二〕。最是夜寒，酒醒時節。霜槎蝟芒凍裂，把孤花細嚼，時嚥芳洌。斷味惜、回澀餘甘〔三〕，似重省家山，舊游風月。崖蜜重嘗〔四〕，到了輸他清絕。更留人、紺丸半顆，素甌泛雪。

【校】

〔到了〕范本「到」上有「也」字，注云：「也字鮑本脱，擬補。」人和按：以宋人諸作及本調前後段證之，則此句似脱一字。但范本補「也」字，不言所據。今但注於此。〔絳娣〕則虞按：別下齋抄本作「綈姊」，誤。見下斠律。〔青子〕則虞按：別下齋抄本作「青字」，誤。見下箋注。

【箋注】

〔一〕炎荒樹密　南州異物志：「閩廣諸郡及緣海浦嶼皆産橄欖。」

〔二〕「薦青子」二句　蘇軾橄欖詩：「紛紛青子落紅鹽。」按廣東人皆以鹽製。

〔三〕回澀餘甘　王禹偁橄欖詩：「北人將薦酒，食之先顰眉。皮肉苦且澀，歷口復棄遺。良久有回味，始覺甘如飴。」

〔四〕崖蜜　蘇軾橄欖詩：「待得微甘回齒頰，已輸崖蜜十分甜。」賈思勰齊民要術：「櫻桃，爾雅云：楔，荆桃。郭注：今櫻桃。孫炎注：即今櫻桃，最大而甘者謂之崖蜜。」鼠璞：「東坡橄欖詩『崖蜜』注引杜詩『崖蜜松花落』。本草：崖蜜蜂黑色，作房於巖崖高峻處。然坡與橄欖對説，非真蜜也。鬼谷子：崖蜜，櫻桃也。他無經見。予讀南海志，崖蜜子小而黄，殼薄味甘，增城、惠陽山間有之，雖不知與櫻桃爲一物與否，要其同類也。」

【斠律】

此調初見於柳永望梅，後以清真此調有「信妙手、能解連環」之句，後人題爲解連環，猶之齊天樂有「緑蕪凋盡臺城路」之句而題爲臺城路也。此調一般用入聲韻，亦間有用上去韻者。「想炎荒」至「冰頰」，與後片「把孤花」至「清絶」同。要注意者首句必仄平平仄，「絳娣」必去上，而後片之「味惜」則不必。「逞」字、「夜」字、「醒」字、「嚥」字必俱仄。「游」字各家多用平，而清真、竹山用仄。後片第八句「到了輸他清絶」，各家俱作七字句，清真作「望寄我、江南梅萼」，仲舉作「恨回首、雨南雲北」，白石作「又見在、曲屏近底」。原校云脱一字，是也。結韻「紺丸半顆，素甌泛雪」，「紺」字、「半」字、「素」字、「泛」字必用去聲，是定格，清真作「對花對酒，爲伊淚落」，白石作「夜來皓月，照伊自睡」，竹山作「醉歌醉舞，勸花自樂」，皆用去聲字；仲舉作「此情此恨，甚時盡得」，以上代去也。此詞俱能守律，惟有數字未合：「想」字宜平此仄，「舊游」之「游」當用去上，此用平。「崖」字亦不應用平。

三姝媚 次周公謹故京送别韻〔一〕

蘭缸花半綻〔二〕。正西窗淒淒，斷螢新雁。别久逢稀，謾相看、華髮共成銷黯。總是飄零，更休賦、梨花秋苑〔三〕。何況如今，離思難禁，俊才都減〔四〕。今夜山高江淺，又月落帆空，酒醒人遠。綵袖烏紗，解愁人、惟有斷歌幽婉。一信東風，再約看、紅腮青眼〔五〕。只恐扁舟西去，蘋花弄晚。

【校】

〔故京〕歷代詩餘無此二字。〔蘭釭〕歷代詩餘「釭」作「缸」。〔半綻〕舊抄本「綻」作「吐」，花草粹編同。人和按：草窗原詞作「綻」起韻，「吐」字誤。○則虞按：别下齋抄本亦作「吐」。〔江淺〕歷代詩餘「江」作「水」。〔綵袖〕明抄本「綵」作「絲」，舊抄本同。〔烏紗〕詞綜「紗」作「絲」，歷代詩餘同。〔幽婉〕舊抄本「婉」作「怨」，草窗原詞作「惋」。

【箋注】

〔一〕歷代詩餘無「故京」二字，非也。此故京者，臨安也，其時宋已亡數載矣。公謹，南宋詞人周密之字。咸淳十年甲戌碧山至杭别公謹，丙子後蓋又至杭，法曲獻仙音數詞疑賦於此時。未幾還越，公謹賦三姝媚以送之，此即答其韻也。碧山稱公謹曰「丈」，此題直呼其字，當爲後人所録，非原題如是。公謹原韻送聖與還越：「淺寒梅未綻。正潮過西陵，短亭逢雁。秉燭相看，歎俊遊零落，滿襟依黯。露草霜花，愁正在、廢宫蕪苑。明月河橋，笛外尊前，舊情消減。莫訴離觴深淺。恨聚散怱怱，夢隨帆遠。玉鏡塵昏，怕賦情人老，後逢悽惋。一樣歸心，又喚起、故園愁眼。立盡斜陽無語，空江歲晚。」

〔二〕蘭缸　謝朓詠幔詩：「蘭缸當夜明。」

〔三〕梨花秋苑　李賀三月詩：「曲水飄香春不歸，梨花落盡成秋苑。」姜夔淡黄柳詞：「梨花落盡成秋色。」

〔四〕俊才　漢書王褒傳：「聞褒有俊才。」

〔五〕紅腮青眼　段成式柔卿解籍戲呈飛卿三首詩：「遮却紅腮交午痕。」杜甫短歌行贈王郎司直詩：「青眼高歌望吾子。」

【斠律】

詞中有四字五字連用平聲者，必爲定格，如少游夢揚州之「輕寒如秋」，梅溪壽樓春之「裁春衫尋芳」，此調「西窗淒淒」，定格如此。碧山另一首作「金鈴枝深」；夢窗三首，一作「清波明眸」，一作「王孫重來」，一作「春衫啼痕」；草窗一首作「潮過西陵」，「過」字平聲。結句「蘋花弄晚」，另一首「花陰夢好」；夢窗一作「花深未起」，一作「青梅已老」，一作「斜陽淚滿」；草窗作「空江歲晚」，各名家無不如此。「謾相看」句九字與後片「解愁人」句九字，可上三下六，亦可上四下五，此在一韻之中，只求節拍不誤，而行氣遣詞非必拘拘於字句，即萬氏所謂一氣貫下不拘也。

【彙評】

雲韶集碧山詞評：情詞都勝。　同是天涯淪落，可勝浩歎。　情景兼工，秦柳不得專美於前。

又　櫻桃

紅纓懸翠葆〔一〕。漸金鈴枝深，瑶階花少。萬顆燕支〔二〕，贈舊情、争奈弄珠人老〔三〕。扇底清歌〔四〕，還記得、樊姬嬌小〔五〕。幾度相思，紅豆都銷〔六〕，碧絲空裊〔七〕。　芳意荼蘼開早〔八〕。正夜色瑛盤，素蟾低照〔九〕。薦筍同時〔一〇〕，歎故園、春事已無多了〔一一〕。贈滿筠籠〔一二〕，偏暗觸、天涯懷抱。謾想青衣初見，花陰夢好〔一三〕。

【校】

〔紅纓〕明抄本「纓」作「櫻」，詞綜同。　〔贈滿筠籠〕鮑本以下，「贈」並作「貯」。人和按：「贈」、「貯」誼得兩通，但杜甫野人送朱櫻詩云：「西蜀櫻桃也自紅，野人相贈滿筠籠。」此似襲用其語。至前後段同字，亦詞中所慣見，不爲複也。今從明抄本及舊抄本。

【箋注】

〔一〕翠葆　謝朓侍宴華光殿曲水奉敕爲皇太子作詩：「翠葆隨風。」

〔二〕萬顆　杜甫野人送朱櫻詩：「萬顆匀圓訝許同。」

〔三〕「贈舊情」句　南都賦：「游女弄珠於漢皋。」二女佩珠，見韓詩外傳鄭交甫事：鄭交甫將南適楚，遵彼漢皋臺下，乃遇二女，佩兩珠大如荆雞之卵，交甫贈以橘柚。此假用，珠以喻櫻桃之圓。

〔四〕清歌　李後主一斛珠詞：「一曲清歌，暫引櫻桃破。」

〔五〕樊姬　范攄雲溪友議：「白樂天有二妾，樊素善歌，小蠻善舞，有詩曰：『櫻桃樊素口，楊柳小蠻腰。』」曾覿浣溪沙：「樊素扇邊歌未發。」此用樊姬即以切櫻桃。

〔六〕「幾度相思」二句　王維相思詩：「紅豆生南國，春來發幾枝。願君多采擷，此物最相思。」

〔七〕碧絲　李白春思詩：「燕草如碧絲。」

〔八〕「芳意荼蘼」句　唐召侍臣學士食櫻桃，飲以荼蘼酒。見羣芳譜。

〔九〕「正夜色瑛盤」二句　漢明帝月夜宴羣臣於照園，太官進櫻桃，以赤瑛爲盤，賜羣臣。月下視之，盤與桃一色，羣臣皆笑，云是空盤。見東觀漢紀。李德裕瑞橘賦：「盤映皎月，與赤瑛而俱妍。」韓愈和張水部勅賜櫻桃詩：「色映銀盤寫未停。」方回云：「詩話常評此詩謂雖工，不及老杜氣魄。然色映銀盤之句，亦佳。陳後山答魏衍送朱櫻有云：『傾盤的皪沾朝露，出袖熒煌得寶珠。會薦瑛盤驚一座，莧腸藜口未良圖。』末句赤瑛盤事乃漢明帝以此盤賜羣臣櫻桃，羣臣月下視之疑爲空盤也。以此事味昌黎色映銀盤語，豈不益奇？王維集中有敕賜百官櫻桃詩，亦以『青絲籠』對『赤玉盤』，甚妙。」

〔一〇〕薦筍　宋史禮志：「景祐三年，禮官宗正條定逐室時薦，請每歲春季月薦蔬以筍，果以含桃。」韓偓食含桃詩自注云：「秦中謂三月爲櫻筍時。」南部新書引李綽秦中歲時記：「長安四月十五以後，自堂廚至百司廚，通謂之櫻筍廚。」山堂肆考：「秦中以三月爲櫻筍節。」

〔一一〕「歎故園」句　李煜臨江仙詞：「櫻桃落盡春歸去。」

〔一二〕贈滿筠籠　杜甫野人送朱櫻詩：「西蜀櫻桃也自紅，野人相贈滿筠籠。」

〔一三〕「謾想」二句　天寶初有范陽盧子在都應舉，不第。嘗暮行至一精舍，有僧開講，盧子倦寢。夢至精舍門，見一青衣攜一籃櫻桃在下坐，盧子訪其誰家，因與青衣同餐櫻桃。青衣云娘子姓盧，適崔，即盧子再從姑。因拜姑，以外甥女鄭氏許焉，盧子喜甚。秋試捷，官至宰相。復以閒步至昔年逢攜櫻桃青衣精舍門，復見其中有講筵。忽昏醉間，講僧喝云：檀越何久不起！夢覺，日向午矣。自是無功名之念。事見太平廣記卷二百八十一夢遊上櫻桃青衣。

【彙評】

詞綜偶評：（「紅纓懸翠葆」三句）正寫起。（「萬顆燕支」）以下三層，俱是借用法。

慶清朝　榴花〔一〕

玉局歌殘〔二〕，金陵句絶〔三〕，年年負却薰風〔四〕。西鄰窈窕，獨憐入户飛紅〔五〕。前度綠陰載酒，枝頭色比舞裙同〔六〕。何須擬，蠟珠作蔕，緗綵成叢〔七〕。　誰在舊家殿閣，自太真仙去〔八〕，掃地春空〔九〕。朱旛護取〔一〇〕，如今應誤花工。顛倒絳英滿徑，想無車馬到山中〔一一〕。西風後，尚餘數點，還勝春濃〔一二〕。

【校】

〔舞裙〕明抄本「舞」作「似」，詞綜、歷代詩餘並同。〔緗綵〕明抄本「緗」作「湘」，舊抄本、鮑本、范本、王本並同。人和按：温庭筠海榴詩云：「蠟珠攢作蔕，緗綵剪成叢。」此詞「蠟珠」二語，全本温詩。今從歷代詩餘、張選、戈選作「緗」。〔太真〕歷代詩餘作「玉真」。人和按：温陽七聖殿，繞殿石榴，皆太真所植。出洪氏雜俎。〔掃地〕則虞按：别下齋抄本作「拂地」。〔朱旛〕鮑本「旛」作「蟠」。

【箋注】

〔一〕張爾田答夏承燾論樂府補題書，謂此詞指元僧發宋陵事。按「朱旛護取」、「絳英滿徑」，語頗相似；但「西風後，尚餘數點，還勝春濃」，又何所指耶？張氏之説，似未可確信，録之以存一説。

〔二〕玉局歌殘　按「玉局」蓋指蘇軾言，軾曾提舉玉局觀，有賀新郎詞，下片專詠榴花，「歌殘」疑即指此。

〔三〕金陵句絶　此金陵蓋指王荆公。「金」對「玉」以求對仗之工。荆公詠石榴詩：「萬緑叢中紅一點，動人春色不須多。」

〔四〕負却薰風　姜夔訴衷情詞：「孤負薰風。」

〔五〕「西鄰」二句　朱熹榴花詩：「窈窕安榴花，乃是西鄰樹。墜蕚可憐人，風吹落幽户。」

〔六〕「枝頭」句　萬楚五日觀妓詩：「紅裙妬殺石榴花。」

〔七〕蠟珠、緗綵　注見本篇校。

〔八〕太真　楊太真，小名玉環，得玄宗寵，封爲貴妃。餘見本篇校。

〔九〕春空　李白陽春歌詩：「長安白日照春空。」

〔一〇〕「朱旛」句　天寶中崔玄徽於春夜遇數美人，自通姓名曰楊氏、李氏，又緋衣少女姓石，名醋醋。有封家十八姨來，諸人命酒。十八姨命酒污石醋醋，石作色謂玄徽曰：「諸女伴每被惡風所撓，常求十八姨相庇。處士每歲旦，作一朱旛，圖以日月五星其上，樹苑中，則免矣。」崔許之。其日立旛，東風刮地，折木飛花，而苑中花不動。崔方悟封家姨乃風神也，石醋醋乃石榴也。見博異記。

〔一一〕「顛倒」二句　韓愈榴花詩：「五月榴花照眼明，枝間時見子初成。可憐此地無車馬，顛倒青苔落絳英。」

〔一二〕春濃　杜甫灞上游詩：「春濃停野騎。」

【斠律】

此調妥順易填，然於「窈」字、「綠」字、「載」字、「作」字、「舊」字、「殿」字、「太」字、「護」字、「絳」字、「滿」字、「數」字，皆宜用仄；此等字在句中地位，似可平可仄，然究以用仄爲起調。詞律、詞譜之注，於可平可仄之字，歷考各家，足資遵守，此非泥古不化，而音響本來如此也。

【彙評】

雲韶集碧山詞評：榴花題難於諸花，以可説者少。此獨寫得宜風宜雅，清新綺麗，兼而有之。感慨繫之。

慶宮春　水仙花〔一〕

明玉擎金〔二〕，纖羅飄帶〔三〕，爲君起舞回雪〔四〕。柔影參差，幽芳零亂，翠圍腰瘦一捻〔五〕。歲華相誤，記前度、湘皋怨別〔六〕。哀絃重聽〔七〕，都是淒涼，未須彈徹。　國香到此誰憐〔八〕，煙冷沙昏，頓成愁絶〔九〕。花惱難禁〔一〇〕，酒銷欲盡，門外冰澌初結。試招仙魄，怕今夜、瑶簪凍折〔一一〕。攜盤獨出，空想咸陽，故宮落月〔一二〕。

【校】

〔慶宮春〕范本作「慶春宮」。〔水仙花〕歷代詩餘無「花」字，戈選同。〔柔影〕舊抄本「柔」作「葉」。○則虞按：别下齋抄本亦作「葉」。〔幽芳〕詞律「芳」作「香」。〔翠圍腰瘦〕詞律「圍」作「闌」。戈選作「翠瘦腰圍」，跋云，此句與下「門外冰澌初結」，平仄宜同。人和按：入韻慶春宫，諸家所作此句第二字多用平聲，第四字多用仄聲，「門外」句第二字多用仄聲，第四字多用平聲，前後相反。戈説非也。〔湘皋〕詞律

「湘」作「江」。〔重聽〕詞律「聽」作「訴」。〔都是〕詞律「都」作「却」。〔獨出〕周録「出」作「去」。〔落月〕杜文瀾云，後結原作「落葉」，戈氏因韻率易。人和按：今檢各本並作「落月」，惟詞律作「落葉」，杜説未確。

【箋注】

〔一〕詠水仙者，始於高似孫之水仙前後兩賦。其序云：「水仙花，非花也，幽楚窈眇，脱去埃滓。」「錢塘有水仙王廟，林和靖祠堂近之。東坡以爲和靖清節映世，遂移神像配食水仙王。然則水仙者，花中之伯夷也。」碧山此詞，託旨蓋亦如是。

〔二〕明玉擎金　趙溍長相思詞詠水仙：「金璞明，玉璞明，小小杯柈翠袖擎。」

〔三〕纖羅　阮籍詠懷詩：「被服纖羅衣。」

〔四〕起舞回雪　張衡觀舞賦：「裾似飛鸞，袖如回雪。」姜夔琵琶仙詞：「玉尊起舞回雪。」

〔五〕腰瘦一捻　毛滂粉蝶兒詞：「楚腰一捻。」

〔六〕湘皋怨別　陳摶水仙詩：「湘君遺恨付雲來。」

〔七〕哀絃重聽　水仙操，樂府琴曲名。春秋時，伯牙在海島，聞水聲，有感而作。見樂府解題。

〔八〕「國香」句　黄庭堅次韻中玉水仙花二首詩：「可惜國香天不管，隨緣流落野人家。」

〔九〕頓成愁絶　黄庭堅王充道送水仙詩：「是誰招此斷腸魂，種作寒花寄愁絶。」

〔一〇〕花惱難禁　杜甫江畔獨步尋花七絶句：「江上被花惱不徹。」黄庭堅水仙詩：「坐對真成被花惱。」朱熹用子服韻謝水仙花詩：「報道幽人被渠惱。」

〔一一〕瑶簪　羣芳譜：「水仙花大如簪頭。」

〔一二〕「攜盤」三句　見前五二頁齊天樂蟬注〔一〕。

【斠律】

「柔影」以下與後片「花惱」以下同。「怨」字、「凍」字，必用去聲，此在平聲調中更易見到。「翠圍」句與後片「門外」句，原校考定各家平仄極是，但清真平韻一首，仍第二字平，第四字仄，「夜深簧暖聲清」與前片「動人一片秋聲」相同耳。

【彙評】

雲韶集碧山詞評：若有人兮，立而望之，翩姍姍其來遲。「哀絃」三句，淒冷。　寄慨無窮。　結筆高，謫仙之遺也。

高陽臺

殘萼梅酸〔一〕，新溝水緑，初晴節序暄妍。獨立雕闌，誰憐枉度華年。朝朝準擬清明近，料燕翎、須寄銀箋〔二〕。又争知、一字相思，不到吟邊。　雙蛾不拂青鸞冷〔三〕，任花陰寂寂，掩户閒眠。屢卜佳期，無憑却恨金錢〔四〕。何人寄與天涯信，趁東風、急整歸船。縱飄零、滿院楊花，猶是春前。

【校】

〔殘蕁〕鮑本注云，詞綜「殘」誤作「淺」。按明抄本「殘蕁」作「蕁淺」，舊抄本同。歷代詩餘及周選並作「淺蕁」，與詞綜同。○則虞按：別下齋抄本亦作「蕁淺」。〔初晴〕鮑本注云，絶妙好詞誤作「東風」，戈載亦云下有「趁東風」句複。〔誰憐〕歷代詩餘「憐」作「云」。〔燕翎〕歷代詩餘作「燕頷」，疑誤。〔不拂〕戈選作「懶埽」。〔却恨〕絶妙好詞「恨」作「怨」。〔歸船〕鮑本注云，詞綜「船」誤作「鞭」。按歷代詩餘、周選亦並作「鞭」。

【箋注】

〔一〕梅酸　楊廷秀初夏睡起詩：「梅子流酸濺齒牙。」

〔二〕「料燕翎」句　周密水龍吟詞：「燕翎誰寄愁椾。」

〔三〕青鸞　李賀謝秀才有妾改從於人詩第二首：「銅鏡立青鸞。」

〔四〕「屢卜佳期」二句　于鵠江南曲：「暗擲金錢卜遠人。」施肩吾望夫詞詩：「自家夫婿無消息，却恨橋頭賣卜人。」

【彙評】

詞綜偶評：（「縱飄零、滿院楊花，猶是春前」）與竹山「縱然歸近，風光又是，翠陰初夏」各有其妙。

又　陳君衡遠游未還，周公謹有懷人之賦，倚歌和之〔一〕。

駝褐輕裝〔二〕，狨韉小隊〔三〕，冰河夜渡流澌〔四〕。朔雪平沙，飛花亂拂蛾眉。琵琶已是淒涼調，更賦情、不比當時〔五〕。想如今、人在龍庭〔六〕，初勸金卮。　一枝芳信應難寄，向山邊水際，獨抱相思。江雁孤回，天涯人自歸遲〔七〕。歸來依舊秦淮碧〔八〕，問此愁、還有誰知？對東風、空似垂楊，零亂千絲。

【校】

〔陳君衡〕詞綜「陳」上有「西麓」二字，周選同。　〔倚歌和之〕詞綜作「倚其歌而和之」，周選同。

〔初勸〕舊抄本「勸」作「賜」。

【箋注】

〔一〕陳允平，字君衡，一字衡仲，號西麓，自號莆鄮澹室後人，四明人。德祐時授沿海制置司參議官，祥興初與蘇劉義書，期以九月以兵船下慶元，當内應。爲怨家所訐，張弘範遣招討使王世强圍捕，同官袁洪解之得釋。後徵至北都，不受官放還。著西麓繼周集、日湖漁唱。○「周公謹有懷人之賦」云者，公謹詞集内無懷君衡之作，惟有高陽臺送陳君衡被召一首，碧山即用此詞之韻。原詞云：「照野旌旗，朝天車馬，平沙萬里天低。寶帶金章，樽前茸帽風欹。秦關汴水經行地，想登臨、都付新詩。縱英遊、疊鼓清笳，駿馬名姬。酒酣應對燕山雪，正冰河月凍，曉隴雲飛。投老殘年，江南誰念方回？東風漸緑西湖柳，雁已還、人未南歸。最關情、折盡梅花，難寄相思。」○陳世宜曰：「此詞言遠游未還，未著何地。就詞觀之，當在被薦以後，放還以前，脱罪膺薦，時必有傳其仕元者，然未聞薦居何職。玉田拜西麓墓解連環詞且有『歎貞元朝士無多』之句，殆以病免保節。碧山此詞有勸善規過之雅焉。起句『駝褐輕裝』，北行之服。『狨韉小隊』，北行之伴。『冰河』確指北道。『朔雪平沙』，渡河後景物。『飛花』承雪，『蛾眉』取譬，起下『琵琶』。君衡非和親，非淪落，故曰『賦情不比當時』。加一『更』字，若有不能曲諒者矣。『想如今』三字，詼諧而剴刻。『龍庭』即岳武穆所謂黄龍府。『初勸金巵』，未還之故，已不啻以趙孟頫視之，語似興會，然在碧山實極不堪之傷心話也。過變就自身立言，『一枝芳信應離寄』，反用陸凱詩，微露割席之意。『山邊水際』，無形之首陽。『相思』而曰『獨抱』，盍各之旨也。開一筆曰『江雁孤回』，『孤回』者，『獨抱』者，同在一面。江與河映照。仇遠贈玉田詩曰：『金臺掉頭不肯住。』其借此輩以相形乎？『天涯人自歸遲』一合，不曰不歸，而曰歸遲，是終望其歸，意仍忠厚也。『歸來』二句，令威華表之感，語極沉痛，此愁者『獨抱相思』『江雁孤回』之心境，無人知之，無人言之，惟秦淮兩岸之垂楊零亂千絲與東風相對，差堪彷彿耳。」

〔二〕駝褐　歐陽修下直詩：「輕寒漠漠侵駝褐。」陳與義縱步至董氏園亭三首詩：「客子今年駝褐寬。」

〔三〕狨韉　呂渭老選冠子詞：「細馬狨韉。」

〔四〕夜渡流澌　後漢書王霸傳：「傳聞王郎兵在後，從者皆恐。及至虖沱河，候吏還白河水流澌。」

〔五〕「琵琶」二句　此用王昭君事，始見石崇明君詞序。

〔六〕龍庭　班固封燕然山銘：「焚老上之龍庭。」

〔七〕「江雁」二句　薛道衡人日思歸詩：「人歸落雁後。」此用其意。

〔八〕「歸來」句　蘇軾和王鞏南遷初歸詩：「歸來萬事非，惟見秦淮碧。」

【彙評】

雲韶集碧山詞評：上半闋是叙其遠游未還，懸揣之詞。數語是懷西麓正面。下半闋是言其他日歸後情事，逆料之詞。

又　和周草窗寄越中諸友韻

殘雪庭陰，輕寒簾影〔一〕，霏霏玉管春葭〔二〕。小帖金泥〔三〕，不知春在誰家〔四〕。相思一夜窗前夢〔五〕，奈個人、水隔天遮。但淒然、滿樹幽香，滿地橫斜〔六〕。江南自是離愁苦，況游驄古道，歸雁平沙〔七〕。怎得銀箋，殷勤與說年華。如今處處生芳草〔八〕，縱憑高、不見天涯。更消他、幾度東風，幾度飛花。

【校】

〔和周草窗寄越中諸友韻〕明抄本無此題，舊抄本、鮑本並同。周録有題，無「周」字。張惠言云，此題應是梅花。人和按：草窗高陽臺寄越中諸友云：「小雨分江，殘寒迷浦，春容淺入蒹葭。雪霽空城，燕歸何處人家。夢魂欲渡蒼茫去，怕夢輕、還被愁遮。感流年、夜汐東還，冷照西斜。　淒淒望極王孫草，認雲中煙樹，漚外春沙。白髮青山，可憐相對蒼華。歸鴻自趁潮回去，笑倦遊、猶是天涯。問東風、先到垂楊，後到梅花？」是王詞次草窗韻殆無可疑。張説最誤。○則虞按：别下齋抄本無題。〔庭陰〕張選「陰」作「除」。〔春在〕鮑本注云，詞綜「在」作「是」，誤。〔個人〕舊抄本「個」作「似」。○則虞按：别下齋抄本亦作「似」。〔天遮〕周録「天」作「山」。戈選作「雲」。○則虞按：别下齋抄本作「天」。〔更消他〕舊抄本「消」下衍「得」字。

【箋注】

〔一〕輕寒簾影　元稹表夏詩：「輕風動簾影。」

〔二〕玉管春葭　杜甫小至詩：「吹葭六管動飛灰。」

〔三〕金泥　歐陽修南歌子詞：「鳳髻金泥帶。」

〔四〕「不知」句　此用王建十五夜望月詩「不知秋思在誰家」之意。

〔五〕「相思」句　盧仝有所思詩：「相思一夜梅花發，忽到窗前疑是君。」史達祖憶瑶姬詞：「一夜相思玉樣人。但起來、梅發窗前，哽咽疑是君。」

〔六〕「滿樹幽香」二句　林逋山園小梅詩：「疏影橫斜水清淺，暗香浮動月黄昏。」

〔七〕歸雁平沙　蔣捷金蕉葉詞：「平沙斷雁落。」

〔八〕「如今」句　牛希濟生查子詞：「記得緑羅裙，處處憐芳草。」

掃花游　秋聲〔一〕

商飈乍發〔二〕，漸淅淅初聞，蕭蕭還住。頓驚倦旅，背青燈弔影，起吟愁賦〔三〕。斷續無憑，試立荒庭聽取。在何許？但落葉滿階〔四〕，惟有高樹。迢遞歸夢阻。正老耳難禁，病懷淒楚。故山院宇，想邊鴻孤唳，砌蛩私語。數點相和，更著芭蕉細雨〔五〕。避無處，這閒愁、夜深尤苦。

【校】

〔迢遞〕歷代詩餘「遞」作「遥」，戈載云，此字宜仄。　〔難禁〕舊抄本「禁」作「奈」，誤。　〔砌蛩〕歷代詩餘「蛩」作「蟲」。　〔這閒愁〕范本「這」作「者」，戈選作「只」。

【箋注】

〔一〕詞家有檃括古人詩文而爲詞者，蘇軾哨遍即檃括陶潛歸去來辭，黄庭堅瑞鶴仙即檃括歐陽修醉翁亭記，方岳沁園春即隱括王羲之蘭亭叙，若此者不可殫數。歐陽修秋聲賦：「予謂童子：『此何聲也，汝出視之。』童子曰：『星月皎潔，明河在天，四無人聲，聲在樹間。』予曰：『噫嘻悲哉，此秋聲也！』」此詞上片即隱括此一段文字。

〔二〕商飈乍發　韓愈聯句：「安得發商飈。」

〔三〕起吟愁賦　姜夔齊天樂詞：「庾郎先自吟愁賦。」

〔四〕落葉滿階　白居易長恨歌詩：「落葉滿階紅不掃。」

〔五〕芭蕉細雨　歐陽修生查子詞：「深院鎖黄昏，陣陣芭蕉雨。」

【斠律】

詞句中各字，有四聲固定者，前已論及：如齊天樂之「西窗過雨」、「練裳暗近」，爲平平去上；眉嫵之「畫眉未穩」爲去平去上。更有近而爲四聲句者，方千里和周詞掃花遊首句「野亭話别」，爲上平去入，夢窗、碧山皆依聲填詞，不差一字。夢窗五首，作「冷空澹碧」、「水雲共色」、「草生夢碧」、「水園沁碧」、「暖波印日」；碧山另三首，作「小庭蔭碧」、「卷簾翠色」、「滿庭嫩碧」，而獨此首作「商飈乍發」，「商」字有疑問。然用平者亦有之，草窗二首，一爲「柳花颺白」，固是，而另一首作「江蘺怨碧」，玉田一首作「煙霞萬壑」，一首作「嫩寒禁暖」，四聲稍有移動，紅友謂爲誤刻，以從其多者論，「商」字恐有誤也。「蕭蕭」第一字亦不當用平。「續」字亦可用上去，用入聲太響。又此詞「落葉」之「葉」字，只夢窗二首，一用「陰」字，一用「湖」字，其餘西麓、清溪諸作俱同。又去上聲字如「倦旅」、「弔影」、「聽取」、「夢阻」、「院宇」、「細雨」及諸仄聲字，俱爲定例。蓋某人創調，則後之作者四聲悉應遵守，如方千里之和清真，夢窗填清真、白石自度腔之類。詞集中某人獨有而不見他集之調，皆應定依四聲爲是。此首「商」、「淅」，第二「蕭」字、「住」、「影」、「賦」、「續」、「立」、「滿」、「夢」、「老」、「耳」、「楚」、「想」、「孤」、「淚」、「語」、「點」、「避」，皆不合律。

【彙評】

詞綜偶評：不似竹山羅列許多秋聲，命意與歐公一賦仿佛相似。但從旅客情懷説來，倍覺愴然。（「頻驚倦旅」）主意。（「想邊鴻孤唳」四句）借以作波，亦如歐公賦末用「蟲聲唧唧」也。

雲韶集碧山詞評：前半摹仿歐陽公秋聲賦，後半則自寫身世飄零之感。　寫出許多愁景，攪人愁思。

又　緑陰

小庭蔭碧，遇驟雨疏風，賸紅如掃〔一〕。翠交徑小，問攀條弄蘂，有誰重到〔二〕？謾説青青，比似花時更好。怎知道，□一別漢南，遺恨多少〔三〕。　清晝人悄悄。任密護簾寒，暗迷窗曉。舊盟誤了，又新枝嫩子，總隨春老〔四〕。漸隔相思，極目長亭路杳。攪懷抱，聽蒙茸、數聲啼鳥〔五〕。

【校】

〔緑陰〕周選無此題，次二首同。　〔遇驟雨〕舊抄本「遇」作「過」。　〔□〕周濟云，「一別」句本應五字，減一字耳。紅友詞律未及是，誤忘檢校也。按此類甚多，若依紅友，即應另列一體矣。人和按：明抄本、舊抄本、詞綜、歷代詩餘並無空格。范本、周録、戈選並作「自」，而不言其所據，今依鮑本、王本。其實止庵之説，未可非也。〔極目〕歷代詩餘脱此二字。

【箋注】

〔一〕「小庭」三句　此用孟浩然春曉「夜來風雨聲，花落知多少」詩意。

〔二〕攀條　古詩：「攀條折其榮。」

〔三〕「一別漢南」二句　世説新語言語：「桓公北征，經金城，見前爲瑯琊時種柳皆已十圍，慨然曰：『木猶如此，人何以堪！』攀枝執條，泫然流淚。」庾信枯樹賦：「桓大司馬聞而歎曰：昔年種柳，依依漢南。今看摇落，悽愴江潭。樹猶如此，人何以堪。」

〔四〕「舊盟誤了」三句　此暗用杜牧事。杜牧遊湖州，有老姥引髽髻女十餘歲，牧曰：此真國色也。接至舟中，姥女皆懼。牧曰：且不即納，吾十年後，必爲此郡，十年不來，乃從爾所適。以重幣結之。後周墀入相，上箋乞守湖州，至郡，已十四年矣，女嫁已三年。牧賦詩曰：「自是尋春去較遲，不須惆悵怨芳時。狂風落盡深紅色，緑葉成陰子滿枝。」見麗情集。

〔五〕「攬懷抱」二句　此用戎昱事。韓滉鎮浙西，戎昱爲部内刺史。郡有妓善歌舞，昱情屬甚厚。滉聞其名，置籍中，昱不敢留，爲歌詞贈之曰：「好去春風湖上亭，柳條藤蔓寄離情。黄鶯久住渾相識，欲別頻啼四五聲。」見本事詩。

【彙評】

詞綜偶評：（「賸紅如掃」）來路。　過變處一線相承。（「舊盟誤了，又新枝嫩子，總隨春老」）去路。

雲韶集碧山詞評：低徊曲折，感慨不盡。　可勝痛惜。　結於不得意中加點染。

又　前題〔一〕

卷簾翠溼，過幾陣殘寒，幾番風雨。問春住否？但怱怱暗裏，換將花去〔二〕。亂碧迷人，總是江南舊樹。謾凝佇，念昔日采香〔三〕，今更何許？　芳徑攜酒處。又蔭得青青，嫩苔無數〔四〕。故林晚步〔五〕，想參差漸滿，野塘山路。倦枕閒牀，正好微曛院宇。送淒楚，怕涼聲、又催秋暮。

【校】

〔今更〕明抄本「今」作「人」，舊抄本、詞綜、歷代詩餘並同。○則虞按：別下齋抄本亦作「人更」。

〔微曛〕明抄本「曛」作「薰」，舊抄本同，歷代詩餘作「醺」。　〔又催〕周録「又」作「頓」。

【箋注】

〔一〕譚獻曰：「此刺朋黨日繁。」

〔二〕「過幾陣」五句　辛棄疾摸魚兒詞：「更能消幾番風雨，忽忽春又歸去。」此用其意。

〔三〕采香　晏幾道臨江仙詞：「與誰同醉采香歸。」

〔四〕嫩苔　貫休山居詩：「嫩苔如水没金瓶。」

〔五〕故林　李白白頭吟詩：「落花辭條羞故林。」

【彙評】

雲韶集碧山詞評：寫惜春情意，亦藴藉深婉，不作激迫之詞，自是碧山本色。　嗚咽。

又　前題

滿庭嫩碧，漸密葉迷窗，亂枝交路。斷紅甚處，但忽忽換得，翠痕無數〔一〕。暗影沈沈，静鎖清和院宇〔二〕。試凝竚，怕一點舊香，猶在幽樹。　濃陰知幾許。且拂簟清眠〔三〕，引筇閒步。杜郎老去，算尋芳較晚，倦懷難賦〔四〕。縱勝花時，到了愁風怨雨。短亭暮，謾青青、怎遮春去？

【校】

〔甚處〕詞綜「甚」作「任」，歷代詩餘作「灑」。

【箋注】

〔一〕翠痕　韓維登湖光亭詩：「翠痕滿地初生草。」

〔二〕清和院宇　柳永女冠子詞：「清和院落。」

〔三〕拂簟清眠　周邦彦滿庭芳詞：「先安簟枕，容我醉時眠。」

〔四〕「算尋芳較晚」二句　見前八五頁掃花游緑陰注〔四〕。

【斠律】

换頭第二字必仄，孫人和原校（見掃花游秋聲）甚是。各家俱用去上聲，只玉田一首用「碧天」二字，又同首「滿」字用「荒」字，萬紅友謂玉田於此中最精深，必不如此，皆誤刻也。

瑣窗寒　春思

趁酒梨花〔一〕，催詩柳絮〔二〕，一窗春怨。疏疏過雨，洗盡滿階芳片。數東風、二十四番〔三〕，幾番誤了西園宴〔四〕。認小簾朱户〔五〕，不如飛去，舊巢雙燕。　曾見，雙蛾淺〔六〕。自别後多應，黛痕不展〔七〕。撲蝶花陰，怕看題詩團扇。試憑他、流水寄情，遡紅不到春更遠〔八〕。但無聊、病酒厭厭〔九〕，夜月荼蘼院。

【校】

〔春思〕詞綜無此題，周選同。〔撲蝶花陰〕周之琦云四字平仄與本調不合，自是誤筆。

【箋注】

〔一〕趁酒梨花　白居易杭州春望詩：「青旗沽酒趁梨花。」

〔二〕催詩柳絮　世説新語言語：「謝太傅寒雪日内集，與兒女講論文義。俄而雪驟，公欣然曰：『白雪紛紛何所似？』兄子胡兒曰：『撒鹽空中差可擬。』兄女曰：『未若柳絮因風起。』公大笑樂。」

〔三〕二十四番　自初春至夏，五日一風，謂之花信風。小寒節三信：梅花、山茶、水仙。大寒節三信：瑞香、蘭花、山礬。立春節三信：迎春、櫻桃、望春。雨水三信：菜花、杏花、李花。驚蟄三信：桃花、棠棣、薔薇。春分三信：海棠、梨花、木香。清明三信：桐花、麥花、柳花。穀雨三信：牡丹、荼蘼、楝花。見通考。

〔四〕西園　曹植公讌詩：「清夜遊西園」。

〔五〕小簾朱户　周邦彦瑣窗寒詞：「小簾朱户。」

〔六〕雙蛾淺　白居易贈同座詩：「春黛雙蛾嫩」。

〔七〕黛痕　陸游雨後快晴步至湖塘詩：「山掃黛痕如尚濕」。

〔八〕「試憑他」二句　見前三七頁又〔水龍吟〕落葉注〔六〕。

〔九〕病酒厭厭　毛滂散餘霞詞：「更懨懨病酒。」

【斠律】

「撲蝶花陰」句，亦係平平去上句法，方千里和周詞，此句作「連飛並羽」，全篇矩矱森嚴，一字不易。萬氏謂周詞「小唇秀靨今在否」之「在」字，他家有作平聲者，但千里和詞此句爲「楚蛾鬟影依舊否」，用「舊」字，碧山三首，用「更」字、「雁」字、「蕙」字，故知當從去聲也。换頭急拍，接連用兩短韻，此爲異於月下笛之處。「認小簾朱户」以下十三字，高竹屋作「悵佳人、有約難來，緑遍滿庭芳草」，楊無咎作「恨遲留、載酒期程，孤負踏青時候」，皆爲上七下六句；此在一韻之中，出於知音者之手筆，只要平仄不差，句逗可以自由，亦即萬氏所謂一氣貫下本不拘也。此調「出谷鶯遲」首與清真詞相勘，不合者有「出」、「谷」、「踏」、「少」、「殢」、「沈」、「雪」、「趁」、「去」、「一」、「住」、「眉」、「怯」、「立」、「處」、「問」、「水」、「共」等十八字，其中亦有可通者。

又　春寒

料峭東風〔一〕，廉纖細雨〔二〕，落梅飛盡。單衣惻惻〔三〕，再整金猊香燼〔四〕。誤千紅、試粧較遲，故園不似清明近。但滿庭柳色，柔絲羞舞，淡黄猶凝。芳景，還重省。向薄曉窺簾，嫩陰欹枕。桐花漸老，已做一番風信〔五〕。又看看、緑徧西湖，早催塞北歸雁影。等歸時、爲帶將歸，併帶江南恨〔六〕。

【校】

〔春寒〕周録無此題。　〔羞舞〕舊抄本「羞」作「差」，似誤。　〔薄曉〕詞綜「曉」作「晚」，周録同。

〔又看看〕則虞按：别下齋抄本作「□又看」。「又看看」語極無味，别下齋抄本是也，然未知「又」上是何字。

〔將歸〕鮑本注云，詞綜誤作「春歸」。按周録「將」亦作「春」。

【箋注】

〔一〕料峭東風　歐陽修蝶戀花詞：「簾幕東風寒料峭。」婁元禮田家五行：「元宵前後，必有料峭之風。」

〔二〕廉纖細雨　李元膺洞仙歌詞：「廉纖細雨，殢東風如困。」周邦彦虞美人詞：「廉纖小雨池塘過。」

〔三〕單衣惻惻　姜夔淡黄柳詞：「馬上單衣寒惻惻。」

〔四〕金猊香燼　陸游老學庵筆記：「故都紫宸殿有二金狻猊，蓋香獸也。故晏公冬宴詩云：『金猊樹立香煙度。』」洞天清録：「狻猊爐，則古之踽足豆也。」

〔五〕「桐花」二句　按清明風三信，有桐花。

〔六〕「早催塞北」三句　陸游聞雁詩：「過盡梅花把酒稀，薰籠香冷换春衣。秦關漢苑無消息，又在江南送雁歸。」此處三句與放翁意近，蓋有所寄慨。

又

出谷鶯遲〔一〕，踏沙雁少，殢陰庭宇。東風似水，尚掩沈香雙户〔二〕。恁苺階、雪痕乍鋪，那回已趁飛梅去。奈柳邊占得，一庭新暝，又還留住。前度，西園路。記半袖争持〔三〕，鬬嬌眉嫵〔四〕。瓊肌暗怯，醉立千紅深處。問如今、山館水村，共誰翠幄熏蕙炷〔五〕。最難禁、向晚淒涼，化作梨花雨〔六〕。

【校】

〔踏沙〕舊抄本「踏」作「離」，歷代詩餘同。○則虞按：别下齋抄本亦作「離」。〔殢陰〕周録「殢」作「滯」。〔庭宇〕舊抄本「庭」作「亭」。〔恁苺階〕明抄本「苺」作「梅」，舊抄本「恁」字闕。歷代詩餘「恁苺」作「看梅」。○則虞按：别下齋抄本亦闕「恁」字。〔淒涼〕舊抄本作「淒淒」。○則虞按：别下齋抄本亦作「淒淒」。

【箋注】

〔一〕出谷鶯遲　詩經小雅伐木：「伐木丁丁，鳥鳴嚶嚶。出自幽谷，遷於喬木。」尚書故實：「今謂進士登第爲鶯遷，蓋出自伐木詩，然詩中並無『鶯』字。頃歲省試鶯出谷詩，别書固無證據，此亦沿當世習俗而然。」

〔二〕「尚掩」句　吳文英鶯啼序詞：「掩沉香繡户。」

〔三〕半袖　張祜五紘詩：「斜抽半袖紅。」

〔四〕眉嫵　漢書張敞傳：「敞爲京兆……又爲婦畫眉。長安中傳張京兆眉憮。」張説贈崔二安平公樂世詞：「自憐京兆雙眉嫵」。

〔五〕蕙炷　歐陽修漁家傲詞：「畏日亭亭殘蕙炷。」

〔六〕梨花雨　白居易長恨歌詩：「梨花一枝春帶雨。」趙令畤蝶戀花詞：「彈到離愁淒咽處，絃腸俱斷梨花雨。」

應天長

疏簾蝶粉〔一〕，幽徑燕泥〔二〕，花間小雨初足。又是禁城寒食，輕舟泛晴渌。尋芳地，來去熟。尚彷彿、大堤南北〔三〕。望楊柳、一片陰陰，摇曳新緑。　重訪豔歌人，聽取春聲〔四〕，猶是杜郎曲。蕩漾去年春色，深深杏花屋。東風曾共宿，記小刻、近窗新竹〔五〕。舊游遠，沈醉歸來，滿院銀燭。

【校】

〔禁城〕歷代詩餘「禁」作「楚」。　〔晴渌〕舊抄本「晴」作「暗」，似誤。此字當平。○則虞按：别下齋抄本亦誤。〔東風曾共宿〕周録「東風」下有「裏」字，王本同；范本作「東風暖，曾共宿」，補「暖」字。人和按：調例似脱一字，然因纏聲伸縮之故，詞中前後相當之處，間亦不同。如李之儀卜算子詞，前段末句五字，後段末句六字是也。今考明抄本、舊抄本、鮑本及詞綜、歷代詩餘等，並作五字句。「東風」下亦無空格，而周、王補「裏」字，范補「暖」字，並不言其所據，故未敢輒增。

【箋注】

〔一〕蝶粉　張耒夏日詩：「蝶衣曬粉花枝午。」

〔二〕燕泥　薛道衡昔昔鹽詩：「空梁落燕泥。」

〔三〕「尋芳地」三句　周邦彦迎春樂詞：「桃蹊柳曲閒蹤跡，俱曾是、大堤客……他日水雲身，相望處，無南北。」此三句隱括之。

〔四〕春聲　元稹早春詩：「誰送春聲入棹歌。」

〔五〕「記小刻」句　周邦彦迎春樂詞：「牆裏修篁森似束，記名字、曾刊新緑。」

【斠律】

此調只有數字平仄可易，竹山和周詞，四聲一字不改。「正是夜堂無月」句，竹山作「轉眼翠籠池閣」，非脱一字；「似瓊花」之「花」字，本爲「苑」字，亦不誤。夢窗作「梁間燕」二句，本爲「芙蓉鏡，詞賦客」，亦未脱一字。碧山「東風曾共宿」句，清真原爲「青青草，迷路陌」，夢窗爲「淩波路，簾户寂」，竹山爲「驕驄馬，嘶路陌」，皆六字句，而碧山爲「東風曾共宿」五字句；有人疑脱一字，其實非脱，此有葉少蘊一首可證。原校謂因纏聲伸縮之故，是也。此義並萬氏亦有所未解，故常拘泥於字數，字少者在前，字多者在後，稱爲又一體。不知詞句中有時字有多有少，其關係全在於纏聲，並非體製之有異。苟明乎纏聲伸縮之作用，則此疑早迎刃而解。若能將古詞中字數多少不同之句，注明某人某句多一字或少一字，再就句中平仄四聲，參互比照，即可察見纏聲之所在，而所以致此之故，亦瞭然於心目中，而萬氏定體之辨，可以不作矣。所可惜者，詞之音律拍眼，自元曲行後即漸失傳，今無可詳考；後人填詞只能依宋賢名作按字填之，不得任意增損，免蹈明人妄爲自度腔之轍。

八六子

掃芳林，幾番風雨，怱怱老盡春禽〔一〕。漸薄潤侵衣不斷〔二〕，嫩涼隨扇初生，晚窗自吟。沉沉，幽徑芳尋。晻靄苔香簾净，蕭疏竹影庭深。謾淡却蛾眉、晨粧慵掃，寶釵蟲散〔三〕，繡屏鸞破〔四〕，當時暗水和雲泛酒，空山留月聽琴。料如今，門前數重翠陰。

【校】

〔掃芳林〕鮑本注云，一作「洗芳林」。〔薄潤〕明抄本「潤」作「潣」。葉德輝云，玉篇：潣，水盈貌。本詞首句云「掃芳林，幾番風雨」，故下句以水盈承接。鮑刻以習見之「潤」字易之，失詞旨矣。〔簾净〕戈選「净」作「静」。〔謾淡却〕明抄本「淡」作「忘」，歷代詩餘同。〔蛾眉晨粧慵掃〕明抄本此六字闕。舊抄本及歷代詩餘亦並無此六字。〔蟲散〕鮑本注云，「散」一作「拆」。按花草粹編作「拆」，舊抄本作「折」，歷代詩餘、范本並同。○則虞按：别下齋抄本亦作「折」。〔繡屏〕明抄本「繡」作「綃」，歷代詩餘、詞譜並同，范本作「絹」。戈選「繡屏」作「繡衾」。〔泛酒〕鮑本注云，「酒」一作「雨」。

【箋注】

〔一〕春禽　梁元帝春日篇詩：「日日春禽變。」

〔二〕薄潤侵衣　葉德輝云：「玉篇：潤，水盈貌。本詞首句云『掃芳林，幾番風雨』，故下句以水盈承接。鮑刻以習見之『潤』字易之，失詞旨矣。」按葉氏之説，失之好奇。「潤」字生僻，不可以入詞。周邦彦滿庭芳詞：「衣潤費爐烟」，即此所本。

〔三〕寶釵蟲散　李賀謝秀才妾改從於人詩第三首：「髮冷青蟲簪。」張元幹浣溪沙詞：「翡翠釵頭綴玉蟲。」

〔四〕繡屏　韋莊應天長詞：「寂寞繡屏香一炷。」

【斠律】

此詞摹倣秦少游，四聲俱同，只易二三字而已。前結「晚窗自吟」，必去平去平；後結「門前數重翠陰」，必平平去平去平，爲此調定格。「漸薄潤侵衣不斷」用「漸」字領兩六字對句。「謾淡却蛾眉」句，秦本上三下六，而此爲上五下四句，一氣貫下不拘。「當時暗水和雲泛酒」句，「當時」爲兩領字，領兩六字對句。換頭秦詞不用短韻而此用「沉沉」短韻，以下三句見韻，再下六句見韻，接以三字短韻。萬氏恐秦詞誤傳，其實柳氏樂章集中，曲玉瓊換頭四句一韻，結拍五句一韻，而中間夾以三字短韻。夜半樂前兩片爲曼聲，後片逐句用韻者相連至四句之多，則改用促拍。故此詞後片中間三句一韻，六句一韻而前有二字短韻，後有三字短韻，中間句多而節拍少，前後增加其急拍。詞之節拍，今雖無徵，而徵之孔廣森之言曰：「急則承之以緩，緩則承之以急；密則承之以疏，疏則承之以密；不知此者，不可以言聲學。」此乃至當之論也。

【彙評】

白雨齋詞話：碧山八六子云：「謾淡却蛾眉……門前數重翠陰。」宛雅幽怨，殊耐人思。

摸魚兒

洗芳林、夜來風雨〔一〕，怱怱還送春去〔二〕。方纔送得春歸了，那又送君南浦〔三〕。君聽取，怕此際、春歸也過吴中路〔四〕。君行到處，便快折湖邊，千條翠柳，爲我繫春住〔五〕。春還住。休索吟春伴侶，殘花今已塵土〔六〕。姑蘇臺下煙波遠〔七〕，西子近來何許？能喚否？又恐怕、殘春到了無憑據。煩君妙語，更爲我將春，連花帶柳，寫入翠箋句。

【校】

〔湖邊〕詞綜「湖」作「河」。〔翠柳〕周録「翠」作「細」。〔又恐怕〕舊抄本無「怕」字。詞綜「又恐怕」作「又只恐」，周録同。〔將春〕鮑本注云，詞綜「將春」上衍「且」字。

【箋注】

〔一〕夜來風雨　孟浩然春曉詩：「夜來風雨聲，花落知多少。」周邦彦六醜詞：「爲問家何在，夜來風雨。」

〔二〕「怱怱」句　辛棄疾摸魚兒詞：「更能消幾番風雨，怱怱春又歸去。」

〔三〕送君南浦　見前一一頁南浦春水注〔五〕。

〔四〕吴中　今江蘇吴縣，春秋時爲吴國都，古亦稱吴中。

〔五〕「便怏折」三句　張先訴衷情令詞：「此時願作，楊柳千絲，絆惹春風。」此用其意。

〔六〕「殘花」句　蘇軾水龍吟次韻章質夫楊花詞詞：「春色三分，二分塵土，一分流水。」

〔七〕姑蘇臺　江蘇吴縣西南有姑蘇山，上有姑蘇臺，相傳爲吴王闔閭造。見越絶書。

【斠律】

此調抑揚抗墜，即朗誦亦覺幽咽頓挫，最爲可聽，然平仄一亂，便意味全失。如「怱怱還送春去」句，「殘花今已塵土」句，必平平平仄平仄；「那又送君南浦」句，「西子近來何許」句，必仄（平）仄仄平平仄；而「休索吟春伴侣」句，必仄（平）仄平平平仄；「君行到處」、「煩君妙語」兩句，要平平去上；前結「爲我繫春住」之「繫」字，後結「寫入翠箋句」之「翠」字，必用仄，尤以去上爲響，皆爲定格。「君聽取」、「能唤否」，爲三字短句，「怕此際、春歸也過吴中路」，「又恐怕、殘春到了無憑據」皆爲十字句，以上三字爲逗而下爲七字相連方妙，若截作兩五字句，雖不礙音律而調情不愜，熟味自知之耳。

【彙評】

詞綜偶評：疑失題。　筆路與想路俱極尖巧，尤妙在無一點俗氣，否則便類市井小兒聲口矣。

白雨齋詞話：碧山「洗芳林、夜來風雨」一闋，花外集中惟此篇最疏快。風骨稍低，情詞却妙。

又　蕁〔一〕

玉簾寒、翠痕微斷〔二〕，浮空清影零碎。碧芽也抱春洲怨〔三〕，雙卷小緘芳字〔四〕。還又似，繫羅帶、相思幾點青鈿綴。吴中舊事，悵酪乳争奇〔五〕，鱸魚謾好〔六〕，誰與共秋醉〔七〕。　江湖興，昨夜西風又起，年年輕誤歸計。如今不怕歸無準，却怕故人千里。何況是，正落日、垂虹怎賦登臨意〔八〕。滄浪夢裏，縱一舸重游，孤懷暗老，餘恨渺煙水。

【校】

〔題〕則虞按：别下齋抄本無題。　〔玉簾〕歷代詩餘「簾」作「奩」，周録同。　〔翠痕〕舊抄本「痕」作「絲」，歷代詩餘、周録並同。○則虞按：吴訥百家詞本樂府補題亦作「絲」。　〔江湖〕舊抄本倒作「湖江」。

〔落日〕舊抄本「日」作「月」，歷代詩餘同。　〔滄浪〕川本作「滄波」。

【箋注】

〔一〕樂府補題紫雲山房賦蓴，調寄摸魚兒者五人：王易簡、唐珏、王沂孫、李彭老、無名氏。按歷代詩餘此無名氏作陳恕可。

〔二〕玉簾　僧齊己送節大德歸闕詩：「紫氣玉簾前。」

〔三〕「碧芽」句　梅聖俞河豚詩：「春洲生荻芽。」

〔四〕芳字　李涉和尚書舅見寄詩：「遠飛芳字警沉迷。」

〔五〕酪乳争奇　晉書陸機傳：「（機）又嘗詣侍中王濟，濟指羊酪謂機曰：『卿吴中何以敵此？』答曰：『千里蓴羹，未下鹽豉。』時人稱爲名對。」

〔六〕鱸魚謾好　晉書張翰傳：「翰因見秋風起，乃思吴中菰菜蓴羹鱸魚膾，曰：『人生貴得適志，何能羈宦數千里以要名爵乎？』遂命駕而歸。」

〔七〕秋醉　杜牧贈李給事敏詩：「憶君秋醉餘。」

〔八〕垂虹　亭名，在江蘇吴江縣長橋上。王安石送裴如晦宰吴江詩：「他時散髮處，最愛垂虹亭。」

【彙評】

白雨齋詞話：碧山詠蓴云：「碧芽也抱春洲怨，雙卷小緘芳字。」下云「江湖興，昨夜西風又起，年年輕誤歸計。如今不怕歸無準，却怕故人千里。」玉田長亭怨云：「故人何計，渾忘了、江南舊雨。」下云：「如今又、京國尋春，定應被、薇花留住。」自甘終隱而亦不願其友之枉道徇人，同一用意忠厚。

聲聲慢〔一〕

啼螿門静，落葉階深，秋聲又入吾廬。一枕新涼，西窗晚雨疏疏。舊香舊色換却〔二〕，但滿川、殘柳荒蒲。茂陵遠，任歲華冉冉，老盡相如〔三〕。　昨夜西風初起，想蓴邊呼櫂，橘後思書〔四〕。短景凄然，殘歌空叩銅壺〔五〕。當時送行共約，雁歸時、人賦歸歟？雁歸也，問人歸、如雁也無〔六〕？

【校】

〔冉冉〕歷代詩餘作「荏苒」。　〔空叩〕舊抄本「叩」作「扣」，詞綜、歷代詩餘、范本並同。

【箋注】

〔一〕此闋疑指西麓事。「橘下思書」，謂與蘇劉義事。雁歸時，人未歸，西麓北行尚未還也。

〔二〕舊香舊色　周邦彦玲瓏四犯詞：「休問舊色舊香。」

〔三〕「茂陵」三句　李商隱寄令狐郎中詩：「休問梁園舊賓客，茂陵秋雨病相如。」

〔四〕橘後思書　洞庭君有小女，謂柳毅曰：「敢寄尺牘如洞庭之陰，其傍有大橘樹，君擊之三，當有應聲者。」毅如其言，即召入，毅因得見洞庭君。見異聞録。

〔五〕「殘歌」句　世説新語豪爽：「王處仲每酒後，輒詠『老驥伏櫪，志在千里。烈士暮年，壯心不已』，以如意打唾壺，壺口盡缺。」周邦彦浪淘沙慢詞：「怨歌永、瓊壺敲盡缺。」

〔六〕「當時」四句　閻選河傳詞：「幾回邀約雁來時，違期，雁歸人不歸。」

【斠律】

此在前聲聲慢催雪一首中，已曾言及。余以爲詞之由來，實以歌詩（民歌）加入纏聲爲最確，其關鍵全在於拍眼。詞之令、引、近、慢，即由拍眼而分；南曲音律即從此出也。後人不能明其拍眼，於是專論字數，不知字有多少，調仍一體，此於應天長調下，已詳言。明乎此，南曲音律，可解其半，當別文論之。本集編者拘於字數，故本調與高陽臺之少一字者列於前端，而多一字者合列於後，此明清人之風氣，實則不明於纏聲之所致。然則纏聲又從何而來？曰：纏聲者，有聲無詞之聲也。在毛詩爲「兮」爲「只」，在楚詞爲「些」，在古樂府爲「妃呼豨」之類。今之歌崑曲，歌皮簧者，皆有無字之腔。南曲增板亦由此出。玉田詞源，實首明之。

【彙評】

雲韶集碧山詞評：一片蕭索之聲，如聞如見，真神作也。　感慨悽惻之情，以飄灑之筆出之，絶有姿態。

又

高寒户牖，虚白尊罍〔一〕，千山盡入孤光。玉影如空，天葩暗落清香〔二〕。平生此興不淺，記當年、獨據胡牀〔三〕。怎知道，是歲華换却，處處堪傷。已是南樓曲斷，縱疏花淡月，也只淒凉。冷雨斜風，何况獨掩西窗。天涯故人總老，謾相思、永夜相望。斷夢遠，趁秋聲、一片渡江。

【校】

〔千山〕明抄本作「十人」，歷代詩餘「山」亦作「人」。〔是歲華〕周録「是」作「自」。〔疏花〕歷代詩餘「花」作「光」。〔總老〕歷代詩餘「總」作「縱」，與上複。〔秋聲〕則虞按：别下齋抄本作「秋風」。

【箋注】

〔一〕虚白尊罍　楊簡寶蓮官舍偶作詩：「三杯虚白浴天真。」

〔二〕天葩　陸龜蒙寂上人院聯句詩：「風合落天葩。」

〔三〕「平生此興不淺」二句　世説新語容止：「庾太尉在武昌，秋夜氣佳景清，使吏殷浩、王胡之之徒登南樓理詠。音調始遒，聞函道中有屐聲甚厲，定是庾公。俄而率左右十許人步來，諸賢欲起避之。

公徐曰：『諸君少住，老子於此處興復不淺。』因便據胡床與諸人詠謔，竟坐甚得任樂。」

又〔一〕

迎門高髻，倚扇清吭，娉婷未數西州。淺拂朱鉛，春風二月梢頭〔二〕。相逢靚粧俊語，有舊家、京洛風流〔三〕。斷腸句，試重拈綵筆，與賦閒愁〔四〕。猶記凌波欲去，問明璫羅襪〔五〕，却爲誰留？枉夢相思，幾回南浦行舟。莫辭玉尊起舞〔六〕，怕重來、燕子空樓〔七〕。謾惆悵，抱琵琶、閒過此秋。

【校】

〔題〕范本、王本並有「和周草窗」四字題。人和按：草窗詞題云「送王聖與次韻」，是周和碧山詞也。〔西州〕絶妙好詞箋引「州」作「洲」，戈選同。人和按：草窗次韻作「州」。〔猶記〕絶妙好詞箋脱「猶」字。〔欲去〕歷代詩餘「欲」作「斷」，絶妙好詞箋「欲去」作「去後」。〔羅襪〕周録「羅」作「素」。〔此秋〕戈選作「暮秋」。

【箋注】

〔一〕按蘋洲漁笛譜集外詞，此首題作「送王聖與次韻」，似碧山首唱，周密倚聲和之。碧山此賦，蓋亦即席賦贈之什，一爲留别，且爲尊前侑酒人而設。蘋洲漁笛譜一枝春序云：「寄閒飲客春窗，酒酣意洽，命清吭歌新製，余因爲之霑醉。」此云「高髻」、「清吭」蓋指其人。又明月引序云：「余有西州之恨。」此云「娉婷西州」抑亦指此耶？周詞有「白髮簪花」之句，公謹生於宋理宗紹定五年，賦此詞時，當在至元二十四五年之間。周詞有「落葉長安」之語，蓋秋暮同在杭州之時。疑與三姝媚作時相近。碧山是時還越也。周詞聲聲慢云：「瓊壺歌月，白髮簪花，十年一夢揚州。恨入琵琶，小憐重見灣頭。尊前謾題金縷，奈芳情、已逐東流。還送遠，甚長安亂葉，都是閒愁。次第重陽近也，看黄花緑酒，也合遲留。脆柳無情，不堪重繫行舟。百年正消幾别，對西風、休賦登樓。怎去得，怕淒涼時節，團扇悲秋。」

〔二〕「春風」句　杜牧贈别詩：「娉娉裊裊十三餘，豆蔻梢頭二月初。」

〔三〕京洛風流　姜夔鷓鴣天詞：「京洛風流絶代人。」

〔四〕「斷腸句」三句　賀鑄青玉案詞：「彩筆新題斷腸句。試問閒愁都幾許？」

〔五〕「猶記」二句　曹植洛神賦：「獻江南之明璫。」又：「凌波微步，羅襪生塵。」姜夔慶宫春詞：「明璫素襪。」

〔六〕玉尊起舞　姜夔琵琶仙詞：「爲玉尊、起舞回雪。」

〔七〕燕子空樓　唐元和中，張建封鎮武寧。有關盼盼者，徐之奇色，建封納之燕子樓。公薨，盼盼感懷深恩，不再適。見麗情集。蘇軾永遇樂詞：「燕子樓空，佳人何在？空鎖樓中燕。」

補　遺

醉蓬萊　歸故山

掃西風門徑，黄葉凋零，白雲蕭散。柳换枯陰，賦歸來何晚。爽氣霏霏〔一〕，翠蛾眉嫵，聊慰登臨眼。故國如塵，故人如夢，登高還嬾。　數點寒英〔二〕，爲誰零落，楚魄難招〔三〕，暮寒堪攬。步屧荒籬，誰念幽芳遠。一室秋燈，一庭秋雨，更一聲秋雁。試引芳尊，不知消得，幾多依黯？

【校】

〔歸故山〕周録無此題，川本「山」作「里」。　〔步屧〕歷代詩餘「屧」作「屐」。○則虞按：别下齋抄本作「屧」。

【箋注】

〔一〕爽氣　世説新語簡傲載王子猷謂桓沖曰：「西山朝來，致有爽氣。」

〔二〕寒英　柳宗元早梅詩：「寒英坐銷落。」

〔三〕楚魄　范成大苦熱詩：「鑠石誰能招楚魄。」

【斠律】

此調多四字句，而中間夾以四五字句，以一領四爲常，亦可以如五言詩。「黄葉」下與「楚魄」下同。徐誠庵詞律拾遺引此詞脱一「更」字，遂定爲補萬氏之體，鮑本、四庫本俱不脱字，不知其所據何本。换頭四字四句，萬氏謂爲定格，而東坡作「此會應須爛醉，仍把紫竹紅萸，細看重嗅」，上三四字句化爲兩六字句。不知此在一節拍之中，遣詞行氣，自有盤旋餘地，東坡何嘗不知音律，不可以形式繩之，而謂某也合，某也不合。只後之依律填詞者，須有名作爲據，夢窗、白石之水龍吟，其良師矣，豈必一定稼軒哉？

法曲獻仙音　聚景亭梅，次草窗韻。〔一〕

層緑峨峨〔二〕，纖瓊皎皎，倒壓波痕清淺。過眼年華，動人幽意，相逢幾番春换。記唤酒，尋芳處，盈盈褪粧晚。　已銷黯。況凄涼、近來離思，應忘却、明月夜深歸輦。荏苒一枝春，恨東風、人似天遠。縱有殘花，灑征衣、鉛淚都滿〔三〕。但殷勤折取，自遣一襟幽怨。

【校】

〔褪粧〕秦補「粧」作「花」。　〔已銷黯〕戈選作「已悲惋」。人和按：草窗原詞作「共凄黯」，戈氏蓋因韻而改。其實「黯」字與「换」、「晚」諸字協韻，前三姝媚、醉蓬萊並其例也。〔明月〕秦補作「月明」。

【箋注】

〔一〕聚景亭在聚景園中。董嗣杲西湖百詠注云：「聚景園在清波門外。阜陵致養北宫，拓圃西湖之東，斥浮屠之廬九，曾經四朝臨幸，繼以諫官陳言，出郊之令遂絶。園今蕪圮，惟柳浪橋、花光亭存。」〇草窗原題作「弔雪香亭梅」。絶妙好詞李彭老法曲獻仙音繼草窗韻，題爲「官圃賦梅」。王、李皆和周韻，三詞所詠之事物皆同，而一爲雪香亭，一爲聚景亭，一爲官圃。江昱云：「武林舊事葛嶺集芳園内有「雪香」扁，説者因謂周詞乃即指此。不知集芳初雖張婉儀别墅，理宗朝即賜賈似道，改名後樂園，終屬賈氏，并未復還官家。今觀倡和諸作，皆苑籞興亡之感，無一語涉賈，則據王詞稱『聚景』者爲得之。而當時以諫官陳言，罷絶臨幸，以致培桑蒔果，廢爲荒圃，則李詞『官圃』之名，復相信也。況咸淳臨安志載聚景諸亭名，又有亭植紅梅而不載亭名，安知其不亦名『雪香』乎？故此詞以指聚景園爲是。」按江説是也。公謹原詞云：「松雪飄寒，嶺雲吹凍，紅破數椒春淺。襯舞臺荒，浣粧池冷，淒涼市朝輕换。歎花與人凋謝，依依歲華晚。共淒黯。問東風、幾番吹夢，應慣識、當年翠屏金輦。一片古今愁，但廢緑、平煙空遠。無語消魂，對斜陽、衰草淚滿。又西泠殘笛，低送數聲春怨。」李彭老詞云：「雲木槎枒，水蘋搖落，瘦影半臨清淺。翠羽迷空，粉容羞曉，年華柱絃頻换。甚何遜風流在，相逢共寒晚。總依黯。念當時、看花遊冶，曾錦纜移舟，寶箏隨輦。池苑鎖荒涼，嗟事逐、鴻飛天遠。香徑無人，甚蒼蘚、黄塵自滿。聽鴉啼春寂，暗雨蕭蕭吹怨。」

〔二〕峨峨　宋玉招魂：「層冰峨峨。」

〔三〕鉛淚　李賀金銅仙人辭漢歌詩：「憶君清淚如鉛水。」

【斠律】

此調平仄悠揚，雖非四聲調而四聲可通者，只後片第三句「明月夜深歸輦」之「歸輦」，周作「間阻」，方作「尚阻」，夢窗作「佩響」、「恨染」，俱用去上聲，而白石作「紅舞」，玉田作「春感」，俱用平上聲，此其不同也。且首句第二字，次句第四字，三句第二字，五句第四字，清真、千里、夢窗、白石俱用入聲，而玉田、碧山不如此，此又不同也。

【彙評】

白雨齋詞話：「翠華不向苑中來，可是年年惜露臺。水際春風寒漠漠，官梅却作野梅開。」高似孫過聚景園詩也，可謂淒怨。碧山法曲獻仙音聚景亭梅次草窗韻：「層綠峨峨……自遣一襟幽怨。」較高詩更覺淒婉。

醉落魄

小窗銀燭，輕鬟半擁釵橫玉。數聲春調清真曲。拂拂朱簾，殘影亂紅撲。　垂楊學畫蛾眉綠〔一〕，年年芳草迷金谷〔二〕。如今休把佳期卜。一掬春情，斜月杏花屋。

【校】

〔拂拂〕歷代詩餘作「低拂」。

【箋注】

〔一〕「垂楊」句　吴文英花心動柳詞：「斷腸也、羞眉畫成未就。」

〔二〕金谷　金谷園，舊址在河南洛陽，晉太康中石崇修築。

【斠律】

七字句皆如七言詩，一三字句可移動。前後結「殘影亂紅撲」、「斜月杏花屋」之「亂」字、「杏」字必去聲，此爲宋人定格，五代人不如此。又此調宋人多押入聲，五代人亦不如此。

【彙評】

碧山醉落魄云：「垂楊學畫蛾眉綠……斜月杏花屋。」婉麗中見幽怨，殆亦借題言志耶？

長亭怨 重過中庵故園

泛孤艇、東皋過徧。尚記當日，緑陰門掩。屐齒莓階〔一〕，酒痕羅袖、事何限〔二〕。欲尋前迹，空惆悵、成秋苑〔三〕。自約賞花人，別後總、風流雲散〔四〕。水遠。怎知流水外，却是亂山尤遠。天涯夢短，想忘了、綺疏雕檻。望不盡、冉冉斜陽〔五〕，撫喬木、年華將晚〔六〕。但數點紅英，猶識西園淒婉。

【校】

〔長亭怨〕戈選下有「慢」字。〔過徧〕詞綜「徧」作「訊」，王本同。戈載云：「訊」失韻。人和按：此調首句亦有不起韻者，然歷代詩餘、鮑本、周録並作「徧」，可從也。〔當日〕戈選「日」作「時」。鄭文焯云：「日」字當作平聲，疑「時」之譌。〔門掩〕戈選作「庭院」。〔莓階〕秦補「階」作「苔」。〔怎知流水外〕戈選作「問水流何處」。人和按：此句亦有作二三句法者，不必易作一領四句也。〔雕檻〕戈選作「吟伴」。人和按：戈氏蓋因韻而改，與法曲獻仙音易「黯」作「惋」同，並非也。〔猶識〕鮑本注云：一作「猶試」。〔淒婉〕王本「婉」作「惋」，是也。

【箋注】

〔一〕屐齒莓階　葉紹翁遊園不值詩：「應憐屐齒印蒼苔。」姜夔清波引詞：「屐齒印蒼蘚。」

〔二〕酒痕羅袖 白居易琵琶行詩：「血色羅裙翻酒污。」
〔三〕成秋苑 吴文英水龍吟詞：「古陰冷翠成秋苑。」
〔四〕風流雲散 王粲贈蔡子篤詩：「風流雲散，一别如雨。」
〔五〕冉冉斜陽 周邦彦蘭陵王詞：「斜陽苒苒春無極。」
〔六〕「撫喬木」句 姜夔江梅引詞：「俊遊巷陌，算空有、古木斜暉。」

【斠律】

此調爲白石自製曲，其四聲惟有字字遵守，草窗、玉田、碧山皆稍後於白石之人，觀其所作，亦微有異同。第一句草窗、碧山叶韻而玉田不叶，原校之意甚是。第七句草窗、碧山句法與白石同爲折腰六字句，而玉田作「愁千折、心情頓别」七字句。第八句草窗、碧山皆五字句，而玉田作「露粉風香」四字句。後片第五句玉田、碧山皆爲上三下四句，而草窗作「燕樓鶴表半飄零」，如七言詩。「望不盡」，玉田作「恨西風」，可謂平上相通也。又「尚記當日」之「日」字，草窗、玉田皆平聲，而碧山用「日」字，平入相通；「酒痕羅袖」之「酒」字，草窗作「間」字，平上相通；「空惆悵、成秋苑」之「惆」字，草窗作「幾」字，亦平上相通。綜上異同，即所謂宋賢用字審音容或有數處可以變换者，但今日已無法知其變换之方矣。

西江月 爲趙元父賦雪梅圖〔一〕

褪粉輕盈瓊靨〔二〕，護香重疊冰綃〔三〕。數枝誰帶玉痕描，夜夜東風不掃。 溪上横斜影淡〔四〕，夢中落莫魂銷〔五〕。峭寒未肯放春嬌〔六〕，素被獨眠清曉。

【校】

〔落莫〕范本「莫」作「漠」。

【箋注】

〔一〕趙元仁字元父，號學舟。宋史宗室世系表：「燕王德昭十世孫，希挺長子。」張炎八聲甘州賦寄趙學舟詞，即此人。

〔二〕褪粉 范成大紅梅詩：「午枕乍醒鉛粉褪。」

〔三〕冰綃 李商隱利州江潭作詩：「水宮帷箔卷冰綃。」

〔四〕横斜 林逋山園小梅詩：「疏影横斜水清淺。」

〔五〕落莫 王建夢看梨花雲詩：「落落寞寞路不分，夢中喚作梨花雲。」

〔六〕春嬌 元稹連昌宮詞詩：「春嬌滿眼睡紅綃。」

【斠律】

明人小説開篇，最喜先演此調，真所謂一、三、五不論，二、四、六分明也。然則後結由平换仄，必在同部，謂之通叶而非轉韻。三聲通叶，已開元曲之風，轉韻則仍詩之遺耳。

踏莎行　題草窗詞卷

白石飛仙〔一〕，紫霞悽調〔二〕，斷歌人聽知音少〔三〕。幾番幽夢欲回時，舊家池館生青草〔四〕。風月交游，山川懷抱，憑誰説與春知道。空留離恨滿江南〔五〕，相思一夜蘋花老〔六〕。

【校】

〔悽調〕歷代詩餘「悽」作「淒」。○則虞按：别下齋抄本亦作「淒」。〔斷歌人聽〕明抄本「人聽」作「重恨」，歷代詩餘作「新歌舊恨」，戈選同。〔幾番幽夢欲回時，舊家池館生青草〕明抄本作「沈沈幽夢小池荒，依依芳意閒窗悄」；歷代詩餘作「沈沈幽夢小池荒，依依芳草閒庭悄」。〔風月〕明抄本作「風日」。〔離恨〕明抄本「離」作「遺」，歷代詩餘、戈選並同。〔蘋花〕明抄本「蘋」作「蕒」。

【箋注】

〔一〕白石飛仙　案此白石指姜夔言，而假用白石先生事。白石先生，中黄丈人之弟子也。至彭祖時，已二千歲矣。不肯修昇天之道，但取不死而已。常煮白石爲糧，因就白石山而居，時人號之曰「白石飛仙」。見神仙傳。

〔二〕紫霞　周密玉漏遲詞：「紫霞聲杳。」王易簡慶春宫謝草窗惠詞卷詞：「紫霞洞窅雲深。」紫霞者，楊纘也。纘字繼翁，號守齋，嚴陵人，居錢塘，寧宗楊后兄次山之孫。圖繪寶鑑云：「度宗時女爲淑妃，官列卿，好古博雅，善彈琴，有紫霞洞譜傳世。」

〔三〕「斷歌人聽」句　此句切周密與紫霞翁事。蘋洲漁笛譜木蘭花慢詞序云：「西湖十景尚矣。張成子嘗賦應天長十闋，余冥搜六日而詞成。異日紫霞翁見之曰：『語麗矣，如律未協何？』遂相與訂正，閱數月而後定。是知詞不難作，而難於協律。翁往矣，賞音寂然。」碧山即用其意。

〔四〕池館生青草　謝靈運登池上樓詩：「池塘生春草。」

〔五〕離恨滿江南　鄭文寶柳枝詞：「載將離恨過江南。」

〔六〕蘋花　周密水龍吟次張斗南韻詞：「悵江南望遠，蘋花自采，寄將愁與。」

【彙評】

雲韶集碧山詞評：草窗詞清峭，得白石之妙，故歷言其品格。南宋白石出，詩冠一時，詞冠千古，諸家皆以師事之。

淡黄柳

甲戌冬，别周公謹丈於孤山中。次冬，公謹游會稽，相會一月。又次冬，公謹自剡還，執手聚别，且復别去。悵然於懷，敬賦此解。

花邊短笛，初結孤山約，雨悄風輕寒漠漠。翠鏡秦鬟釵别，同折幽芳怨摇落。素裳薄，重拈舊紅萼。歎攜手，轉離索。料青禽、一夢春無幾。後夜相思，素蟾低照，誰掃花陰共酌？

【校】

〔孤山中〕戈選無「中」字。〔且復〕范本「且」作「旦」。〔悵然於懷，敬賦此解〕戈選作「悵然賦此」。〔無幾〕戈選作「無著」，跋云「幾」失韻。鄭文焯云：此句不叶，按白石自度此曲「怕梨花、落盡成秋色」，「色」字是韻。中仙專學石帚，豈於此未之深考邪？姚梅伯校本，謂「秋色」本作「秋苑」，引碧山此句不叶爲證。然嘉泰本固作「秋色」。詞律從同。按戈選碧山詞是闋「幾」字，據舊本校改作「著」，可知姜詞是韻。人和按：此處似當協韻，但戈氏多以意改，鄭氏雖從戈説，亦未確言其所據之本也。○則虞按：别下齋抄本亦作「幾」。

右七闋見絶妙好詞。踏莎行一首，明抄本有此闋，鮑本入補遺，今仍之。

【斠律】

此首摹倣白石，四聲俱合，焉有「料青禽、一夢春無幾」之「幾」字失叶之理？戈載改「幾」爲「著」甚是，惟不知所據何本。原校謂此處似當叶韻，應從戈改。

望梅〔一〕

畫闌人寂。喜輕盈照水，犯寒先坼。裊數枝、雲縷鮫綃，露淺淺塗黄，漢宫嬌額〔二〕。翦玉裁冰，已占斷、江南春色。恨風前素豔，雪裏暗香〔三〕，偶成拋擲。如今眼穿故國。待拈花嗅蘂，時話思憶。想隴頭、依約飄零，甚千里芳心，杳無消息。粉怯珠愁，又只恐、吹殘羌笛。正斜飛、半窗曉月，夢回隴驛。

【校】

〔望梅〕舊注云，一名解連環。〔畫闌〕王本作「畫閒」。〔先拆〕粹編「拆」作「折」。〔數枝〕梅苑「數」作「芳」。戈云，此字宜仄。〔暗香〕梅苑誤作「晴香」。〔嗅蘂〕王本「嗅」作「弄」。〔隴驛〕戈選「隴」作「古」，跋云「隴」與上「隴頭」複。

右一闋見梅苑、花草粹編。明抄本有此闋，鮑本入補遺，今仍之。

【箋注】

〔一〕梅苑作無名氏，花草粹編作王碧山，金本粹編作王夢應。梅苑爲黄大輿所輯，黄之時代事蹟無可考，而所輯之詞多北宋人及南北宋之交作者。曹元忠重刻梅苑，序中引清波雜志：「紹興庚辰得蜀人黄大輿梅苑。」黄果爲高宗時人，決不能見碧山之作，況白石、梅溪在碧山前者亦未録入，何能及宋末之碧山耶？且玩其詞意，係因臨安之盛而追憶北狩之二帝者，亦非碧山口吻，蓋非王作而誤入者。全宋詞謂「此首誤入花外集」，是也。

〔二〕「露淺淺」二句　太平御覽時序部引雜五行書：「宋武帝女壽陽公主人日卧於含章殿簷下，梅花落公主額上，成五出花，拂之不去。皇后留之，看得幾時。經三日，洗之乃落。宮女奇其異，競效之，今梅花粧是也。」

〔三〕「雪裏」句　王安石詠梅詩：「遥知不是雪，爲有暗香來。」

【彙評】

白雨齋詞話：碧山望梅云：「剪玉裁冰，已占斷、江南春色。恨風前素豔，雪裏暗香，偶成抛擲。」寄慨往事，必有所指。後半云：「如今眼穿故國，待拈花弄蕊，時話思憶。想隴頭、依約飄零，甚千里芳心，杳無消息。粉怯珠愁，又只恐、吹殘羌笛。正斜飛、半窗曉月，夢回隴驛。」惓惓故國，忠愛之心，油然感人，作少陵詩讀可也。

雲韶集碧山詞評：諸家梅詞，各極其盛。白石尚矣，餘則各具一幟，不分短長也。「粉怯珠愁」四字警鍊。結二語是題神，亦是抒情。

金盞子

雨葉吟蟬，露草流螢，歲華將晚。對静夜無眠，稀星散、時度絳河清淺〔一〕。甚處畫角淒涼，引輕寒催燕。西樓外、斜月未沈，風急雁行吹斷。此際怎消遣。要相見、除非待夢見〔二〕。盈盈洞房淚眼，看人似、冷落過秋紈扇〔三〕。痛惜小院桐陰，空啼鴉零亂。厭厭地、終日爲伊，香愁粉怨。

【校】

〔吟蟬〕〔厭厭地〕范本「蟬」下補空格一，「地」下補空格二，注云：此調夢窗、竹山之作，皆百三字，萬氏詞律亦然，其空處鮑本脱去，似誤。人和按：此調各家平仄句法，互有不同，趙以夫尚有一百一字體，范本妄補，殊不足據。周之琦謂此與梅溪、夢窗、竹山金盞子詞句調互異，蓋各爲一體。其説最爲閎通。〔流螢〕周録「流」作「棲」。

【箋注】

〔一〕絳河清淺　楊泉物理論：「（天河）又名曰絳河。」古詩：「河漢清且淺。」

〔二〕除非待夢見　宋徽宗燕山亭北行見杏花詞：「怎不思量，除夢裏、有時曾去。」

〔三〕「看人似」句　班婕妤怨歌行詩：「常恐秋節至，涼飈奪炎熱。棄捐篋笥中，恩情中道絶。」

【斠律】

原校從周之琦之説甚是。碧山此首比夢窗、梅溪、竹山俱有小異。范本「蟬」字下空一格，緣於吳、史、蔣之第一句獨立，第二句用領字領下二四字句，而碧山以第一、二句爲對句。「地」字下空二格，緣於史亦以上七下四兩句結拍，「空遺恨、當時秀句，蒼苔畫壁」，又與吳、蔣上九下四者異而與史同。蓋詞中遺詞行氣，有關於纏聲定拍，不能拘於平仄字數之形式而謂誰是誰非，故周之琦之説，原校稱其閎通也。

更漏子

日銜山，山帶雪，笛弄晚風殘月。湘夢斷，楚魂迷，金河秋雁飛〔一〕。　別離心，思憶淚，錦帶已傷憔悴〔二〕。蛩韻急，杵聲寒，征衣不用寬。

【箋注】

〔一〕「金河」句　盧照鄰秋霖賦：「金河別雁。」

〔二〕「錦帶」句　柳永蝶戀花詞：「衣帶漸寬終不悔，爲伊消得人憔悴。」

錦堂春　七夕

桂嫩傳香，榆高送影〔一〕，輕羅小扇涼生〔二〕。正鴛機梭静〔三〕，鳳渚橋成〔四〕。穿線人來月底，曝衣花入風庭〔五〕。看星殘靨碎，露滴珠融〔六〕，笑掩雲扃〔七〕。　綵盤凝望仙子〔八〕。但三星隱隱，一水盈盈〔九〕。暗想憑肩私語〔一〇〕，鬢亂釵横〔一一〕。蛛網飄絲罥恨〔一二〕，玉籤傳點催明〔一三〕。算人間待巧，似恁怱怱，有甚心情。

【校】

〔三星〕戈選「三」作「雙」。

【箋注】

〔一〕「桂嫩」二句　江總七夕詩：「漢曲天榆冷，河邊月桂秋。」李商隱壬申七夕詩：「桂嫩傳香遠，榆高送影斜。」

〔二〕「輕羅小扇」句　杜牧秋夕詩：「銀燭秋光冷畫屏，輕羅小扇撲流螢。天街夜色涼如水，臥看牽牛織女星。」

〔三〕鴛機梭静　張文恭七夕詩：「龍梭静夜機。」

〔四〕橋成　白孔六帖、歲時廣紀卷二十六引淮南子：「七夕，烏鵲填河成橋，渡織女。」

〔五〕「穿線」二句　李賀七夕詩：「鵲辭穿線月，花入曝衣樓。」開元天寶遺事：宮中結綵樓祀牛女二星，嬪妃各以九孔針、五色絲向月穿之。西京雜記：太液池西有漢武帝曝衣樓，七月七日宮女出后衣曝之。

〔六〕露滴　李賀河南府試十二月詞七月詩：「露滴盤中圓。」

〔七〕雲扃　鮑照從登香爐峯詩：「羅景靄雲扃。」

〔八〕綵盤　温庭筠七夕歌詩：「露濕綵盤蛛網多。」

〔九〕一水盈盈　古詩十九首：「盈盈一水間，脈脈不得語。」

〔一〇〕憑肩私語　長恨歌傳：「（楊妃）曰：『昔天寶十載，侍輦避暑驪山宫，秋七月，牽牛織女相見之夕……上憑肩而立，因仰天感牛女事，密相誓心，願世世爲夫婦。』」

〔一一〕鬢亂釵横　太真外傳：「太真宿酒未醒，釵横鬢亂。」

〔一二〕「蛛網」句　開元天寶遺事：「帝與貴妃每至七月七日夜在華清宫游宴。時宫女輩陳瓜花酒饌列於庭中，求恩於牽牛、織女星也。又各捉蜘蛛於小盒中，至曉開視蛛網稀密，以爲得巧之候。」

〔一三〕「玉籤」句　温庭筠更漏子詞：「玉籤初報明。」

又　中秋

露掌秋深〔一〕，花籤漏永，那堪此夕新晴。正纖塵飛盡，萬籟無聲。金鏡開奩弄影，玉壺盛水侵稜〔二〕。縱簾斜樹隔，燭暗花殘，不礙虚明〔三〕。　美人凝恨歌黛，念經年間阻，只恐雲生。早是宫鬟鴛小，琴鬢蟬輕〔四〕。蟾潤粧梅夜發，桂熏仙骨香清。看姮娥此際，多情又似無情〔五〕。

【校】

〔多情〕范本「多」上有「道是」二字。

【箋注】

〔一〕露掌　盧照鄰七日登樂遊故墓詩：「中天擢露掌。」

〔二〕「金鏡」二句　朱華月詩：「影開金鏡滿，輪抱玉壺清。」

〔三〕虛明　蘇軾碧落桐詩：「幽龕入窈窕，别户穿虛明。」

〔四〕翠鬢蟬輕　崔豹古今注下雜注：「魏文帝宮人絶所愛者，有莫瓊樹……瓊樹乃製蟬鬢，縹眇如蟬，故曰蟬鬢。」

〔五〕「多情」句　杜牧贈别詩：「多情却似總無情。」周密江城子詞：「樓中燕子夢中雲，似多情，似無情。」

如夢令

妾似春蠶抽縷〔一〕，君似筝絃移柱〔二〕。無語結同心〔三〕，滿地落花飛絮。歸去，歸去，遥指亂雲遮處。

【校】

〔妾似〕范本「似」作「如」。按此字宜仄。

【箋注】

〔一〕「春蠶」句　李商隱無題詩：「春蠶到死絲方盡。」

〔二〕「移柱」句　馮正中蝶戀花詞：「誰把鈿箏移玉柱。」

〔三〕結同心　蘇小小歌：「何處結同心。」

青房並蔕蓮

醉凝眸，是楚天秋曉，湘岸雲收〔一〕。草緑蘭紅，淺淺小汀洲。芰荷香裏鴛鴦浦，恨菱歌、驚起眠鷗〔二〕。望去帆、一片孤光〔三〕，棹聲伊軋櫓聲柔。　愁窺汴隄翠柳，曾舞送當時，錦纜龍舟〔四〕。擁傾國、纖腰皓齒〔五〕，笑倚迷樓〔六〕。空令五湖夜月，也羞照三十六宮秋〔七〕。正朗吟、不覺回橈，水花楓葉兩悠悠。

【校】

〔青房並蔕蓮〕鮑本注云：一作美成作，誤。

【箋注】

〔一〕湘岸　柳宗元從崔中丞過盧少尹郊居詩：「寓居湘岸四無隣」。

〔二〕「恨淩歌」句　朱熹採菱詩：「一曲菱歌晚，驚飛欲下鷗。」

〔三〕孤光　沈約詠湖中雁詩：「單泛逐孤光。」

〔四〕錦纜龍舟　錦纜，大業拾遺記：「至汴，帝御龍舟，蕭妃乘鳳舸，錦帆綵纜，窮極侈靡。」龍舟，穆天子傳：「天子乘鳥舟、龍舟。」按此上句有「汴堤翠柳」，此龍舟當指隋煬帝言。煬帝遣王宏、于士澄往江南採木造龍舟萬艘。見大業拾遺記。又：大業年開汴築堤，自大梁至灌口，龍舟所過，香聞百里。既過雍丘，漸達寧陵，水勢緊急，龍舟阻礙。見開河記。

〔五〕傾國　漢書佞幸傳：「(李)延年侍上歌曰：『北方有佳人，絶世而獨立。一顧傾人城，再顧傾人國。』」

纖腰皓齒　陸雲爲顧彦先贈婦詩：「雅步擢纖腰，巧言發皓齒。」

〔六〕迷樓　項昇能構宮室，經歲而成，千門萬牖，工巧之極，自古無有，誤入者雖終日不能出。煬帝幸之，大喜，顧左右曰：使真仙遊其中，亦當自迷也，可目之曰「迷樓」。見迷樓記。

〔七〕三十六宮　班固西都賦：「離宮别館，三十六所。」駱賓王帝京篇詩：「秦塞重關一百二，漢家離宮三十六。」

右六闋見陽春白雪。

【附録二】　王沂孫事蹟考略

吴則虞

碧山身淪名微，其姓氏不見於史乘，詩文盡佚。

玉田瑣窗寒題稱其「能文工詞」。

四朝聞見録有碧山「陶土或如此，何爲殉玉魚」詩句。

志雅堂雜鈔：「辛卯十二月初夜，天放絳仙，江寧王大圭至，問王中仙今何在。云：『在冥司有滯未化。』有詩云：『天上人間只寸心，煙花雨意抑何深。十年尚有梢頭恨，燕子樓空斷素琴。』又詩云：『繡閣珠簾半未殘，中年何事早拘攣。春風詞筆時塵暗，手拂冰絃昨夢寒。』」按此詩與碧山詞同一筆路，疑碧山生前早爲，特附會其死後事耳。

志雅堂雜鈔謂「聖與猶緝對苑一書，甚精，凡十餘册，止於三字，如『獅兒橘』、『鳳兒花』之類」。撰對苑亦無傳。

其詞流存於今者僅六十餘闋。其生平事蹟則視可竹、仁父猶寂寂，爲摭考之，不能悉備。

一、生卒

碧山生年無記載，惟有以同時人周公謹、張玉田之年以推索之。公謹生於宋理宗紹定五年壬辰（一二三二），殁於元成宗大德二年戊戌（一二九八）。玉田生於宋理宗淳祐八年戊申

（一二四八），後公謹十六歲。玉田稱公謹曰「翁」（見一萼紅序），碧山稱公謹曰「丈」（見淡黃柳序），以是推知玉田、碧山之年必相若。玉田歿年無確證，集中有瑣窗寒弔碧山玉笥山之詞，是碧山之卒在玉田之前無疑。享年促永，有兩説不同：

據志雅堂雜鈔所載（見前引），則辛卯十二月之前已卒，既云「有滯未化」，其卒也或更早於此年。辛卯爲元至元二十八年（一二九一），假令碧山與玉田同年生，卒年約在四十一二歲之間，其説一。

玉田山中白雲詞聲聲慢詞題云「己亥歲自台回杭」，下又有同調西湖一首，别本作「與王碧山泛舟鑑曲」云云，説者以兩詞賦於同時，是大德三年己亥碧山猶在。又花外集一萼紅詞題云「丙午春赤城山中題花光卷」，丙午爲大德十年（一三〇六），其卒年自在大德十年之後，假令與玉田同庚，死時年約六十以上，其説二。

余以爲前説是，後説非也。龔本山中白雲詞出於朱彝尊、李符所編次，已非陶南村及明水竹居本之舊，年月頗凌亂，茗柯批校，於此頗有譏彈。其聲聲慢泛舟鑑曲一首，本未注明作詞年月，不得以其次於「己亥」一詞之後，即目爲己亥同時之作。反證一也。碧山淡黃柳題云「甲戌冬别周公謹丈於孤山中，次冬公謹游會稽，相會一月，又次冬公謹自剡還，執手聚别，且復别去」云云，是丙子歲碧山在會稽與公謹相值。赤城山在越，其題花光卷亦在此時，詞序「丙午」當爲「丙子」，形近而譌。苟丙午歲碧山尚在，是公謹先碧山八年而卒，志雅堂雜鈔何得復有記碧山死後之事耶？反證二也。碧山、玉田交契最深，然自玉田辛卯北歸之後，十六年中無復與碧山往還之跡，亦無倡和之詞，蓋碧山辛卯之前已下世。玉田歸，不及見之，故玉田有悼逝之詞，而碧山無喜歸之詠。反證三也。余以前説爲足信，據此以定碧山卒於辛卯之前，且據此以勘出淡黄柳「丙午」之誤文。

玉田瑣窗寒序云「王碧山，越人也」，四明志題曰「會稽人」。按史記太史公自序，正義引括地志云：「石簣山一名玉笥山，又名宛委山，即會稽山一峯也。在會稽縣東南十八里。」十道記以玉笥即石簣，在會稽。然則碧山號爲「玉笥山人」者以此。碧山當終於故里，其葬地亦在玉笥之下，故玉田弔之於玉笥山云。近有人謂碧山葬於金華玉笥山，不足信。

二、仕歷

宋理宗淳祐八年戊申（一二四八），玉田生。碧山生年似在此年之前後。

宋度宗咸淳十年甲戌（一二七四），碧山年約二十五六歲，是年至杭，遇公謹於孤山。（見花外集淡黄柳序）

宋度宗咸淳十一年恭帝德祐元年乙亥（一二七五），碧山在會稽。公謹游會稽，與之遇。（見淡黄柳序）

宋端宗景炎元年丙子（一二七六），在會稽，公謹自剡還，又與之遇。（見淡黄柳序）是年杭州陷，宋亡。

宋端宗景炎二年丁丑（一二七七），是年似在越。

宋端宗景炎三年戊寅（一二七八），在越。是年六陵盜發。（據輟耕録及周廣業會稽六陵考定於此年）

宋帝昺祥興二年（元至元十六年）己卯（一二七九），在越（酬唱之所宛委山房、天柱山房等皆在越），與李彭老、仇遠、張炎等賦白蓮諸詞，編爲樂府補題。

元世祖至元十七年庚辰（一二八〇）——元世祖至元二十一年甲申（一二八四），爲慶元路學正，蓋在此五年。（見絶妙好詞箋引延祐四明志）

元世祖至元二十二年乙酉（一二八五），此年似已至杭。

元世祖至元二十三年丙戌（一二八六），在杭，與徐天祐、戴表元、周密讌集於楊氏池堂（見剡源集楊氏池堂讌集詩序）。法曲獻仙音詞疑在此一二年間作（聚景亭在杭，此詞有滄桑之感，當作於宋亡之後。碧山國亡後只此一二年在杭，故疑法曲獻仙音詞作於此時）。

元世祖至元二十四年丁亥（一二八七），公謹得保母帖，碧山題詩。此年還越，公謹賦三姝媚贈之。花外集「蘭缸花半綻」即和公謹之詞。

元世祖至元二十五年戊子（一二八八），與張玉田、徐平野泛舟剡溪，賦詞，惜佚。（見玉田湘月詞序）

元世祖至元二六年己丑（一二八九），此年疑在越。

元世祖至元二七年庚寅（一二九〇），玉田入都。碧山疑卒於此年。

元世祖至元二八年辛卯（一二九一），玉田北歸，處杭逾歲。弔碧山於玉笥山，蓋在壬辰之後。

至元十七年至至元二十二年五年間，事蹟無考，絶妙好詞箋引延祐四明志：「至元中王沂孫慶元路學正」，花外集齊天樂四明別友末句云：「政恐黄花，笑人歸較晚。」似賦於慶元時。玉田洞仙歌觀花外集「野鵑啼月，便角巾還第」云云，蓋亦指此言。延祐四明志爲袁桷所修，清容爲碧山同時人，當不爲誣妄。汪兆鏞力辨其誤，云：

元史百官志：各行省設儒學提舉司，每司提舉一員，副提舉一員，吏目一員，司吏二人，屬官無學正之名。宋史職官志：有提學事司，掌一路學政，王聖與南宋末掌慶元路學政，宋亡歸隱。（微尚齋雜文卷三）

按元史選舉志：

凡儒師之命於朝廷者曰教授，路、府、上中州置之。命於禮部及各行省及宣慰司者曰學正、山長、學録、教諭，路、州、縣及書院置之。路設教授、學正、學録各一員，散府上中州設教授一員，下州設學正一員，縣設教諭一員，書院設山長一員。……

元典章禮部載之尤詳，汪氏之説，顯然有誤。宋之遺民於國亡之後，出爲山長學正者，如王應麟（鮚埼亭集外編宋王尚書畫像記）、應龜（金華黄先生文集山南先生行述），皆爲一時之名儒。碧山朋輩之中，若戴表元於大德八年拜信州教授（清容集戴先生墓誌銘），仇遠於大德九年爲溧陽教授（四庫提要謂於至元中，茲據杭州府志），張楧爲江陰學正（牟氏陵陽集卷七、十六），白珽亦出爲太平路學正（宋濂湛淵先生白公墓誌銘），故家鷗鷺，戢羽坫壇，又豈碧山一人而已。全謝山謂山長、學正爲師儒之職，非朝廷命官，與廁立僞朝者有間。胡適不知，直斥爲降志事仇（見詞選），且併其韻語而黜之，乃若所爲，所謂「放飯流歠，而問無齒決」者矣。

三、朋輩

趙松雪風流籍甚，袁清容承剡源之緒，奕葉繼華，公謹、叔夏皆有文字之契，獨碧山無往還。其生平儔輩，公謹則居師友之間，玉田爲要終始。餘則：

陳允平——見高陽臺。允平字君衡，號西麓，四明人，有日湖漁唱。

趙元任——見西江月。元任字元父，號學舟，辰州教授。

李彭老——樂府補題同賦龍涎香者。彭老字商隱，號篔房。按彭老年輩爲高，與公謹相若。

王易簡——同賦龍涎香諸詞。易簡字理得，號可竹，宋亡隱居城南，有山上觀史吟。

馮應瑞——同賦龍涎香諸詞。應瑞字祥父，號友竹。

唐珏——同賦白蓮諸詞。珏字玉潛，號菊山，越人，六陵瘞骨，樹以冬青樹者。

呂同老——同賦白蓮諸詞。同老字和甫，濟南人。

趙汝鈉——同賦白蓮者。汝鈉字真卿，號月洲，商王元份七世孫，善沱之次子。

陳恕可——同賦蟬者。恕可字行之，固始人，以吴縣尹致仕，自號宛委居士。

李居仁——同賦白蓮者。居仁字師吕，號五松。

唐藝孫——同賦龍涎香者。藝孫字英發，有瑶翠山房集。

仇遠——同賦蟬者。遠字仁近，號山村，錢塘人，入元爲溧陽學正，未幾歸隱，有興觀集，似同輩中年最少者。

以上十二人皆樂府補題之作者。

王廷吉——見玉田聲聲慢序、剡源集蕺隱記。廷吉於越中爲故家，在蕺山之陽，因名讀書之齋曰蕺隱。

徐平野——戊子與碧山泛舟山陰，見玉田湘月序。

戴表元、白珽（廷玉）、屠約（存博）、張楧（仲實）、徐天祐（斯萬）、陳方（申夫）、洪師中（中行）、孫晉（康侯）、曹良史（之才）、朱棻（文芳），均與碧山似相識而交不密。（見戴表元楊氏池堂讌會詩序）

林景熙——同爲六陵瘞骨者。

謝翶——同爲六陵瘞骨者。

王英孫——同爲六陵瘞骨者。汪兆鏞誤英孫爲沂孫伯仲，非是。英孫字才翁，會稽人，克謙之子，當爲碧山之友。（同題保母帖者，尚有鮮于樞等多人，恐非同時，故不列。）

鄧牧——似亦相識，唯不見於文字。

秋崖道人——碧山齊天樂贈秋崖道人西歸。秋崖有五，皆與碧山年代相近。李萊老，字周隱，號秋崖，咸熙六年任嚴州知府，與彭老爲昆季，此其一；奚淢字倬然，號秋崖，西湖志有芳草南屏晚鐘，又趙本秋崖詞凡十首，華胥引中秋紫霞席上，醉蓬萊會稽蓬萊閣懷古，公謹絶妙好詞中曾載其詞，張玉田詞源有云：「近代楊守齋神於琴，故深知音律，與之游者，周草窗、奚秋崖，每一聚首，必分題賦曲。」此其二；敖秋崖仕迹未詳，劉辰翁一剪梅、燭影摇紅、齊天樂諸闋，皆和秋崖韻，辰翁丙子國變後至浙，秋崖蓋亦同遊之士，此其三；方岳，字巨川，號秋崖，祁門人，有秋崖先生小集，有詞名，卒於景定之後，此其四；戴表元剡源集有贈天台潘山人秋崖詩：「老潘雙眸如紺珠，帶以秋陽朝露之清腴。山形水態出没千百變，經君指顧不得藏錙銖。」隱遯之士也，此其五。許昂霄詞綜偶評以爲贈方秋崖，恐非，似以奚秋崖爲是。奚氏芳草詞有云：「笑湖山紛紛歌舞，花邊如夢如薰。」碧山贈秋崖詞云：「當時無限舊事，歎繁華如夢，如今休説。」是皆慨乎臨安昔日之繁盛。至題稱「西歸」者，指杭、越而言，錢塘之西也。然則「故里魚肥，江南恨切」，奚氏爲吴下之人與？碧山賦此解時，當在會稽，故云「想渠西子更愁絶」，由是推知奚氏登蓬萊閣懷古之作，疑即賦於此時。

四、詞集

草窗之詞，得力於紫霞翁；君衡受詞於伯父菊坡先生；玉田爲功甫後裔，寄閒之子。惟碧山師承家學，靡得而聞。玉田瑣窗寒序云：「聖與琢語峭拔，有白石意度。」後之論者，周稚圭、王半塘相與宗之。以余考之，碧山之詞，辭采則乞靈於昌谷、温、李（公謹題其詞曰「錦囊昌谷」），沉鍊則取法乎片玉，提空運筆，略似鄱陽，其天香、無悶二闋，尤肖君特。規模雖隘，然規矩準繩，非玉田之能追。

適園藏玉笥山人詞集舊鈔本，後有馮氏手跋云：「此種詞在南宋至爲純正，然亦多可學到。山中白雲全稿中出色者固多，率意腐庸亦不少，未若玉笥之全美。」譚復堂亦云：「玉田正是勁敵，但士氣則碧山勝。」

其詞集原題花外集（見玉田洞仙歌序），又名玉笥山人詞集。

文鈔本名玉笥山人詞集，注云「一名花外集」。張石銘、江賓谷藏鈔本及天津圖書館藏舊鈔本均題曰玉笥山人詞集。鮑本及范、王、孫本均作花外集，注云「一名碧山樂府」。當以花外集爲是。

「花外」者，蓋竹邊花外之意。又曰碧山樂府，「碧山」其字，牧之句云：「碧山終日思無盡。」青山故國，有餘思焉。

今所存者僅五十一闋。據絶妙好詞補醉蓬萊、法曲獻仙音、醉落魄、長亭怨、西江月、踏莎行、淡黄柳七闋，又據陽春白雪補金盞子、更漏子、錦堂春二首、如夢令、青房並蔕蓮六闋（花草粹編望梅一闋誤入），凡六十四闋而止焉。其與玉田、山陰所賦，又陸輔之詞旨所引醉落魄、霜天曉角、謁金門，及「挑雲研雪」諸句，今皆不在集中，是知花外集早非完帙。今所存者，太半詠物及倡和之作，蓋出於後人之輯次，非碧山自訂。與公謹所題，玉田所觀者，迥非一本。

其版本有：

江都秦氏、南陽葉氏藏明文淑鈔本——郎園讀書志云：

> 文淑字端容，爲衡山之曾女孫。祖嘉，字休承，衡山仲子，世稱文水道人。父從簡，字彥可，又號枕煙老人，三世皆以書畫名。後適趙宧光凡夫子靈均爲婦，事蹟見錢牧齋列朝詩集小傳、初學集。此本前有「玉磬山房」白文長印，玉磬山房者，衡山齋名也，是未適趙時在閨中之作。後有「鮑氏正本」四字朱文印，則又鮑刻叢書所自出矣。又首葉有「石研齋秦氏」朱文印，則又展轉藏於秦氏矣。此爲鮑刻之所自出，其中亦多異别，豈鮑氏刻書時頗有出入耶？

天一閣藏玉笥山人詞一卷——綿紙鈔本，見天一閣書目。

張石銘藏鈔本——見適園藏書志卷十六。

江賓谷藏兩鈔本——一名玉笥山人花外集，爲廣陵吴氏本；一名玉笥山人詞集，爲白門周司農櫟園藏，凡南宋鈔本詞十六家，較吴本爲多。——陳世宜云：「天津圖書館舊鈔本，疑即江氏所獲之一。」

别下齋藏宋九家詞本——名玉笥山人詞。慶宮春「雪亂」下，羼高陽臺「蕚淺梅酸」一首，而此首後又重出。無「補遺」之目，醉蓬萊下只有法曲獻仙音、淡黃柳、長亭怨、高陽臺、西江月、踏莎行、醉落魄七首。此書今在北京圖書館。

天津圖書館藏舊鈔本。

意禪室藏宋八家詞舊鈔本。

鮑氏知不足齋刊本。

黎二樵鈔本——見詒莊樓書目。

道光辛丑金望華、范鍇同校刊三家詞本。

朱士楷藏舊鈔本並校——見詒莊樓書目。

王氏四印齋本。

四川官印刷局本——宋四家詞之一。

孫人和校本。

全宋詞本。

箋注斠律之事，則始於余云。

【附録二】 序跋

宋七家詞選碧山詞跋

戈載

王中仙，越人也。玉田稱其能文工詞，琢語峭拔，有白石意度。特譜瑣窗寒詞弔之玉笥山，又有洞仙歌題其詞集。玉田之於中仙，可謂推獎之至矣。要其詞筆洵是不凡。余嘗謂白石之詞，空前絶後，匪特無可比肩，抑且無從入手；而能學之者，則惟中仙。其詞運意高遠，吐韻妍和。其氣清，故無沾滯之音；其筆超，故有宕往之趣：是真白石之入室弟子也。詞名花外集，一名碧山樂府，原有二卷，今鮑氏刻入知不足齋叢書者僅五十一闋，似非完璧，補遺復得十四闋。予因取各選本互校之，從其是者。如：淡黄柳「料青禽、一夢春無著」，「著」，絶妙好詞作「幾」，失韻。掃花游「自一别漢南」，「自」字諸本落去，鮑本則闕而未補其字。又「迢遞歸夢阻」，「遞」字歷代詩餘作「遥」，此字宜仄。長亭怨慢「泛孤艇、東皋過徧」，「徧」，詞綜作「訊」，失韻。「緑陰庭院，忘了綺疏吟伴」，絶妙好詞「庭院」作「門掩」，「吟伴」作「雕闌」，出韻。錦堂春「但雙星隱隱」，「雙」，陽春白雪作「三」。高陽臺「初晴節序暄妍」，「初晴」，絶妙好詞作「東風」，下有「趁東風」，句複。又「不知春在誰家」，「在」，詞綜作「是」。齊天樂「厭厭晝眠驚起」，「起」，詞綜作「睡」，與上「眠」字犯。又「今日誰説」，鮑刻作「如今休説」，「今」字宜仄。花犯「三花兩花破蒙茸」，「兩花」，歷代詩餘、詞律作「兩蕊」，鮑刻同，此字宜仄。慶春宫「翠瘦腰圍一捻」，諸本作「翠圍腰瘦一捻」，此句與下「門外冰澌初結」句對，平仄宜同。南浦「清溜初滿」，諸本作「色嫩如染」，出韻。下「色嫩染銀塘」，作「清溜滿銀塘」，實則顛倒之誤耳。望梅「裊數枝、雲縷鮫綃」，「數」，梅苑作「芳」，此字宜仄。「夢回古驛」，「古」，花草粹編作「隴」，與上「隴頭」複。茲所校正四十一首，皆其精美之作，可誦可歌者矣。猶憶同社中有王井叔名嘉禄者，負不羈才，跌蕩自喜，時露英鋭。詩集甚富，始猶規規于明七子門面，繼而肆力唐賢，卓然成家。填詞則謬附鄙見，亦堅持律與韻不苟之説，曾偕同志刻吴中七家詞，沈蘭如、朱酉生、沈閏生、吴清如、陳小松之外，井叔與予也。井叔詞名桐月修簫譜，後幕遊廣陵，則曰騎鶴移家集，筆意絶類碧山樂府，人皆以爲中仙後身稱之。辛未、壬午間，知心聚首，叠舉消寒會，嘗修島佛故事，祭所作詞，分用宋名家詞韻，予得清真，井叔則取中仙，且爲余言欲重刊花外集，以志私淑之意。嗟乎！言猶在耳，而「斷碧分山，故人天外」，計歸道山時，年僅二十八。予哭之青桐仙館，賦徵招一闋，又作楹帖挽之云：「夢酣紅葉春風，瓊簫俊賞，繼白石之前游，騎鶴更移家，題襟邗上成千古；淚灑青桐秋雨，玉笛離愁，成碧山之遺集，盟鷗重結社，領袖吴中少一人。」是歲爲甲申九月，轉瞬已一紀矣。今選録是詞，尤不勝懷舊之感云。戈載識。

四印齋刊本花外集跋

王鵬運

右玉笥山人花外集，一名碧山樂府，一卷。碧山詞頡頏「雙白」，揖讓「二窗」，實爲南宋之傑。顧其集傳本絶少，諸家譜録，均未之及。鮑氏知不足齋叢書所刊爲詞六十有五，御選歷代詩餘云碧山樂府二卷，則此刻似非完書。光緒戊子春日覆刊元本蘇、辛詞畢，復取鮑氏刻本重加校訂，並增入戈順卿校勘數則，付諸手民，以公同志。張皋文云：「碧山詠物，並有君國之憂。」周止庵云：「詠物最争託意，隸事處以意貫串，渾化無痕，碧山勝場也。」年丈端木子疇先生釋碧山齊天樂詠蟬云：「詳味詞意，殆亦黍離之感。『宫魂』字點出命意。『乍咽還移』，慨播遷也。『西窗』三句，傷敵騎暫退，燕安如故。『鏡暗』二句，殘破滿眼，而修容飾貌，側媚依然。衰世臣主，全無心肝，千古一轍也。『銅仙』三句，宗器重寶，均被遷敓，澤不下究也。『病翼』二句，更是痛哭流涕，大聲疾呼，言海島棲流，斷不能久也。『餘音』三句，遺臣孤憤，哀怨難論也。『漫想』二句，責諸臣到此尚安危利災，視若全盛也。」其論與張、周兩先生適合，詳録於後，以資學者隅反焉。臨桂王鵬運識。

碧山樂府書後

汪兆鏞

宋王聖與碧山樂府二卷，又名花外集，見御選歷代詩餘。四庫未著録，毛氏汲古閣宋六十家詞無之。今惟存花外集一卷，鮑氏知不足齋本、范氏宋三家詞本、王氏四印齋本、鹽城孫氏本，並同，實非完帙（絶妙好詞所録詞旨警句及詞眼，集中均未盡載），而精粹爲南宋之傑。顧宋史無傳，浙江通志未載，其仕履行誼未詳。絶妙好詞箋引延祐四明志謂「至元中爲慶元路學正」。按元史百官志：「各行省設儒學提舉司，每司提舉一員，副提舉一員，吏目一人，司吏二人。」屬官無學正之名。宋史職官志有「提學事司，掌一路學正」。慶元路本明州，以集中四明別友、歸故山等詞揆之，殆王聖與南宋末掌慶元路學正，宋亡歸隱。張叔夏題其詞集云：「野鵑啼月，便角巾還第，輕擲詩瓢付流水。」情事脗合。厲箋引延祐四明志，未加深考也。樂府補題，四庫提要謂皆宋遺民詞，其中聖與之詠龍涎香、白蓮、蓴、蟬諸篇，皆與唐玉潛（珏）倡和，聖與、玉潛同里，六陵埋骨，玉潛主其事。陶篁村全浙詩話：玉潛之前有王英孫字才翁，必聖與昆季。篁村謂玉潛寒士，才翁富而好禮，六陵事，非才翁慷慨揮金，里中諸惡少何能一呼衆應，成此良謀？故黄文獻以茲舉歸功於才翁。是聖與、玉潛之結祠社，淵源如此，決非貶節仕元，尤可信。善乎竹垞翁之言曰：王聖與宋末隱君子也，其詞於身世之感，有淒然言外者，其騷人橘頌之遺音乎！此可爲定論，無惑於四明志之説矣。第詞集分調編録，未臻完善，竊意如青房並蔕蓮詞：「愁窺汴堤翠柳，曾舞送當時，錦纜龍舟。」水龍吟牡丹云：「怕洛中、春色忽忽，又入杜鵑聲裏。」是南渡初追憶汴京，宜編次於前。如眉嫵新月、高陽臺詠梅、慶清朝榴花，張皋文謂並有君國之憂。及慶宮春水仙云：「國香到此誰憐，煙冷沙昏，頓成愁絶。」「試招仙魄，怕今夜、瑶簪凍折。」一萼紅紅梅云：「歲寒事、無人共省，破丹霧、應有鶴歸時。」無悶雪意云：「陰積龍荒，寒度雁門，西北高樓獨倚。」「待翠管、吹破蒼茫，看取玉壺天地。」是懷蒙塵之慟而不忘恢復之思，宜編録次之。至天香龍涎香云：「孤嶠蟠煙，層濤蜕月。」是厓山之恨。齊天樂蟬云：「甚已絶餘音，尚遺枯蛻。」是冬青之悲。法曲獻仙音聚景亭梅云：「淒涼，近來離思，應忘却、明月夜深歸輦。」「縱有殘花，灑征衣、鉛淚都滿。」是荆駝之感。綺羅香紅葉云：「何事西風老色，争妍如許。」「但淒涼、秋苑斜陽，冷枝留醉舞。」是責亡國大夫不知耻辱也。循此微指，重加排比，較有條理。因校録一過，並掇拾羣書之關涉者，附於卷尾，以資參考。既訂正四明志之誤，復推論之，以質諸世之知言者。

微尚齋雜文

葉德輝

郋園讀書志

玉笥山人詞集一卷 明文端淑女史手鈔本

右玉笥山人詞集，下注云「一名花外集」。前有「玉磬山房」白文長印。玉磬山房者，明文衡山徵明齋名也（先生書畫墨蹟多用此印），則是明鈔本矣。後有「鮑氏正本」四字，朱文印。「知不足齋」四字，白文印。則又鮑刻叢書所自出矣。又首葉有「石研齋秦氏」五字朱文印，尾葉有「秦伯敦父」四字，「秦印恩復」四字，兩白文印。則又展轉藏於江都秦氏矣。首葉又有

「金石録十卷人家」七字，朱文印。按韓泰華小亭無事爲福齋隨筆云：「金石録，阮文達有宋槧十卷，余得之，刻『金石録十卷人家』小印。」則此又爲錢塘韓氏物。自後則不知轉徙幾人，至厰肆，而乃爲余得也。鮑刻標題云花外集，小注「一名碧山樂府」，與此不同。其結銜稱「玉笥山人王沂孫」，此本作「山陰王沂孫碧山父著」，亦迥然各别。鮑刻天香詠龍涎香「汎遠槎風」，此本「汎」作「訊」。露華詠碧桃「風霜峭」，此本「峭」作「悄」。聲聲慢詠催雪「風聲從臾」，此本作「慫恿」；「羔酒鎔脂」，此本「鎔」作「溶」。高陽臺咏紙被「笑他欠此清緣」，此本作「情緣」。無悶咏雪意「悵短景無多」，此本「悵」作「恨」。綺羅香詠紅葉「冷枝留醉舞」，此本「留」作「流」。齊天樂第二首詠蟬「厭厭晝眠驚起」，此本「起」作「睡」。第五首四明别友「離情幾番凄婉」，此本作「悽惋」；「算何如趁取凉生」，此本作「趁耳」。一萼紅第二首丙午春赤城山中題花光卷「半枝空色」，此本作「寒色」；「冰粟微消」，此本作「冰肌」；「未許訝、東南倦客」，此本作「未須訝」；「又重看」，此本作「又重見」。第四首詠紅梅「金尊易注」，此本「注」作「泣」。三姝媚第一首次周公謹故京送别韻「綵袖烏紗」，此本作「絲袖」；「斷歌幽婉」，此本作「幽怨」。第二首詠櫻桃「紅纓懸翠葆」，注云「别本作紅櫻」，此本正作「紅櫻」；「貯滿筠籠」，注云「别本作贈滿筠籠」，此本正作「贈」。慶清朝詠榴花「枝頭色比舞裙同」，此本「舞」作「似」。高陽臺第一首「殘萼梅酸」，此本作「萼淺梅酸」。掃花游第三首詠緑陰「念昔日采香，今更何許」，此本「今」作「人」；「正好微曛院宇」，此本「曛」作「熏」。八六子「漸薄潤侵衣不斷」，此本「潤」作「淵」；「謾淡却蛾眉、晨粧慵掃」，此本作「謾忘却」，又「蛾眉晨妝慵掃」六字空白；「繡屏鸞破」，注「詞譜繡屏作綃屏」，此本正作「綃屏」。望梅小注云「一名解連環」，此本只題「望梅」，無一名注；「晝閒人寂」注「梅苑晝閒作晝闌」，此本正作「晝闌」。踏莎行題草窗詞卷「斷歌人聽知音少」，注云「別本人聽作重恨」，此本正作「重恨」；「幾番幽夢欲回時，舊家池館生青草」，注云「別本作沉沉幽夢小池荒，依依芳意閒窗悄」，此本正與別本合；「風月交遊」，此本作「風日」；「空留離恨滿江南」，此本作「遺恨」；「相思一夜蘋花老」，此本作「蕢花」。凡若此者多以此本爲優，而鮑本爲絀。如天香「訊遠槎風」與「夢深薇露」對語也，若如鮑刻作「汎遠槎風」，不獨格律不合，語亦木强矣。八六子「漸薄潤侵衣不斷」，玉篇「潤，水盈貌」，本詞首句云「掃芳林，幾番風雨」，故下句以水盈承接，鮑刻以習見之「薄潤」字易之，失詞旨矣。此皆鮑刻之臆爲竄易，不可據也。至二本篇第之異，鮑本自十九葉以下「補遺」有醉蓬萊、法曲獻仙音、醉落魄、長亭怨、西江月、踏莎行、淡黄柳七首，注云「見絶妙好詞」。有望梅一首，注云「見花草粹編」。有金盞子、更漏子各一首、錦堂春二首、如夢令、青房並蔕蓮各一首，注云「見陽春白雪」。而此本原有踏莎行、望梅二首，不知鮑刻何以攙入「補遺」。其西江月、法曲獻仙音、醉蓬萊、長亭怨四首，此本亦補録書之上方。慶宫春一首，鮑刻文全，此本有題無詞，而上方亦一并采録。而西江月後有一斛珠一首，則又鮑刻所無，豈鮑氏刻此書時，頗有出入耶？若此本旁注「一本作某」者，臚載頗多，往往與鮑刻引一本者不合，且較鮑刻所引，亦加詳審，其字跡蓋石研齋主人筆，他人亦無此博洽也。近桂林王氏重刊鮑本，雜引戈順卿校勘列於逐句之下，亦不及此校之賅備云。光緒壬辰九月二十一日長沙葉德輝跋。

錢遵王讀書敏求記卷一金石録三十卷，云：「昔者吾友馮硯祥有不全宋槧本，刻一圖記曰『金石録十卷人家』，長牋短札，帖尾書頭，每每用之，亦藝林中美談也。」按此事在韓小亭以前，此書卷首印記，蓋馮氏舊藏耳。乙巳立秋德輝再記。

此明文淑手鈔本也。文淑字端容，爲衡山之曾女孫。祖嘉，字休承，衡山仲子，世稱文水道人。父從簡，字彦可，又號枕煙老人。三世皆以書畫名。後適趙宧光凡夫子靈均爲婦，事蹟見錢牧翁列朝詩集小傳、初學集及魯駿畫人姓氏録；姜紹書無聲詩史以爲衡山孫女者誤也。曩讀孫慶曾藏書紀要論鈔録本，盛稱文待詔、文三橋、趙凡夫鈔本之精，恒以未得一見爲恨。壬辰三月寓都門，從廠肆購得此本，去價銀四金，喜其字蹟有待詔家風。又見首有「玉磬山房」印，固知其爲文鈔本，驚喜出望外，然不知爲端容手鈔物也。近見文淑墨竹一幀，傍題款字與此絶似，再三比證，乃知此本即出端容手鈔，諦視筆致，字秀而腕弱，亦確是女郎手筆，然則此書又文鈔中之無尚品矣。據「玉磬山房」印，是未適趙時在閨中之作。一門韻事，照燿詞林，而又佳耦天成，同以書畫名海内，且同以藏書名海内，方之易安之於德父，有蘭閨唱隨之樂，無流離顛沛之苦，女子遭遇，固亦有幸有不幸耶！甲午嘉平臘八日麗廔主人再跋。

喬葉貞蕤絶世姿，生來嬌小愛臨池。衡山山水三橋印，鼎足蘭閨一卷詞。（「喬葉」、「貞蕤」，端容印文也。又有「蘭閨」二字朱文印，見書畫真蹟）

玉磬山房小宛堂，兩家卷軸列琳瑯。絳雲一炬雲煙散，從此寒山富秘藏。（趙凡夫珍藏印文曰「小宛堂」，此書又經絳雲樓藏過）

鉅集都推鮑本精，一經改竄欠分明。不從星宿探源過，誰信黄河澈底清？（鮑氏知不足齋本即從此出，書中改竄處最多）

朱印纍纍押角多，興衰閲盡似恒河。何年更别郎園去，一卷黄庭寫换鵝。

乙未季春月展上巳日檢閲此書，復題四絶句於後。麗廔漫記。

適園藏書志

張鈞衡

玉笥山人詞集一卷（舊鈔本），馮氏（則虞按，此馮氏，疑爲馮硯祥）手跋曰：「此種詞在南宋至爲純正，然亦多可學到者。山中白雲全稿中出色者固多，率意腐庸亦不少，未若玉笥之全美。惟白石不可及。玉笥可與梅溪方駕，竹山固不及也。」

校訂花外集題識

孫人和

右花外集一卷，五十一首，補遺十四首，宋末王沂孫碧山撰。延祐四明志：至元中王沂孫慶元路學正。其餘事跡無可考見。徐光溥自號録引及周草窗，而於碧山條下，獨闕其姓字，當時聲聞未遠，此可徵也。詞綜、歷代詩餘、絶妙好詞箋並謂碧山樂府二卷。陸輔之詞旨引碧山「挑雲研雪」之句，今本所無，則此六十五首非完書也。近世所刻，鮑本爲先。烏程范氏、臨桂王氏，並遞爲校補，士之所尚，王本而已。王增戈順卿校勘數則，范用金桐孫手校之本。戈校似精，而苦無確證。又如齊天樂送秋崖道人西歸云「如今休説」，戈云「今」字宜仄，故選作「今向誰説」。考四明別友一首，作「涼生江滿」，則「今」字亦可用平，所謂失之眉睫者也。集中高陽臺詞，换頭多七字無韻，惟紙被一首六字協韻，揆諸本調，實有二體，范本妄補「了」字，彊使齊一，又所謂知其一而不知其二也。遂檢點各本，參互校訂：凡徵引事類，必尋其源；字句差池，必準於律；臆説無考，惟分注詞後；誼得兩通，亦摘録靡遺。雖未敢謂爲善本，比於諸家所校，則加詳矣。昔江賓谷得兩鈔本，一名玉笥山人花外集，一名玉笥山人詞集，不知與余所見兩鈔本異同如何。他日別有所獲，當重勘也。一九三三年夏六月二十四日鹽城孫人和識。

【附録三】 詞評詞話

朱彝尊詞綜：王聖與又號碧山，碧山樂府又名花外集。詞皆春水秋聲新月落葉物情之句，往來止有贈方秋崖、周公謹數闋，而曼聲爲多。

周濟介存齋論詞雜著：中仙最多故國之感，故著力不多，天分高絶，所謂意能尊體也。

又：中仙最近叔夏一派，然玉田自遜其深遠。

周濟宋四家詞選目録序論：碧山胸次恬淡，故黍離麥秀之感，只以唱歎出之，無劍拔弩張習氣。

又：詠物最爭託意，隸事處以意貫串，渾化無痕，碧山勝場也。

又：詞以思筆爲入門階陛，碧山思筆，可謂雙絶。幽折處大勝白石，惟圭角太分明，反覆讀之，有水清無魚之恨。

鄧廷楨雙硯齋詞話：王聖與工於體物而不滯色相，如天香詠龍涎云：「汛遠槎風，夢深薇露，化作斷魂心字。」「荀令如今頓老，總忘却、尊前舊風味」。南浦詠春水云：「蒲萄過雨新痕，正拍拍輕鷗，翩翩小燕。簾影蘸樓陰，芳流去、應有淚珠千點。」皆態濃意遠，如曳五銖。眉嫵詠新月之「千古盈虧休問。歎謾磨玉斧，難補金鏡。太液池猶在，淒涼處、何人重賦清景。故山夜永，試待他、窺户端正。看雲外山河，還老桂花舊影」，則別有懷抱，與石帚揚州慢、淒涼犯諸作異曲同工。至慢詞換頭處最忌橫亘血脈，碧山集中獨無此病。如摸魚兒云：「洗芳林、夜來風雨，怱怱還送春去。方纔送得春歸了，那又送君南浦。君聽取，怕此際、春歸也過吴中路。君行到處，便快折湖邊，千條翠柳，爲我繫春往。春還住，休索吟春伴侣，殘花今已塵土。姑蘇臺下煙波遠，西子近來何許？能喚否？又恐怕、殘春到了無憑據。煩君妙語，更爲我將春，連花帶葉，寫入翠箋句。」通體一氣卷舒，生香不斷。鄱陽家法，斯爲嗣音矣。

陳廷焯白雨齋詞話：王碧山詞，品最高，味最厚，意境最深，力量最重；感時傷世之言而出以纏綿忠愛，詩中之曹子建、杜子美也。詞人有此，庶幾無憾。

又：南宋詞家，白石、碧山純乎純者也。梅溪、夢窗、玉田輩大純而小疵，能雅不能虚，能清不能厚也。

又：詞法之密，無過清真。詞格之高，無過白石。詞味之厚，無過碧山。詞壇三絶也。

又：詩有詩品，詞有詞品。碧山詞性情和厚，學力精深，怨慕幽思，本諸忠厚而運以頓挫之姿，沈鬱之筆。論其詞品，已臻絶頂，古今不可無一，不能有二。

又：白石詞雅矣正矣，沈鬱頓挫矣，然以碧山較之，覺白石猶有未能免俗處。

又：少游、美成詞壇領袖也。所可議者，好作豔語，不免於俚耳。故大雅一席，終讓碧山。

又：碧山詞，觀其全體，固自高絶，即於一字一句間求之，亦無不工雅。瓊枝寸寸玉，旃檀片片香，吾於詞見碧山矣，於詩則未有所遇也。

又：看來碧山爲詞只是忠愛之忱，發於不容已，並無刻意争奇之意，而人自莫及，此其所以爲高。

又：詞選云：「碧山詠物諸篇，並有君國之憂。」自是確論。讀碧山詞者，不得不兼時勢言之，亦是定理。或謂不宜附會穿鑿，此特老生常談，知其一不知其二。古人詩詞有不容穿鑿者，有必須考鏡者，明眼人自能辨之。否則徒爲大言欺人，彼方自謂識超，吾則笑其未解。

又：碧山詠物諸篇，固是君國之憂。時時寄託，却無一筆犯複，字字貼切故也。就題論題，亦覺躊躇滿志。

又：碧山眉嫵、高陽臺、慶清朝三篇，古今絶搆，詞選取之，確有特識。眉嫵新月云：「漸新痕懸柳，澹彩穿花，依約破初暝。便有團圓意，深深拜，相逢誰在香徑？畫眉未穩，料素娥、猶帶離恨。最堪愛、一曲銀鉤小，寶簾挂秋冷。千古盈虧休問。歎謾磨玉斧，難補金鏡。太液池猶在，淒涼處、何人重賦清景。故山夜永，試待他、窺户端正。看雲外山河，還老桂花舊影。」詞選云：「此喜君有恢復之志，而惜無賢臣也。」高陽臺詞選云：「此題應是梅花。」後半闋云：「江南自是離愁苦，況遊驄古道，歸雁平沙。怎得銀箋，殷勤與説年華。如今處處生芳草，縱憑高、不見天涯。更消他、幾度東風，幾度飛花。」詞選云：「此傷君臣晏安，不思國恥，天下將亡也。」慶清朝榴花後半闋云：「誰在舊家殿閣，自太真仙去，掃地春空。朱旛護取，如今應誤花工。顛倒絳英滿徑，想無車馬到山中。西風後，尚餘數點，還勝春濃。」詞選云：「此言亂世尚有人才，惜世不用也。不知其何所指。」右上三章，一片熱腸，無窮哀感，小雅怨誹不亂，諸詞有焉。以視白石之暗香、疏影，亦有過之無不及，詞至是，乃蔑以加矣。

又：碧山水龍吟諸篇，感慨沉至。詠牡丹云：「自真妃舞罷，謫仙賦後，繁華夢，如流水。」詠海棠云：「歎黄州一夢，燕宮絶筆，無人解，看花意。」感寓中出以騷雅之筆，入人自深。詠白蓮云：「太液荒寒，海山依約，斷魂何許。」又云：「三十六陂煙雨，舊淒涼、向誰堪訴。如今謾説，仙姿自潔，芳心更苦。」寫出幽貞，意者亦指清惠乎？詠落葉云：「渭水風生，洞庭波起，幾番秋杪。想重厓半没，千峯盡出，山中路，無人到。」筆意幽冷，寒芒刺骨，其有慨於崖山乎？

又：碧山齊天樂諸闋，哀怨無窮，都歸忠厚，是詞中最上乘。詠螢云：「漢苑飄苔，秦陵墜葉，千古淒涼不盡。何人爲省，但隔水餘暉，傍林殘影。」詠歎蒼茫，深人無淺語。「隔水」二句，意者其指帝昺乎？詠蟬首章云：「短夢深宮，向人猶自訴憔悴。」言中有物。其指全太后祝髮爲尼事乎？後疊云：「病葉難留，纖柯易老，空憶斜陽身世。窗明月碎，甚已絶餘音，尚遺枯蛻。鬢影參差，斷魂清鏡裏。」意境雖深，然所指却瞭然在目。次章起句云：「一襟餘恨宮魂斷。」下云：「鏡暗粧殘，爲誰嬌鬢尚如許。」合上章觀之，此當指王昭儀改裝女冠。後疊云：

「銅仙鉛淚如洗，歎移盤去遠，難貯零露。病翼驚秋，枯形閲世，消得斜陽幾度。餘音更苦，甚獨抱清商，頓成淒楚。」字字淒斷，却渾雅不激烈。「餘音」數語，或有感於「太液芙蓉」一闋乎？

又：讀碧山詞，須息心静氣沈吟數過，其味乃出。心粗氣浮者，必不許讀碧山詞。

又：（碧山）疏影梅云：「籬根分破東風恨，又夢入、水孤雲闊。」後疊云：「幾度黄昏，忽到窗前，重想故人初别。蒼虬欲捲漣漪去，慢蜕却、連環香骨。」高陽臺云：「屢卜佳期，無憑却怨金錢。何人寄與天涯信，趁東風、急整歸船。縱飄零、滿院楊花，猶是春前。」幽情苦緒，味之彌永。

又：少陵每飯不忘君國，碧山亦然。然兩人資質不同，所處時勢又不同。少陵負沈雄博大之才，正值唐室中興之際，故其爲詩也悲以壯；碧山以和平中正之音，却值宋室敗亡之後，故其爲詞也哀以思。推而至於國風、離騷則一也。

又：詞法莫密於清真，詞理莫深於少游，詞筆莫超於白石，詞品莫高於碧山，皆聖於詞者。而少游時有俚語，清真、白石間亦不免，至碧山乃一歸雅正。後之爲詞者，首當服膺勿失，一切游詞濫語，自無從犯其筆端。

又：詞有碧山，而詞乃尊。否則以爲詩之餘事，遊戲之爲耳。必讀碧山詞，乃知詞所以補詩之闕，非詩之餘也。

又：草窗與碧山相交最久，然絶妙好詞中所選碧山諸篇，大半皆碧山次乘，轉有負於碧山。

又：聰明纖巧之作，庸夫俗子每以爲佳，正如蜣蜋逐臭，烏知有蘇合香哉？若以王碧山、莊中白之詞，不經有識者評定，猝投於庸夫俗子之前，恐不終篇而思臥矣。

又：或問比與興之别。余曰：宋德祐太學生百字令、祝英臺近兩篇字字譬喻，然不得謂之比也。以詞太淺露，未合風人之旨。如王碧山詠螢、詠蟬諸篇，低回深婉，託諷於有意無意之間，可謂精於比義。若興則難言之矣，託喻不深，樹義不厚，不足以言興；深矣厚矣，而喻可專指，義可强附，亦不足以言興。所謂興者，意在筆先，神餘言外，極虚極活，極沈極鬱，若遠若近，可喻不可喻，反覆纏綿，都歸忠厚。求之兩宋，如東坡水調歌頭、卜算子雁，白石暗香、疏影，碧山眉嫵新月、慶清朝榴花、高陽臺（「殘雪庭除」一篇）等篇，亦庶乎近之矣。

又：馮正中蝶戀花云：「誰道閑情抛棄久。每到春來，惆悵還依舊。日日花前常病酒，不辭鏡裏朱顔瘦。」可謂沈著痛快之極，然却是從沈鬱頓挫來，淺人何足知之。碧山詞何嘗不沈著痛快，而無處不鬱，無處不厚，反覆吟咏數十過，有不知涕之何從者。粗心人讀之，戛釜撞甕，何由識其真哉！

又：碧山有大段不可及處，在懇摯中寓温雅；蒿庵有大段不可及處，在怨悱中寓忠厚；而出以沈鬱頓挫則一也。皆古今絶特之詣。

又：雲韶集碧山詞評（王氏晴靄廬鈔本）：碧山詞自是取法白石，風流飄灑，如春雲秋月，令人愛不忍釋手。

又：碧山詞與陳西麓彷彿，但陳以和雅勝，王以清麗勝，要皆師白石而得其正者。

又：碧山詞高者入白石之室，而與竹屋並驅中原。

又：碧山學白石得其清者，他如西麓得白石之雅，竹山得白石之俊快，夢窗、草窗得白石之神，竹屋、梅溪得白石之貌，玉田得其骨，仲舉得其格，蓋諸家皆有專司，白石其總萃也。

張德瀛詞徵：王聖與多詠物詞，掃花游賦緑陰云：「舊盟誤了，又新枝嫩子，總隨春老。」齊天樂詠蟬云：「病翼驚秋，枯形閲世，消得斜陽幾度。」家國之恨，惻然傷懷，殆畫傳中之馬半角也。

況周頤蕙風詞話：初學作詞最宜作碧山樂府，如書中歐陽信本，準繩規矩極佳。

楊希閔詞軌（手稿本）：周穉圭題碧山詞云：「碧山才調劇翩翩，風格鄱陽好比肩。姜史姜張饒品目，人間別有藐姑仙。」此論允愜。

又：碧山佳處却出梅溪、玉田上，但不多耳。

沈道寬話山草堂集論碧山詞：孰云王後孰盧前，花外蒲江各一編。若把哀蟬方蟋蟀，故應詞法屬中仙。

馮煦蒿庵類稿論詞詩：青禽一夢春無著，頗愛中仙絕妙詞。一自冷雲埋玉笥，黄金不復鑄相思。

楊鐵夫題樂府補題：聲家律細到鄱陽，浙派千秋一瓣香。騷雅清空成一手，掃除風格玉笥王。

【附録四】 諸家題贈詞

聲聲慢 送王聖與次韻

周 密

瓊壺敲月，白髮簪花，十年一夢揚州。恨入琵琶，小憐重見灣頭。尊前漫題金縷，奈芳情、已逐東流。還送遠，甚長安亂葉，都是閒愁。　次第重陽近也，看黄花緑酒，只合遲留。脆柳無情，不堪重繫行舟。百年正消幾別，對西風、休賦登樓。怎去得，怕淒涼時節，團扇悲秋。

踏莎行 題中仙詞卷

周 密

結客千金，醉春雙玉，舊遊宫柳藏仙屋。白頭吟老茂陵西，清平夢遠沈香北。　玉笛天津，錦囊昌谷。春紅轉眼成秋緑。重翻花外侍兒歌，休聽酒邊供奉曲。

憶舊遊 寄王聖與

周 密

記移燈翦雨，換火篝香，去歲今朝。乍見翻疑夢，向梅邊攜手，笑挽吟橈。依依故人情味，歌舞試春嬌。對婉娩年芳，漂零身世，酒趁愁消。天涯未歸客，望錦羽沉沉，翠水迢迢。歎菊芳薇老，負故人猿鶴，舊隱誰招？疏花漫撩愁思，無句到寒梢。但夢繞西泠，空江冷月，魂斷隨潮。

三姝媚 送聖與還越

周密

淺寒梅未綻。正潮過西陵，短亭逢雁。秉燭相看，歎俊遊零落，滿襟依黯。露草霜花，愁在廢宮蕪苑。明月河橋，笛外尊前，舊情消減。　莫訴離腸深淺。恨聚散怱怱，夢隨帆遠。玉鏡塵昏，怕賦情人老，後逢悽惋。一樣歸心，又喚起、故園愁眼。立盡斜陽，無語空江歲晚。

瑣窗寒 王碧山又號中仙，越人也。能文工詞，琢語峭拔，有白石意度，今絶響矣。余悼之玉笥山，所謂長歌之哀，過於痛哭。

張炎

斷碧分山，空簾剩月，故人天外。香留酒殢，蝴蝶一生花裏。想如今、醉魂未醒，夜臺夢語秋聲碎。自中仙去後，詞牋賦筆，便無清致。　都是，淒涼意。悵玉笥埋雲，錦袍歸水。形容憔悴，料應也、孤吟山鬼。那知人、彈折素絃，黃金鑄出相思淚。但柳枝、門掩枯陰，候蟲愁暗葦。

洞仙歌 觀王碧山花外詞集有感

張炎

野鵑啼月，便角巾還第，輕擲詩瓢付流水。最無端、小院寂歷春空，門自掩，柳髮離離如此。可惜歡娱地。雨冷雲昏，不見當時譜銀字。舊曲怯重翻，總是離愁，淚痕洒、一簾花碎。夢沈沈、知道不歸來。尚錯問桃根，醉魂醒未。

湘月

張炎

余載書往來山陰道中，每以事奪，不能盡興。戊子冬晚，與徐平野、王中仙曳舟溪上，天空水寒，古意蕭颯。中仙有詞雅麗，平野作晉雪圖，亦清逸可觀。余述此調，蓋白石念奴嬌鬲指聲也。

行行且止，把乾坤收入，蓬窗深裏。星散白鷗三四點，數筆横塘秋意。岸觜衝波，籬根受葉，野徑通村市。疏風迎面，溼衣原是空翠。　堪歎敲雪門荒，争棋墅冷，苦竹鳴山鬼。縱使如今猶有晉，無復清游如此。落日沙黄，遠天雲淡，弄影蘆花外。幾時歸去，翦取一半煙水。

聲聲慢　與碧山泛舟鑑曲，王菽隱吹簫，余倚歌而和。天闊秋高，光景奇絶，與姜白石垂虹夜游，同一清致也。

張　炎

晴光轉樹，曉色分嵐，何人野渡横舟。斷柳枯蟬，涼意正滿西州。匆匆載花載酒，便無情、也自風流。芳晝短，奈不堪深夜，秉燭來游。　誰識山中朝暮，向白雲一笑，今古無愁。散髮吟商，此興萬里悠悠。清狂未應似我，倚高寒、隔水呼鷗。須待月，許多清、都付與秋。

踏莎行　讀花外集，即用碧山題草窗詞卷韻。

凌廷堪

積玉敲聲，兼金鑄調，除將樂笑齊驅少。一從花外翠簾空，天涯處處生芳草。　梅影深情，蕁香幽抱，於今俊語無人道。孤吟山鬼語秋心，鑑湖霜後芙蓉老。

花外集斠箋自序

詞有浙派猶文之有桐城派也規矱法度乃以立浙派開自樊榭碧山為之尸祝逮清季而益昌此集以鮑刻為佳戈周范孫遞相讎補余經年攬玩積為斠箋並為碧山事蹟考略歲甲申辟寇湖外作也注緝之業莫難乎詞蓋詞者婉以託事曲以避情當淪胥傾覆之時史廢於上詩亡於下而幽渺怊悵之詞作矣百世之下於恍惚影響之間較量乎撏章隸事之末得毋哂其徒勞耶雖然音實難知而尋聲於焉[illegible]言授於意辨言適以通微論世知人[illegible]會心處具則不遠併所謂規矱法度者自得之於行墨之中矣詎非學宋詞者之一助歟涼秋九月[illegible]備他日刪

取爲涇縣吴則虞

花外集斠箋目錄

補遺

花外集斠箋

涇縣吳則虞

天香

龍涎香○樂府補題宛委山房賦龍涎香調寄天香同賦者王沂孫周密王易簡馮應瑞唐藝呂同老李彭老無名氏凡八人莊希祖以此詞為謝太后北還而作■棄謝后末北行王觀堂考之甚詳■竊謂此詞實從夢窗天香一闋蛻出吳詞末云薊令如今老矣但未減韓郎舊風味還寄相思餘熏夢裏而用以觸興致情耳龍涎香産自嶺嶠龍為人君之象地即瀛瀣之鄉龍歸大海龍失其靈其暗指■井澳厓山之恨乎史言厓山下元卒求物於尸間者遇帝昺尸衣黃衣負詔書之寶卒取寶獻張弘範弘範亟往求之■已尚不獲矣疑此詞之■隱意也八表被靡斷彈■■在桂風孤嶠雲氣依稀■趙氏之孤裔猶■烟之一縷比上片之意也薊令餘香故溪深雪承恩夢裏投老荆關易代之悲更

夏氏之說尤[illegible]

張嶠蟠煙、
官紀聞云
睡其下土

傷搖落此下片之旨也[illegible]周止庵夏瞿禪謂
補題諸詞指發宋陵事[illegible]發千載之覆細繹詞旨
似亦有未盡然者龍涎白蓮題雖一而記事各[illegible]
殊[illegible]猶清冽之詠秋柳秋草[illegible]者[illegible]各有所屬
也即以天香而言王易簡烟嶠收痕雲沙擁沫孤
槎萬里春聚待翦秋雲殷勤寄與唐藝孫海蜃樓
高仙娥鈿小呂同老蛻蜒夢斷瑤島待寄相思仙
山路杳李居仁萬里槎程隱約仙洲路杳似[illegible]指帝
昺之南花[illegible]而周公謹碧腦浮冰驪宮玉唾誰擣
馮應瑞驪宮夜蟄驚起李彭老誰喚覺鮫人春睡
又似[illegible]指發宋帝骨瀝勇求珠事矣水龍吟詠白蓮碧
山兩詞疑一指厓山一指沖華入道陳恕可詞上
片[illegible]有嬋娟議疑亦指沖華下片中流一葉又[illegible]似
指海[illegible]天之殘碑唐珏詞上片冰魂猶在玉簪為誰輕墜
[illegible]似指孟后諸殯之見發過憂別有一轉素波千里
又似劉意南志天[illegible][illegible]再如摸魚兒賦蒓碧山詞有
西山蕨薇之[illegible]王易簡詞算唯有淵明黃花歲晚
比興共千古與碧山詞意合而佚名之碧龍驚起
冰涎猶護鬢影正指宋帝試翦取纖條玉溜青絲
瑩又蕭蕭兩鬢羞與共秋鏡又似指孟后之鬢翠

格律不合語亦不强矣案范玉川及意禪室藏舊鈔宋八家詞
本均作汎孫本改作訊似作汎為是又文本及樂府補題遠作
遊夢深薇露案後唐龍輝殿中安假山川以沈香為山薔薇露為池榜曰靈芳國薇露蓋指此
化作斷魂心字戴叔倫詩金鴨香消欲斷魂楊慎詞
品云詞家多用心字香蔣捷詞云心字香燒張于湖詞心字夜
香清晏小山詞記得年時初見兩重心字羅衣范石湖驂鸞錄
云番禺人作心字香用素馨茉莉半開者著淨器中以沈香薄
劈層層相間密封之日一易不待花蔫花過香成所謂心字香
者以香末縈篆成心字也
紅瓷候火許仲企詩定州紅花瓷
還乍識冰環玉指韋應物詩玉指霜毛本同色
一縷縈簾翠影依稀海天雲氣樂府補題天作山意禪室藏舊鈔本同案作海山者是柯敬
仲詩海山夜半剪腥雲玉易簡帶得海山風露皆云海山香譜
龍涎出海旁有雲氣籠山間故云海山雲氣一縷云云者嶺南
雜記云龍涎和香焚之則翠縷浮空結而不散坐客可以用一
剪以分烟縷所以然者蜃氣樓臺之餘烈也

真氏之說尤備

傷偶鶯七下片之旨[illegible]文馨

鈿淨似指古鈫唐珏鮫人夜剪龍髯均堪與皋羽

古鈫歎互發餘詞亦復如是雁齊天樂賦蟬詞[illegible]相

[illegible]是則補題諸詞不盡指發陵而言固可以知

之叙[illegible]碧山詞中如南浦賦春水疏影賦梅[illegible]

[illegible]一葉[illegible]詠紅梅諸詞玉田詞中復多此類同

調同題之作疑亦當時酬唱之什同賦[illegible]

人餘詞未傳惜補題失載耳時有先後遂[illegible]

山陵之痛僅其一端以一概全致遠迷泥敢[illegible]

得之愚冀[illegible]寸莛之[illegible]助

[illegible]詳齊天樂題下箋

補題中皆當天樂詠蟬日賦以人詞皆相合

有[illegible]固多矣

張嶠蟠煙層濤蛻月驪宮夜採鉛水

採樂府補題及[illegible]文淑鈔本作

採李賀詩井汲鉛華水游

宮記聞云龍涎出大食國近海旁常見雲氣罩山間即知有龍

睡其下土人俟雲散則知龍已去往採必得龍涎

汎遠槎風

二汎文淑鈔本作訊蘗燠彬謂上下

句對語也若如鮑刻作汎不獨

格律不合語亦不強矣案范王川及意禪室藏舊鈔宋八家詞本均作汎孫本改作訊似作汎為是又文本及樂府補題遠作逝

夢深薇露案後唐龍輝殿中安假山川以沈香為山薔薇露為池榜曰靈芳國薇露蓋指此

化作斷魂心字戴叔倫詩金鴨香消歇斷魂楊慎詞品云詞家多用心字香蔣捷詞云心字香燒張于湖詞心字夜香清晏小山詞記得年時初見兩重心字羅衣范石湖驂鸞錄云番禺人作心字香用素馨茉莉半開者著淨器中以沈香薄劈層層相間密封之日一易不待花蔫花過香成所謂心字香者以香末縈篆成心字也

紅瓷候火許仲企詩定州紅花瓷

還乍識冰環玉指韋應物詩玉指霜毛本同色

一縷縈簾翠影依稀海天雲氣樂府補題天作山意禪室藏舊鈔本同案作海山者是柯敬仲詩海山夜半剪腥雲王易簡帶得海山風露皆云海山香譜龍涎出海旁有雲氣籠山間故云海山雲氣一縷云云者嶺南雜記云龍涎和香焚之則翠縷浮空結而不散坐客可以用一剪以分烟縷所以然者蜃氣樓臺之餘烈也

幾回殢嬌半醉天津圖書館藏舊鈔本殢作滯周之琦心日齋詞錄同寧當作殢洞天清錄焚香忌龍涎篤耨兒女態者故云殢嬌半醉剪春燈夜寒花碎■

■更好故溪■飛雪清真西平樂故溪歇雨小窗深閉

荀令如今頓老歷代詩餘頓老作顛[illegible]■■總忘卻樽前舊風味襄陽記荀令君至人家坐幕三日香氣不歇夢窗天香荀令如今老■矣但未減韓郎舊風味又清真花犯依然舊風味謾惜餘熏空篝素被清真花犯香篝熏素被■

■

花犯苔梅○西湖志餘淳熙五年孝宗過德壽宮起居太上留坐冷泉堂登石橋亭子看梅太上曰苔梅有二種一種出張公洞者苔蘚甚厚一種出越上苔如綠絲長尺餘縹緗漫志云南宋西湖苔梅最盛陷後花亦凋疎

蘇舜欽淮山喜雨聯句 娟者映紺縷

古嬋娟蒼鬟素靨盈盈瞰流水斷魂十里歷代詩餘作千里歎紺縷飄

零難繫離思故山歲晚誰堪寄荊州記陸凱自江南寄梅花一枝詣長安與范曄并贈詩曰折

梅逢驛使寄與隴頭人江南無所有聊贈一枝春琅玕聊自倚杜甫詩天寒翠袖薄日暮倚修竹高觀國金人

捧露盤賦梅天寒翠袖可憐是倚竹依依姜白石疏影籬角黃昏無言自倚修竹謾記我綠蓑衝雪張志和漁

父詞青箬笠綠蓑衣山谷浣溪沙綠蓑衣底一時休東坡送趙寺丞詩莫忘衝雪送君時一孤舟寒浪裏柳宗元

詩孤舟蓑笠翁獨釣寒江雪三花兩蕊破濛茸孫校云戈載詞選樂作花跋云此字宜仄周錄

亦作花菴草窗用怒字亦為仄聲歷代詩餘收草窗詞前段謾記得漢宮仙掌句誤為謾說漢宮仙掌後段誰歎賞句脫歎字

以為一百字體與碧山一百二字體別具實所據▇誤本非異體也故以作藥者為是孫說是也案張雨雪獅兒三花兩蕊

寒泉坐谷本此史記晉世家狐裘蒙茸服虔曰以言貌亂依依似有恨明珠輕委明珠句用傳玄詩意

清真花犯相逢似有恨依依愁悴碧山最能融化周詞雲臥穩藍衣正護春顦顇羅浮夢

十蟾挂曉龍城錄隋趙師雄遷羅浮月暮於林間酒肆旁舍見美人淡妝素服出迎與語因叩酒家共飲師雄醉臥久之東方既白起視乃大梅花樹下上有翠羽啾嘈月落參橫但惆悵而已么鳳冷山中人乍起東坡西江月海仙時遣探芳叢倒挂綠毛么鳳又喚起玉奴歸去[illegible]齊東昏侯潘妃名玉奴東坡梅詩玉奴終不負東昏餘香空翠被何遜嘲劉郎詩猶憐翠被香李義山夜冷詩西亭翠被餘香薄

露華碧桃〇戴表元剡源集有碧桃賦謂玉贊公家燬於火亂定有碧桃生其間白有五西山之陽依竹之子亭亭冰映皦雪峙悅塗炭之在前欲潔身而趨遯也此詞之旨似之[illegible]神外坐寸橋碧桃枝交取[illegible]後清淡未所赦宋末元初多有賦詠碧桃文字至田亦賦此調詠碧桃[illegible]圓[illegible]懷遡之所也

緗葩乍坼笑爛漫嬌紅不是春色杜詩栽桃爛漫紅吳融詩換滿樹如嬌爛漫紅[illegible][illegible]了素妝重把青螺輕拂劉夢得詩白銀堆裏一青螺舊歌共渡煙江卻占標玉奴格古今樂錄王獻之愛妾名桃葉妹曰桃根獻之嘗臨渡作歌以送之曰桃根復桃葉渡江不用楫但渡無所苦我自來迎

疑為當時酬唱之詞樂府補題共載不[illegible]當五律山[illegible]疑之作[illegible]補題之[illegible]宜補者多矣

接卻博念奴嬌無物堪齊標格陶穀儀露華賦碧桃素靨暈鉛
巧把黛螺輕冪莫是歌渡烟江浣卻舊時顏色本此回詞境◎

風霜峭 峭文本作悄舊鈔本同杜文瀾云風霜峭句霜作露此 字應去聲可從孫氏云今本均作霜杜氏所見蓋別一本也

瑤臺種時付與仙骨 殷瑤詩迎春別似瑤池宴捧出金盤五 色桃韋莊詩文呂二十四仙曹盡倚紅 簷種碧桃案尹喜內傳老子西 遊省太真王母共食碧桃紫梨

閒門晝掩悽惻似淡月梨花重化清魄 杜詩淡月 失梨花

尚帶唾痕香凝怎忍攀折 後主一斛珠 爛嚼紅茸笑向檀 郎唾

嫩綠漸滿溪陰 詞綜詞律俱作漸暖陶元 儀嫩綠護出溪頭意同

蔌蔌粉■飛出 杜牧詩煖雲■ 如粉草如■茵

芳豔冷劉郎未應認得 范成大■次韻周子 充碧桃詩碧■城香霧 赤城霞染出劉郎未見花 俱用劉禹錫玄都觀事

南浦 春水 ○

玉田詞南浦賦春水獨步當時皆以張春水目之碧山此■蓋亦同時唱和之什雖不及玉田之清虛騷雅然於平直處能舒徐寄

慨處能蘊藉詞家正則無愧大宗且冈闌同調同題無一瓴筆尤為難事况夔笙云碧山樂府如書中之歐陽■準繩規矩一一可循於此可見

柳下碧粼粼玉田波暖綠粼粼認麴塵乍生色嫩如染周禮天官注麴塵象桑葉始生劉禹錫詩龍墀遙望麴塵絲夢窗齊天樂麴塵猶沁傷心水清溜滿銀塘戈選作清溜初滿色嫩染銀塘跋云染出韻東風細參差縠紋初遍初遍戈選作如剪杜牧詩水紋如縠蹙差池東坡詩汎溢東風有縠紋別君南浦翠眉曾照波痕淺楚辭送美人兮南浦江淹別賦春草碧色春水綠波送君南浦傷如之何再來漲綠迷■舊處添卻殘紅幾片趙師俠酹江月桃花浪煖綠漲迷津浦夢窗齊天樂早柔綠迷津許昂霄點化文通別賦卻又轉進一層葡萄過雨新痕宋祁蝶戀花雨過蒲萄■新漲綠葉夢得賀新郎浪黏天葡萄漲綠皆出自襄陽歌遙看漢水鴨頭綠恰似蒲萄初醱醅正拍拍輕鷗翩翩小燕劉長卿詩拍拍江上鷗魏明帝詩翩翩春燕簾影蘸樓陰芳流去應有

楊巨源崔小玉傳采蘋歌怨木蘭舟

淚珠千點千點戈作流徧東坡水龍吟春色三分二分塵土一分流水細看來不是楊花是點點離人淚此用其意

滄浪一舸斷魂重唱蘋花怨采香幽徑鴛鴦睡歷代詩餘詞綜徑皆作涇是也又鮑本注云別本睡誤作暖案舊鈔本亦然似未必誤也蘇州府志采香涇在香山之傍小溪也吳王種香於香山使美人泛舟於溪以采香今自靈巖山望之一水直如矢故又名箭溪[illegible]

誰道湔裙人遠李義山詩湔裙杜若洲

南浦　前題

柳外碧連天漾翠紋漸平低蘸雲影應是雪初消巴山路蛾眉作窺清鏡李義山巴江柳詩巴江可惜柳柳色綠侵江草窗浣溪沙柳搖蛾綠妬春眉此隱括其意綠痕無際幾番漂蕩江南恨弄波素襪知甚處歷代詩餘知作至誤洛神賦淩波微步羅襪生塵空把落紅流盡何時橘里蓴鄉玉隱記洞庭有橘里杜外洞仙歌橘里漁村半

蘇軾詩張夢猶可續

烟草顏氏家訓露葵是蓴水鄉所出仙居縣志蓴湖縣北二里蓴生其側昔人呼為蓴鄉泛一舸翩翩歷代詩餘作翩然誤詞綜周錄作翩然東風歸興張夢繞滄浪蘋花岸鮑本注云別本岸作冷詞綜無岸字漠漠雨昏煙暝連筒接縷故溪深掩柴門靜杜甫春水詩三月桃花浪江流復舊痕朝來沒沙尾碧色動柴門接縷垂芳餌連筒灌小園已添無數鳥爭浴故相喧只恐雙燕銜芳去文鈔本舊鈔本歷代詩餘詞綜均作銜春去拂破藍光千頃杜牧詩沉水藍光徹史達祖雙雙燕飄然快拂花梢翠尾分開紅影此從史詞蛻出語亦俊雅

聲聲慢 催雪

風聲從臾文鈔本歷代詩餘作慫恿范本作容裔非是雪意商量古詩雲情雨意商量量雪徐昌圖天香雲共雪商量不少方岳瑞鶴仙正同雲商量雪也連朝滕六遲疑牛僧孺幽怪錄蕭至忠為晉州刺史欲獵羣獸行遲至深巖有黃冠一人老麋哀請黃冠曰若令滕六降雪巽二起風即蕭使君不復出矣張埜飛雪滿羣山是誰邀滕

六醸薄暮同雲冱寒茸帽貂裘國策黑貂之裘敝夢窗十二郎貂裘茸帽重向淞江照影兔園準擬吟

詩謝惠連雪賦梁王不悅游於兔園俄而微霰零密雪下王迺歌北風於衛詩詠南山於周雅朱淑貞念奴嬌催雪擔閣梁

吟紅爐旋添獸炭唐丁■仙芝詩子獸炭燃紅爐待辨金船羔酒鎔脂文本舊鈔本歷

代詩餘俱作潞晏殊道臨江仙流霞淺酌金■■船清異錄黨太尉遇雪於帳中飲羊羔美酒問剪水工夫猶

未■還待何時字歷代詩餘范本工夫上有憶孫本據補唐陸暢雪詩天

人穿許巧剪水作花飛楊誠齋詩揉雲剪水作風毬趙長卿玉蝴蝶片片空中剪水休較梅花爭白

盧梅坡詩梅雪爭春未肯降詩人擱筆費平章梅須遜雪三分白雪却輸梅一段香辛稼軒鷓鴣天且教犬吠千家白且與梅

花一段奇好詩奇鬭巧早偏瓊枝唐王初詩瓊枝鬭剪裁縷慈絲寮金鈴天寶遺事寧王

好聲樂至春時於後園中紉紅絲為繩密綴金鈴繫於花梢之上每有鳥鵲翔集則令園吏掣鈴索以驚之東坡聚星堂雪詩

鈴索掣晨起不待佳人等塑獅兒朱淑貞念奴嬌笑捏雪獅兒隻張文潛有雪獅詩又詞調有雪獅兒柏

六

綃幃慵起夢尋雲說與春知梨雲指梅也王建夢看梨花雲詩落落寞寞路不分夢中喚作梨花雲高觀國金人捧露盤詠梅為春瘦却怕春知莫誤了約王猷船過剡溪世說新語王徽之嘗居山陰夜雪初霽日色清朗四望浩然忽憶戴逵逵時在剡便夜乘小船詣之未至而返人問其故徽之曰吾乘興而來興盡而返何必見安道耶

高陽臺紙被○紙被宋人多用之産自閩浙劉子翬有答呂居仁惠建昌紙被詩云月高擁楮眠窻捲意自適嘗聞盱江藤蒼崖走虬屈斬以霜露秋漚以滄浪色粉身從澼洸蛻育齊靈寨乃知瑩然姿故自漸陶出其製法可以想見

霜楮刳皮冰花擘繭蘇易簡紙譜吳人以繭楚人以楮揚升庵謂越俗製楮以敲冰時為之故敲潔也滿腔絮濕湘簾通俗文絮白紙方抱甕工夫莊子子貢過漢陰見一丈人方為圃畦鑿隧而入井抱甕而出灌子貢曰有械于此一日浸百畦用力甚寡而見功多其名為槔圃者曰有機械者必有機事有機事者必有機心

吾非不知羞而不為也此晉云抱甕工夫養拙之謂也何須待吐吳蠶李嶠詩吳蠶落繭抽出絶僧智舷詩春蠶

爭蠶吐似吳水香玉色難截剪段公路北戶雜錄羅州多箋香樹身如柜柳皮堪搗紙土人號為香皮紙

嵇含南方草木狀蜜香紙以蜜香樹皮葉作之極香而堅韌水清之不潰爛而香紙譜玉版紙瑩潤如玉更繡鍼茸

線休拈伴梅花暗卷春風遵生八牋梅花紙帳即搨床外立四柱各柱掛以銅瓶插梅數枝用白楮

作帳罩之謝宗可詠梅花紙帳清四壁剡溪霜高臥梅花月半林詩懸斗帳孤眠清真柳梢青斗帳香清陳鍾秀

刊本草堂詩餘滿江紅斗帳高眠寒窗靜篝熏鵲錦熊氈范本氈下有了字注云此調換頭皆作七

字句御選本作一任屬下讀鮑本誤作六字句今擬補了字與後之數首方同孫以范說非是此九十九字之高陽臺換頭處

六字協韻者也格古要論古有鸞鵲錦拾遺記周靈王設紫羅文繡任粉融脂浣猶怯凝寒韓愈詩癡

如過寒蠅李廷忠瑞鶴鵲蝶不禁寒總是癡我睡方濃笑他欠此清緣文本清作情揉來

細軟烘烘暖舊鈔本揉作操儘何妨挾纊裝綿左宣十二年傳申公巫臣曰王巡三軍拊而勉

鄭愔奉和幸上官昭容院詩更憶瓊妃伴

杜牧有寄詩雲闊煙深樹

之三軍之士皆如挾纊杜甫詩衣冷欲裝綿酒魂醒半榻梨雲起坐詩禪舊鈔本起作記東坡詩酒清不醉休休煖睡穩如禪息息勻陸游寄謝侍制紙被詩紙被圍身度雪天白於狐腋煖於綿放翁用處君知否不是蒲團夜坐禪

疎影 詠梅影○歷代詩餘無影字疑脫玉田同調賦梅影有云枝北枝南疑有疑無幾度背燈難折寫影字工絕尚不及此詞蒼虬句之沉厚高雅草窗亦以同調同韻賦梅影蓋亦偶和之作此類詞足補樂府補題之遺

瓊妃卧月任素裳瘦損羅帶重結石徑春寒北山移文石徑荒涼徒延佇碧蘚參差李義山詩白石巖扉碧蘚滋相思曾步芳䔄離魂分破東風恨又夢入水孤雲闊算如今也厭傳停帶了一痕殘雪猶記冰奩半掩冷枝畫未就[illegible]選冷作凍非杜詩蕭蕭挂冷枝歸櫂輕折幾度黃昏忽到窗前重想故人[illegible]別盧仝詩相思一夜梅花發忽到窗前疑是君蒼虬欲捲連

用唐人小說倩女離魂事

溫庭筠詩自從香骨化

梅堯臣和叔治晚春梅花詩卻驚春半見瓊肌

漪去施肩吾詩小仙乘月繫蒼虬慢蜕却連環香骨早翠陰蒙茸孫校云歷代詩餘范

本戈選並■作早又是也本無又是二字考此調始於姜白石實有此二字是字似當用平聲然此調趙以夫陳允平周密張炎諸作平仄頗出入亦難一例論也有不似一枚清絕白石疎影瘦倚數枝清絕

露華碧桃○此露華之又一體九十四字惜萬氏未之收

晚寒竚立記鉛輕黛淺初認冰魂■東坡詩玉雪為骨冰為魂紺羅襯玉歷代詩餘詞譜紺作碧猶凝茸唾香痕戈選凝作疑夢窗燭影摇紅櫻桃茸唾聽吟詩淨洗妬春顏色勝小紅臨水湔裙杜詩趙注桃花舒小桃王安石詩晴日蒸桃出小紅煙瘦遠應憐舊曲換葉移根見上清真解連環想移根換葉山中去年人到歷代詩餘詞譜戈選到作

別

怪日情風輕閒掩重門瓊■肌瘦損那堪燕子黃昏舊鈔本堪作看

清真燭影摇紅燕子來時黃昏庭院又王詵憶故人燕子來時黃昏庭院幾片故溪浮玉歷代詩餘詞選戈選

庾信至仁山銘瑞雲一片方干冬日詩凍雲愁暮色

故均作過誤清真三部樂浮玉飛瓊似夜歸深雪前村劉長卿詩風雪夜歸人僧齊已詩前村深雪裏昨夜
一枝開宋神宗聲聲慢前村夜來雪裏器同
芳夢冷雙禽誤宿粉■雲李紳重別西湖詩波上雙禽去寂寞
無悶雪意○文本云一作催雪歷代詩餘無意字周錄及意禪室藏舊鈔本無題陳亦峯云謂南枝句中
含譏刺當指文溪松雪輩案夢窗無悶賦催雪疑此亦當時拈題唱和之什
陰積龍荒寒度雁門虞世南結客少年場陰積龍沙暗木落雁門昏西北高樓獨倚古詩
西北有高樓悵短景無多文本悵作恨杜詩歲暮陰陽催短景亂山如此白石解連環算如此溪山
欲喚飛瓊起舞史達祖水龍吟白石清波引均有玉妃起舞句逸史唐許瀍病起題壁句坐中惟有許飛瓊
瓊仙名瓊玉似雪借以為喻怕攪碎紛紛銀河水凍雲一片藏花護玉未教
輕墜清致暗韻情無似有照水一枝詞綜一作南詞律歷代詩餘並同孫校云此字
各家皆作仄聲不當用平聲疑後人以與上一片複而改之不足據也清真花犯想一枝瀟灑黃昏斜照水又玉燭新詠梅花

云終不似照■水一枝清■瘦已攪春意誤幾度憑欄莫愁凝睇應是梨花夢

好草窗水龍吟梨雲好夢未肯放東風來人世待翠管吹破蒼茫看取玉

杜甫臘日詩翠管銀罌下九霄

■壺天地鮑照詩清如玉壺冰

眉嫵 新月○此為王昭儀清惠而作且以悲金甌之缺

也清惠字冲華宋史后妃傳失載南宋書昭儀名

清蕙嘗題滿江紅詞於驛壁隨至燕即度為女道

士亦不詳詞苑云丙子元兵入杭宋全謝兩后以

下皆赴北昭儀題詞於驛壁即所傳滿江紅詞也

詞云太液芙蓉渾不是舊時顏色曾記得春風雨

露玉樓金闕名播蘭簪妃后裏暈生蓮臉君王側

忽一聲鼙鼓揭天來繁華歇龍虎散風雲絕無限

事憑誰說對山河百二淚霑襟血驛館夜驚鄉國

夢宮車曉碾關山月願嫦娥相顧肯從容隨圓缺

文文山讀至末句歎曰惜哉夫人于此少商量矣

為代作二首全用其韻其一云回首昭陽離落日

傷心銅雀迎新月算妾身不願似天家金甌缺其

二云世態便如翻覆雨妾身原是分明月算樂昌

一段好風流菱花缺女史戴王昭儀抵上都懸為
女道士與汪水雲湖山類稿周密浩然齋雅談及
輟耕錄相同南宋書蓋亦據此所補也碧山此詞
寶詠其事畫眉未穩者指當月承恩之事清惠詞
中暈生蓮臉者然也太液池數語即清惠首句之
意末句指女冠之請以素娥耐冷為喻詞中本事
■大抵如此■音
惋怨深殊係人思

漸新痕懸柳澹彩穿花詞律彩作影譚復堂云蹊徑顯然依約破初暝賀方回吳門柳
好月為人重破暝使有團圓意范本作團圞深深拜相逢誰在香徑王昌齡甘泉歌
昨夜雲生拜■初月施肩吾幼女詞學人拜新月又李端拜新月詞開簾見新月便即下階拜畫眉未穩畫眉
見漢書張敞傳夢窗聲聲慢新妝畫眉未穩料素娥猶帶離恨素娥喻■月月如無恨月常圓反用典貼
切新月最堪愛一曲銀鉤小寶簾掛秋冷■張皋■
文詞選簾作奩非是少游浣溪沙寶簾閒掛小銀鉤千古盈虧休問歎慢磨玉斧

慢當作謾
詞譜不誤
難補金鏡
難補詞譜作猶掛非是酉陽雜俎太和中
鄭仁本表弟與王秀才游嵩山將暮忽聞
林中鼾睡聲尋之見一人布衣甚潔白枕一襆物方眠呼之起
問所自其人笑曰君知月乃七寶合成乎月勢如丸其影日爍
其凸處也常有八萬二千戶修之予即一數因開襆有斤鑿數
事玉屑飯兩裹稼軒滿江紅誰做冰壺涼世界最憐玉斧修時
節又宋乾淳起居注云九年八月十五日曾覿進壺中天慢云
雲海塵清山河影滿桂冷吹香雪何勞玉斧金甌千古無缺上
皇大喜曰從來月詞不曾用金
甌事可謂新奇此反用其意
太液池猶在淒涼處何人重賦
清景
盧多遜詩太液池邊看月時晚風吹動萬
年枝誰家玉匣開新鏡露出清光些子兒
故山夜永試待
池窺戶端正
白石玲瓏四犯端正窺戶玉田探
春慢亦云休忘了盈盈端正窺戶
看雲外山河還
老桂花舊影
歷代詩餘詞譜作還一老盡桂花影萬樹云石帚後
結云又爭似相攜乘一舸鎮長見乘一舸下與此
篇不同想亦可如此然石帚在前定宜從之愚又疑此或是還
老桂舊花影于桂字豆本與姜同而誤以桂花連寫耳杜文瀾
云詞譜後結作還老盡桂花影有盡字無舊字查姜白石張仲
舉二詞後結作折腰句法應遵改酉陽雜俎佛氏謂月中所有

乃大也山河影又云月中有桂樹下有一人常斫之

水龍吟

牡丹○懷故京也宋于庭謂南宋詞人繫情舊京凡言歸路言家山言故國皆恨中原隔絕莊子云舊國舊都望之暢然丘陵草木之緡入之者十九猶之暢然婉轉體物以寄哀思撫洛下之風流慨宗周之禾黍綿邈餘音憐其蕉萃

曉寒慵揭珠簾牡丹院落花開未花品序洛下永寧院有僧種花最盛謂之牡丹院玉欄干畔柳絲一把和風半倚此四語隱括徐仲雅宮詞內人曉起怯春寒輕揭珠簾看牡丹一把柳絲收不得和風搭在玉欄杆國色微酣天香乍染摭異記太和中有程修已者以善畫進會內殿賞花上問修已曰今京邑傳唱牡丹詩誰稱首對曰中書舍人李正封詩國色朝酣酒天香夜染衣扶春不起夢窗漢宮春休護道花扶人醉醉花卻要人扶又喜還鶯還倩東風扶起自真妃浴罷謫仙賦後天寶遺事禁中初有木芍藥植於沈香亭前時花盛開上乘照夜太真以步輦從李龜年手捧檀板押眾樂工將歌上曰賞名花對妃子

馬用舊樂章命龜年持金牋賜李白詔進清平調詞三章繁華夢如流水　池館家家芳
事記當時買栽無地羅鄴詩買栽池館恐無地稼軒杏花天買栽池館多何益爭如一朵幽
人獨對周選獨作相水邊竹際酉陽雜俎牡丹前史中無考惟謝康樂始言永康水際竹間多牡丹劉僎
木蘭花慢肯來水邊竹際與幽人相對說淒涼把酒花前剩拚醉了醒來還醉趙長卿西江月
醉了還醒又醉怕洛中春色匆匆又入杜鵑聲裏事物紀原武后詔遊後苑百花俱開惟牡
丹獨遲后怒貶於洛陽故洛陽之花冠天下歐陽修花品敘牡丹出洛陽者為天下第一羣芳譜唐時洛陽之花為天下冠
故牡丹竟名洛陽花見聞錄嘉祐末康節邵先生行洛陽天津橋忽聞杜宇之聲歎曰異哉不及十年其有江南人以文字亂
天下者乎

水龍吟海棠○雲麓漫鈔云徽廟既內禪幸淮浙嘗作小詞名月上海棠末句云孟婆且與我做些方
便弇州山人四部稿以為渡黃河詞蓋道君北狩時作也此云燕宮絕筆疑指此而言或云指宣和

畫譜記意亦本以寄深情義亦通可

世間無此娉婷劉處靜燭影搖紅詠海棠有云世間還有此娉婷玉環未破東風睡太真

外傳明皇登沉香亭召太真宿酒未醒釵橫鬢亂不能再拜上笑曰豈海棠春睡未足耶將開半斂似紅還

白楊誠齋詩絕憐欲白仍紅處正是微開半斂時又宋真宗海棠詩紅白間纖條晏元獻詩似紅如白海棠花餘花

怎比崔得符海棠詩便教桃李能言語西子嬌妍比得無偏占年華禁煙纔過夾衣初

試林逋詩亭臺物景並飄縈宅院時清試夾衣又[illegible]曹組詩海棠時節又清明歎黃州一夢

燕宮絕筆許昂霄謂黃州句指王元之知黃州事似非蘇東坡黃州定惠院東山小上有海棠一株特繁茂每歲盛

開必攜客置酒已五醉其下矣古今詩話東坡謫黃州居於定惠院之東雜花滿山而獨海棠一株土人不知貴東坡為作長

篇平生喜為人寫人間刻石者自有五六本吾平生最得意詩也又東坡在儋耳一日遇一媼謂坡曰學士昔日富貴一場春

夢耳句見題下燕宮無人解看花意張孝祥錦園春賦海棠杜老情味黃州賦冷與此意相近猶

記花陰同醉小闌干月高人起 唐裴璘海棠詩別有玉盤承露冷無人起向月中看
千枝媚色一庭芳景 徐仲二郎神門掩一庭芳景 清寒似水 別本寒作愁非 銀燭延
嬌 東坡詩只恐夜深花睡去故燒高燭照紅妝花成大滿江紅 紅妝高處燒銀燭 玉炎念奴嬌從教睡去為留銀燭終夕皆
自蘇綠房留豔 詩出 李賀詩一夜綠房迎白晚 夜深花底怕明朝小
雨濛濛便化作臙支淚 玉炎念奴嬌詠海棠曉來雨過正海棠枝上燕支如滴 案水龍吟各體末三句
皆作五四四句法未有作七六字為兩句者此當從雨字化 字斷句 詞之分句有以意斷者有以聲斷者應以聲為主
水龍吟
落葉○白雨齋詞話以為重崖半改數語有慨
乎崖山之事深以為然器中說之渭水風生指
西北之隘溺洞庭波起指德祐二年丙子潭哀連
衡水郴全道桂陽武岡寶慶之敗李芾尹穀之死
湖外之戰為渡江來死事之烈者也崖山板屋飄
蕩水渝荃橈蘭旌揚靈未極此上片之意也望吾
廬甚處與晴節同一負抱 玉田三姝媚亦有古意
蕭閒問結廬入境白雲誰侶之句 風颯颯兮木蕭

十二

蕭思公子徒離憂哀吾生之無樂幽獨處乎山中怨慕之情居然騷雅此下片之意也江南之家早毁其室長懷顧影望古茫然

曉霜初著青林，望中故國淒涼步。蕭蕭漸積，紛紛猶墜，門荒徑悄。渭水風生，賈島詩秋風吹渭水落葉滿長安清真齊天樂渭水西風長安亂葉 洞庭波起，楚辭洞庭波兮木葉下謝希逸月賦■洞庭始波木葉■微脱 幾番秋杪。想重崖半沒，千峯盡出，山中路無人到。

前度題紅杳杳，遡宮溝暗流空繞。文本作官溝誤唐僖宗時于祐於御溝中拾一紅葉題詩云流水何太急深宮盡日閑殷勤謝紅葉好去到人間祐題一詩云曾聞葉上題紅怨葉上題詩寄阿誰置溝逆流為宮人韓拾得之後祐託韓泳門館因帝放宮女三千人泳以韓有同姓之親作伐嫁祐宋本事詩雲溪友議則以為顧況事侍兒小名錄則以為賈山虛事北夢瑣言則以為李茵事玉溪編事則以為侯繼圖事山堂肆考則以為于祐事 嘯蛩未歇，■飛鴻欲過，此時懷抱。亂影翻窗，碎聲敲砌，愁

劉長卿石樓詩隔河映青林

夢窗三姝媚紫曲門荒

(蘇軾詩淡妝濃抹亦相宜)

人多少望吾廬甚處[陶潛讀山海經詩吾亦愛吾廬]只應今夜滿庭誰掃[白居易詩]落葉滿階紅不掃

水龍吟[白蓮○樂府補題浮翠山房擬賦白蓮調寄水龍吟同賦者九人周密王易簡陳恕可唐珏呂同老趙汝鈉王沂孫李居仁張炎皆遺民也李齊咕嗶云楚詞橘頌取其渡淮為枳秉性不移茂叔愛蓮以其濯水彌鮮出塵不染是則故老拈題詞家調律依微擬義具志皭然矣玉潛之翠輿難駐竹山之別浦重尋和甫之流水斷魂聖與之海山依約[illegible]安得槎回肖嶠重來太乙之星花發洹流護取壘修之種[illegible]以意逆志是為得之]

(皆暗指翠輿[illegible]南狩之事)

淡妝不掃蛾眉[李白詩淡掃蛾眉朝至尊]為誰佇立羞明鏡[范本誰作伊]真妃解語[開元天寶遺事太液池千葉白蓮開帝與貴妃宴賞指妃謂左右曰何如此解語花]西施淨洗娉婷顧影[王易簡西子妝殘環兒初起未須匀注]薄露初匀纖塵不染[李居仁冰壺凝露紅塵洗盡]移

似用楊妃留襪事

根玉井韓愈古意太華峯頭玉井蓮花開十丈藕如船玉想飄然一葉颼颼短髮中流臥浮煙艇唐珏別有凌空一葉泛清寒素波千里陳恕可中流一葉共凌波去可惜瑤臺路迴抱淒涼月中難認樂府補題難作誰離騷望瑤臺之偃蹇兮李白詩若非羣玉山頭見會向瑤臺月下逢李義山詩如何雪月交光夜更在瑤臺十二層[illegible]溫飛卿詩抱月飄烟一尺腰東坡詩相逢月下是瑤臺[illegible][illegible]相逢還是冰壺浴罷許渾詩寒冰在壺月牙牀酒醒趙彥端鵲橋仙詠蓮夜深風入通人寒問誰在牙牀酒醒步襪空留舞裳微褪粉殘香冷樂府補題歷代詩餘舞裳作羽衣望海山依約時時夢想素波千頃碧山兩言海山依約又曰時時夢想玉潛素波千里周老浩波千里故疑指崖山而言

水龍吟前題○此闋疑指沖華事蓮花一名玉環因以為喻仙姿自潔芳心更苦指女冠之請詞意顯然也

朱熹詩仙姿蕭灑出風塵

翠雲遥擁環妃典三餘帖蓮花一名玉環雖隱晦然意極貼切夜深按徹霓裳舞歷代詩餘

深作涼樂府詩集唐逸史曰羅公遠多秘術嘗與玄宗至月宮仙女數百皆素練霓裳舞於廣庭問其曲曰霓裳羽衣帝默記

其音調而還明日召樂工依其調作霓裳羽衣曲後主玉樓春重按霓裳歌遍徹鉛華淨洗涓涓出浴

洛神賦鉛華弗御

杜衍荷花詩曉開一朵煙波上似畫真妃出浴時宋祁蝶戀花詠蓮溫泉初試真妃浴盈盈解語見前太液

荒寒海山依約斷魂何許[illegible]

[illegible]是人間別有冰肌雪豔趙汝鈉風裳水佩冰肌雪豔嬌無奈頻相顧樂府補遺

戈選奈作那通三十六陂煙雨康與之洞仙歌恨回首西風波淼淼三十六陂煙雨白石惜紅衣問

是時重賦三十六陂秋色舊淒涼向誰堪訴樂府補題舊作甚鮑注云一如本向作有又案別本作誰向

今謾說仙姿自潔苦心更苦賀鑄踏莎行紅衣脫盡芳心苦案此喻沖華之入道羅襪初

停玉璫還解羅襪塵見南浦列仙傳江妃二女遊於江濱逢鄭交甫遂解珮與之交甫受珮而去數十步懷中無珮

二女亦不見■早淩波去白石念奴嬌情人不見爭
忍淩波去試乘風一葉重來月底與脩花譜范本作簫譜非是白石側犯寂寞劉郎自修花
譜

綺羅香秋思○詞綜無此題歷代詩餘同

屋角疏星庭陰暗水杜詩暗水流香徑猶記藏鴉新樹李白楊柳可藏鴉李義山密霧
少藏鴉試折梨花行入小闌深處聽粉片簌簌飄階有人在夜窗
無語料如今門掩孤燈一本料作想畫屏塵滿斷腸句佳期渾
似流水戈選流作逝孫校云此字當用仄聲作逝近是還見梧桐幾葉輕敲朱戶■
周選見作有一片秋聲歷代詩餘作一派非是真處春宮動人一片秋聲清應做兩邊愁緒江
路遠歸雁無憑晏幾道蝶戀花欲盡此情書尺素浮雁沉■魚終了無憑據■鸞綃箋倩誰

張耒卯飲賦
千林霜曉

李賀詩荒溝
古水光如刀

將去歷代詩餘將作持謾無聊猶掩芳樽醉聽深夜雨歷代詩餘深作秋

綺羅香紅葉○樂笑翁亦賦此且同調同題蓋亦當時同賦之作

玉杵餘丹裴硎傳奇裴航過藍橋渴一舍有老嫗揖之求漿嫗令雲英以一甌漿飲之航欲娶雲英嫗曰得玉杵臼當與後航得玉杵臼遂娶而仙去金刀剩綵晏幾道蝶戀花金剪刀頭芳意動綵蕊開時不怕朝寒重歐陽修蝶戀花金刀剪綵呈纖巧又漁家傲金刀剪綵功夫異重染吳江孤樹南史崔信明嘗矜其文過李百藥鄭世翼遇之於江曰聞公有楓落吳江冷之句願見其餘信明出餘篇與觀世翼覽未終曰所見不逮所聞投之水中引舟而去此用吳江以點楓月幾點朱鉛幾度怨啼秋暮驚舊夢綠鬢輕凋訴新恨絳脣微注燕城賦玉貌絳脣最堪憐同拂新霜繡蓉一鏡晚妝妒夢窗過秦樓一鏡萬妝爭妒千林搖落漸少何事西風老色爭妍如許二月殘花空誤小車山路杜牧詩停車坐愛楓林晚霜葉紅於二月花重認取流水荒溝猶

中五

猶有奇情芳語前（箋見）但淒涼秋苑斜陽冷枝留醉舞（文本留作流，白石法曲獻仙音誰念我重見冷楓醉舞）

綺羅香　前題

夜滴研朱（王本研誤作妍　高駢詩滴露研朱點周易）晨妝試酒一（揚誠齋詩小楓一夜偷天酒）

寒樹偷分春豔（吳融詩一時衰颯無多恨看著春風綵剪成　玉田寒樹不招春妒　范）

成大詩薇帳半年春豔

賦冷吳江一片試霜猶淺（玉田賦冷吳江獨客又吟愁句）驚漢殿絳點初凝（說文楓木厚葉弱枝善搖漢宮殿中多植之霜後葉丹可愛）認隋苑綵枝重剪（通鑑隋煬帝紀大業元年築西苑宮樹秋冬凋落則剪綵為華葉綴於枝條色渝則易以新者常如陽春然）問仙丹煉熟何遲（舊本脫煉字　漢武內傳西王母云仙之上藥有絳雪元霜　裴硎傳奇薛昭遇仙女得絳雪丹度世）少年色換已秋晚　踈枝頻撼暮雨消得西風幾度舞衣吹斷綠水荒溝終是賦情人遠（箋見）

前玉田甚荒溝一片淒涼載情不去載愁去語尤惋望一似零落桃花又等閒誤他劉阮幽明錄漢明帝永平五年剡縣劉晨阮肇共入天台取穀皮迷路不得返糧盡得山上數桃啖之遂不飢下山一大溪邊有二女姿質妙絕因要邀還家勅婢速作食有胡麻山羊脯甚美遂留半載餘懷土求歸女曰宿福所牽何復欲還因指示還路既出無復相識問得七世孫傳聞上世入山迷道不得歸且留取閒鸞幽情石闌三四片

齊天樂

螢○此亦當時拈題同賦之什餘詞鮮傳耳自來詠螢詞賦多為弔古哀時之作取其青燐碧血助人淒冷碧山此詞且有所指[illegible]其為瀛國公之事乎後漢書孝靈帝紀建寧六年中常侍張讓段珪劫少帝陳留王走小平津尚書盧植追讓珪等斬殺數人帝與陳留王協夜逐螢火走行數里得民家露車共乘之辛未還宮孝靈帝縣同為之國殤主露車共載輿櫬北行事又相類託為熠燿之飛以抒覆亡之痛秦陵漢苑隔水傍林已題言之詠歎蒼茫吞吐渾雅鄱陽家法斯為嗣音

碧痕初化池塘草月令季夏之月腐草為螢本草陶注此是腐草及爛竹根所化初時猶如蛹蟲腹下已有

光數日使變而能飛熒熒野光相趁月令疏引李巡爾雅注熒火夜飛腹下如火光埤雅螢夜腹飛下有火故字從熒扇薄星流杜牧詩輕羅小扇撲流螢盤明露滴漢武故事帝以銅作承露盤上有仙人掌擎玉盤以承雲表之露零落秋原飛燐詩東山傳熠燿燐也燐螢火也古今注螢一名燐駱賓王螢火賦知戰場之燐飛練囊暗近禮記檀弓練練衣也說文練湅繒也記穿柳生涼李建勛詩衡入穿柳樹度荷分暝王安石詩嶺雲分暝與黃昏誤我殘編翠囊空歎夢無準續晉陽秋車胤好學不倦貧無燈火夏日用練囊盛數十螢火以照夜讀樓陰時過數點倚闌入未睡曾賦幽恨漢苑飄苔秦陵墜葉劉禹錫秋螢引漢陵秦苑遙蒼蒼陳根腐草秋螢光吳彥高春從天上來漢苑秦宮墜露飛螢千古淒涼不盡歐陽修玉樓春滿眼淒涼愁不盡又清真丁香結比恨自古銷磨不盡何人為省但隔水餘暉傍林殘影杜甫螢火詩帶雨傍林微駱賓王螢火賦泛灩乎池沼徘徊乎林岸已覺蕭疏更堪秋夜永

齊天樂蟬○樂府補題餘閒書屋賦蟬調寄齊天樂同
賦者八人呂同老王易簡王沂孫周密陳恕可
唐玨仇遠唐藝孫故老拈題每有所屬求龍吟不尉之
景也言之陳亦峯謂上闋短夢深宮為指全太后
為尼事次章鏡暗妝殘指王清惠為女道士事而
王半塘跋花外集云年丈端木子疇先生撰碧山
齊天樂詠蟬云詳味詞意殆亦黍離之感寫魂字
點出命意作咽還移慨播遷也西窗三句傷敵騎
暫退燕安如故鏡暗二句殘破滿眼而修容飾貌
側媚依然衰世臣主全無心肝千載一轍也銅仙
三句寄器重寶均被遷奪不下究也病翼二句更
是痛哭流涕大聲疾呼言海島棲流斷不能久也
餘音三句遺臣孤憤哀怨難論也漫想二句責諸
臣到此尚安危利災視若全盛也其論似亦近理
周濟宋詞選始疑[illegible]蟬詩詞為元僧
楊璉真伽發宋陵而作歸安[illegible]王樹榮永嘉夏承
燾蓋張其說夏氏有與張孟劬論樂府補題書反
樂府補題考[illegible]其言補題賦蟬屢用齊姬
齊宮深宮如呂同老悵恨齊姬薄倖王易簡翠陰
深鎖齊姬恨唐玨怨結齊姬仇遠齊宮往事漫省
皆託喻后妃也周密癸辛雜識一村翁於孟后陵
得一髻髮長六尺餘其色紺碧謝翱為作古釵歎

有云白烟淚溼樵叟來拾得□憊獻陵中髻畫虎七尺光照地髮下究轉金釵二此賦蟬十詞九用鬢鬟鬟之本事也

觀癸辛雜識記梁棟莫崙詩獄元初文網之密可知補題詠物起興而又亂以他辭者亦猶林景熙冬青之詩必託於夢中之作也寧夏氏此極確切□補題諸詞往往題同而旨異□推賦蟬一闋作者八人寓意□國題旨尤顯者如□同老早枯翼飛仙暗嗟殘景見洗水奩怕翻雙翠影□言遺□路遠□雙髻究然也易簫怕寒葉凋墜蛻痕塵土□仇遠滿地霜紅淺莎尋蛻羽非即親拾寒瓊出幽草之□意乎然則碧山詞中枯蛻嬌鬢□不待□辭言矣

想可任翻長袞雲寒緩貂金淺蛻羽雞留頓鸞仙夢遠

又謹前蛻痕枯葉

綠槐千樹西窗悄 舊鈔本槐作陰別本又作楊寀非是柬收□阮郎歸綠槐高柳咽新蟬樂府補題悄作曉

十七

厭厭晝眠驚起詞綜文鈔本起俱作睡戈載云睡與上眠字犯飲露身輕曹大家蟬賦吸清露於丹
園沈鵬蟬詩依樹愧身輕吟風翅薄陸雲寒蟬賦舒輕翅而迅翰案陳恕可此作露濕身輕風生翅薄樂府補題此
作嫩翼風微流聲露情疑今本沿陳詞而訛半剪冰箋誰寄淒涼倦耳漫
重拂琴絲怕尋冠珥徐廣車服志侍臣如貂蟬者取其清高飲露而不食也梁書朱异傳
异為通事舍人後除中書郎時秋日始拜有飛蟬正集异武冠上時咸謂有珥蟬之兆短夢深宮樂府補題作夢
短宮深向人猶自訴憔悴補題自作與殘虹收盡過雨舊鈔本及詞綜虹作紅杜審言詩月氣抱殘虹
晚來頻斷續都是秋意病葉難
留纖柯易老空憶斜陽身世窗明月
碎舊鈔本樂府補題均作山明霽是也甚已絕餘音尚遺枯蛻
樂府補題作尚餘與上複非是鬢影參差斷魂青鏡

裏詞綜作清鏡中華古今注魏文帝宮人莫瓊樹始制為蟬鬢望之縹緲如蟬翼故曰蟬鬢唐珏晚妝清鏡裏猶記嬌鬢

齊天樂前題○

一襟餘恨宮魂斷樂府補題戈選餘作遺古今注牛亨問董仲舒曰蟬名齊女何故答曰昔齊王之后忿王而死尸變為蟬登庭樹嘒唳而鳴王悔恨之故名齊女此云宮魂即用其典譚復堂云此是學唐人句法章法庾郎先自吟愁賦遂其蔚跋年年翠陰庭樹樂府補題作庭宇乍咽涼柯還移暗葉宋之問經梧州詩青林換暗葉重把離愁深訴樂府補題深作低西窗過雨補題窗作園怪瑤珮

啼建詩高樓彈玉箏

流空補題作漸金錯鳴刀[illegible]玉箏調柱鏡暗妝殘補題及舊鈔本暗均作掩為誰嬌鬢尚如許[illegible]銅仙鉛淚似洗李賀金銅仙人辭漢歌序云魏明帝青龍元年八月詔宮官牽車西取漢孝武捧露盤仙人欲立置前殿宮官既折盤仙人臨載乃潸然淚下歎移盤去遠難貯零露孫校云明抄本舊抄本鮑本並作移盤移携諳通寧似當作携李賀金銅仙人辭漢歌携盤獨出月荒涼此用其典病翼驚秋[illegible]枯形閱世消得斜陽幾度歷代詩餘斜作殘餘音更苦甚獨抱清商補題作高詞綜歷代詩餘俱作商寧作高是也駱賓王詠蟬詩本以高難飽如作清商則與下句淒楚意複頓成淒楚謾想薰風柳絲千萬縷舊鈔本想誤相

齊天樂　贈秋崖道人西歸　○秋崖有五皆與碧山年代相近李萊老字周隱號秋崖咸熙六年任嚴州知府與彭老為昆季此其一奚淢字偉然號秋崖西湖志有芳草南屏晚鐘又趙本秋崖詞凡十首

華胥引中秋紫霞席上醉蓬萊會稽蓬萊閣懷古公謹絕妙好詞中曾載其詞張玉田詞源有云近代楊守齋神於琴故深知音律與之游者周草窗奚秋崖每一聚首必分題賦曲此其二數秋崖仕迹未詳劉辰翁丙子國變後居浙者猶十餘載有和秋崖韻辰翁一剪梅燭影搖紅齊天樂諸闋皆和聖與壽詞秋崖蓋亦同遊之士此其三方岳字巨川號秋崖祁門人有秋崖先生小集有詞名卒於景定之後此其四戴表元剡源集有贈天台潘山人秋崖詩老潘雙眸如紺珠帶以秋陽朝露之清腴山形水態出沒千百變綖君指顧不得藏錙銖隱避之士也此其五許昂霄詞綜偶評以為贈方秋崖恐非似以奚秋崖為是奚氏芳草詞有云笑湖山紛紛歌舞花邊如夢如薰此云當時無限舊事歎繁華如夢如今休說是皆慨乎臨安昔日之繁盛並題稱西■歸者指杭越而言錢唐之西也然則故里魚肥江南恨切奚氏為吳下之人與碧山賦此解時當在會稽故云想渠西子更愁絕由是推知奚氏登蓬萊閣懷古之作疑即賦於此時

十九

柳宗元答問擁門填扃

冷煙殘水山陰道陸龜詩冷雲殘水出吳橋家家擁門黃葉故里魚肥用張翰事初寒雁落孤帆將歸時節江南恨切問還與何人共歌新闋換盡秋芳想渠西子更愁絕　當時無限舊事歎繁華似夢如今休説戈選作今向誰説竑云今字宜仄短褐臨流幽懷倚石山色重逢都別白雨齋詞話碧山此詞山色重逢都別六字淒絕警絕覺國破山河在猶淺語也寧案玉田疏影感舊游縱盤游得似當年早是舊情都別亦淺江雲凍結算只有梅花尚堪攀折卜峰謂此句必有所指寧案秋崖長相思慢幾多年江湖浪識知心只許梅花疑即指此寄取相思一枝和夜雪

齊天樂四明別友○周■錄無此題

十洲三島曾行處歷代詩餘行作遊史浩喜遷鶯著向十洲三島海內十洲記舊題東方朔撰十洲者謂祖瀛懸炎長元流生鳳麟聚窟是三島謂蓬萊方丈瀛洲離情幾番悽惋舊鈔本鮑本王本俱作婉墜葉

王安石遊土山詩亦捉蒲葵箑

韓偓卜隱詩藜藿充腸苧作衣

蘇軾詩還訪仙姝款石閨

皮日休詩庭陰落病蟬

重題枯條舊折蕭颯，那逢秋半登臨頓懶，更葵箑難留，苧衣將換。試語孤懷，豈無人與共幽怨。鮑本注云一本作愁怨遲遲遲終是也別算如■何趁，取涼生江滿。文鈔本作趁耳非掛月催程，吳均詩掛月青山下收風借泊，陸融詩收風重泊洞庭湖休憶征帆已遠。歷代詩餘憶作意山陰路畔縱鳴壁，猶趁過樓初雁政。恐黃花笑人歸較晚。

一萼紅石屋探梅〇董嗣杲西湖百詠注云石屋在大仁院內錢氏建鑿石虛廣若屋下有洞路石上鐫五百羅漢其屋上建閣二層

思飄飄，絕妙好詞作飄飄擁仙姝獨步，明月照蒼翹。花候猶遲，庭陰不掃，門掩山意蕭條。抱芳恨佳人分薄，似未許芳魄化春嬌。高駢詩疏萼吐春嬌雨澀風慳，歷代詩餘作雨澀蘇軾約公擇飲是日大風詩曉來顛風塵暗天我思其由豈坐慳注俗諺慳

值風值雨畫霧輕波細湘夢迢迢湘川本作緗宋孝武帝登魯山詩湘夢極南流誰伴

碧樽雕俎莊子加爾乎雕俎之上肩尻笑瓊肌皎皎絕妙好詞作喚瓊姬歷代詩餘作歎瓊肌案作

姬者是廣羣芳譜引亦作一姬樓鑰詩送商流湘看瓊姬綠鬢蕭蕭絕妙好詞作綠髮青鳳啼空玉

龍舞夜朱子詩畫寒亭下玉龍飛還睇銀漢光搖絕妙好詞戈選睇作彤東坡詩光搖銀海眩生花

未須賦疎香淡影蓋指暗香疎影且同倚枯蘚聽吹簫聽久餘音欲絕

寒透鮫綃北夢瑣言張建章為幽州司馬曾以府命往渤海遇水仙遺鮫綃軸之如箸以紅線纏之夏天登暑展之

滿堂凛然述異記南海出鮫綃一名龍■紗以為服入水不濡以為異

一萼紅丙午山中題花光卷○文鈔本卷作菴歷代詩餘作赤城山中題梅花卷周錄同范本花光亦

作梅花案作花光者是孔靈符會稽記赤城山土皆赤狀似雲霞望之如雉堞孫綽天台山賦赤城

霞起而建標玉秋澗集題花光墨梅二絕序蜀僧超然字仲仁居衡陽花光山避靖康亂徙江南之

柯山與參政陳簡齋並舍而居山谷所為研墨作梅超凡入聖法當冠四海而名垂後世嘗有放船來近花光住寓畫南枝與北枝之句其半度可想見矣僧號花光道人東坡山谷少游皆有贈詩无遺山亦有題花光梅詩周密志雅堂雜鈔衡州有華光山其長老仲仁能作墨梅故號華光梅是也

玉嬋娟甚春餘雪盡猶未跨青鸞洽聞記光武時有大鳥高五尺五色備舉而多青蔡衡曰凡象鳳者有五色多青者鸞也

黃昏淡月疎蕊無香柔條獨秀應恨流落入間記曾照林逋詩暗香浮動月黃昏漸瘦影移上小闌干舊鈔本鮑本作移影誤荊公詩月移花影上闌干

一點清魂半枝空色文鈔本作寒色芳意班班文鈔本芳作苦非

重省嫩寒清曉過斷橋流水問訊孤山羣芳譜華光長老寓梅黃魯直觀之曰如嫩寒春曉行孤山水邊籬落間此蓋用其事又見冷齋夜話武林舊事云斷橋又名段家橋■■西湖遊覽志本名寶祐橋自唐時呼為斷橋張祐志斷橋荒蘚合以孤山之路至此而斷故以為名

冰粟微銷文鈔本粟作肌舊鈔本同歷代詩餘

作骨周錄同 塵衣不浣相逢還誤輕攀未許訴東南倦客 文鈔本作未須訴寧是

也此字當用平聲此文本之可貴也清真■滿庭芳憔悴江南倦客 掩鉛淚看了

又重看 文鈔本看誤作見 故國吳天樹老雨過風殘 李白詩翔雪落吳天

一萼紅 紅梅○玉田亦以同調賦此疑亦■當時同賦之

什夫屈宋論陳香草獨不及梅八代暨唐篇題

亦寡炎宋始重此花刻葩耀采各擅風流虛谷撰

瀛奎律髓於著題之外別出梅花一類不使溷於

羣芳惟紅梅之作自羅隱王安石王十朋范成大

而外猶所罕覯詞家題詠蘇軾菩薩蠻定風波高

觀國留春令毛滂木蘭花數闋而已梅苑所載祇添

字浣溪沙二闋又何其寥落也

[illegible]

占芳菲趁東風嫵媚重拂淡烟支青鳳銜丹 青鳳即綠毛么鳳見上苔梅箋

瓊奴試酒 王十朋紅梅詩霞觴瀲灩玉妃醉高觀國留春令玉妃春醉 驚換玉質冰姿 毛滂木蘭

[illegible]月詩山立[illegible]倚寒欲放梅

花玉骨冰肌元淡竚甚春色江南太早有人怪和雪杏花飛荊公紅梅詩春半花纔發
多應不耐■寒北人初不識渾作杏花看同叔紅梅詩若使蘇開遲二三月北人應作杏花看玉田幾銷凝把做杏花看
珮蕭疎杜詩蠡書玉蘇佩茜裙零亂白石小重山令東山意霏霏風冷香遠茜裙歸
空惹別愁無數照珊瑚海影冷月枯枝戈選作孤枝張繼樂府海上珊瑚枝玉田樹挂
珊瑚冷月以珊瑚喻紅色吳蠹離魂蜀妖浥淚見下闋箋孤負多少心期歲寒事
無人共省破月霧應有鶴歸時舊鈔本歸時作時歸川本鶴作偶可惜鮫綃碎
剪不寄相思歷代詩餘惜作恨東坡梅詩鮫綃剪碎玉簪輕

一■蕚紅前題

翦丹雲辨命論丹雲不春怕江臯路冷千疊護清芬彈淚綃單凝妝枕
重驚認消瘦冰魂放翁梅詩冰魂雪魄同醫得為誰妓東風換色任絳雪飛

廿二

許景先折柳篇芳樹朝催玉管新

滿綠羅裙（毛滂紅梅詩深將絳雪點寒枝魯逸仲南浦故園梅花將夢愁損綠羅裙）吳苑雙身（梅譜晏元獻移紅梅植西園圃中一日貴遊賂園吏得一枝分接由是都下有二本王君玉以詩遺公曰園吏無端偷折去鳳城從此有雙身）蜀城高髻（摭遺蜀州有紅梅數本郡侯建閣扃戶遊人莫得見忽有兩婦人高髻大袖憑闌笑語郡侯啟鑰闚不見人唯東壁有詩曰南枝向暖北枝寒一種春風有兩般憑仗高樓莫吹笛大家留取倚闌干）忽到柴門欲寄故人千里恨燕支太薄寂寞春痕（毛滂詞零落酴醾花片損春痕）玉管難留金樽易注（文鈔本作泣案是也白石暗香翠樽易泣黃孝邁湘春夜月空樽夜泣）幾度殘醉紛紛謾重記羅浮夢覺步芳影如宿杏花村（箋見前杏花村有三一在朱陳村一在池州城外一在江甯府境）一樹珊瑚淡月獨照黃昏（李義山詩猶憐未圓月先出照黃昏）

一萼紅（初春懷舊）

小庭深有蒼苔老樹風物似山林侵戶清寒（戈選作寒風）捎池急雨

時聽飛過啼禽（戈選作啼斷幽禽，歷代詩餘啼作鳴）掃荒徑殘梅似雪甚過了人日更多陰（杜詩元日至人日未有不陰時，又花風纔一信人日故多陰。緗素雜記：西青詩話云，都人劉克者窮該典籍，之事多從之質。嘗注杜詩元日到人日未有不陰時，人知其一，不知其二，惟子美與克會耳。此東方朔占書也。歲後八日，一日雞，二日犬，三日豕，四日羊，五日牛，六日馬，七日人，八日穀，其日晴所主之物育，陰則災。少陵意謂天寶離亂，四方雲擾幅裂，人物歲歲俱災，此豈春秋書王正月之意耶。案碧山此詞蓋作於丙子之後，與少陵同一寄慨。下云念前事空惹恨沉沉，又曰不似如今天時人事可以悽愴傷心者矣，題曰懷舊思故國也）壓酒人家（李白詩吳姬壓酒勸客嘗）試燈天氣（范成大詩酥花芋葉試新燈，陸游詩曲水已過修禊集，餘寒不減試燈時）相次登臨　猶記舊游亭館正垂楊引縷嫩草抽簪（復齋漫錄：政和中一貴人使越州，回得辭於古碑陰，不知何人所錄，以進御，因詞中語賜名魚遊春水，中有句云：嫩草方抽碧玉茵，媚柳輕窣黃金縷。耆舊續聞云：嫩草初抽碧玉簪，綠楊輕拂黃金縷，蓋用唐人詩）羅帶同心（駱賓王詩同心結縷帶，李白詩描垂寶帶結同心，又）泥金半臂（夢窗

探芳信 舞衣疊損金泥鳳 東軒筆錄宋子京多內寵嘗宴於錦江偶微寒命半臂諸婢各送一枚恐有厚薄不敢服忍寒而歸 花畔低唱輕斟 柳屯田鶴沖天忍把浮名換了淺斟低唱 趙長卿玉蝴蝶應須淺斟低唱 又爭信風流一別念前事空惹恨沉沉野服山節醉賞不似如今

解連環 橄欖

萬珠懸碧想炎荒樹密 南州異物志閩廣諸郡及緣海浦嶼皆產橄欖 □□□□恨縴娣先整吳帆 許渾詩吳帆乘月下清江 政鬟翠逞嬌故林難別歲晚相逢薦青子獨誇冰頰 東坡橄欖詩紛紛青子落紅鹽 點紅鹽亂落 又夢窗暗香疏影詞相將初試紅鹽味 最是夜寒酒醒時節霜槎蜡芒凍裂 葉顒詩形容枯似飽霜槎 把張花細嚼時嚥芳冽斷味惜回澀餘甘似重省家山舊游風月 王禹偁詩北人將萬酒食之先顰眉皮肉苦且澀歷口復棄遺良久有回味始覺甘如飴 崖蜜重嘗到了輸他清

絕范本到上有也字注云鮑本脫擬補東坡橄欖詩待得微甘回齒頰已輸崖蜜十分甜案賈思勰齊民要術云櫻桃爾雅云楔荆桃郭注今櫻桃孫炎注即今櫻桃最大而甘者謂之崖蜜鼠璞東坡撖欖詩崖蜜注引杜詩崖蜜松花落本草崖蜜蜂黑色作房於巖崖高峻處然坡與撖欖對說非蜜也鬼谷子崖蜜櫻桃也他無雖見予讀南海志崖蜜子小而黃穀譚味甘增城惠陽山間有之雖不知與櫻桃為一物與否要其同類也更留人紺丸半顆素甌泛雪郭義恭廣志櫻桃大者如彈丸白色而多肌梅堯臣詩一任狂花落素甌

三姝媚次周公謹故京送別韻○歷代詩餘無故京二字案故京者臨安也其時宋亡已數載矣咸淳十年甲戌碧山在杭州別公謹丙子後蓋又至杭法曲獻仙音數詞疑賦於此時未幾還越公謹賦三姝媚以送之此即答其韻也碧山稱公謹以文此直呼其姓■字當有舛誤公謹原詞

見後附錄

漢書王褒傳聞褒有俊才

段成式詩追卻紅腮交午痕杜詩青眼高歌望吾子

蘭缸花半綻歷代詩餘缸作釭花草粹編舊鈔本綻作吐孫校云草堂原詞作綻起韻吐字誤謝朓詩蘭缸當夜明正西窗淒淒斷螢新雁別久逢稀謾相看華髮共成銷黯總是飄零更休賦梨花秋苑李賀詩曲水飄香春不歸梨花落盡成秋苑白石淡黄柳梨花落盡成秋色何況如今離思難禁俊才都減　今夜山高江淺歷代詩餘江作水又月落帆空酒醒人遠綵袖烏紗文鈔本舊鈔本八家詞鈔本綵作綵歷代詩餘詞綜紗作綵解愁人惟有斷歌幽婉舊鈔本婉作怨案原詞本作惋一信東風再約看紅腮青眼只恐扁舟西去蘋花弄晚

三姝媚　櫻桃

紅纓懸翠葆文鈔本纓作櫻詞綜同范成大題櫻詩火寶齊瓔珞垂於綠繭纓作櫻非是謝朓詩翠葆隨風許昂

李白春思詩燕草如碧絲

霄云寫起正漸金鈴枝深見聲聲慢箋瑶階花少萬點燕支杜■甫野人送櫻桃詩萬顆勻圓訝許同許昂霄云以下三層俱是借用法贈舊情爭奈弄珠人老南都賦遊女弄珠於漢皋之曲韓詩外傳鄭交甫將南適楚遵彼漢皋臺下乃遇二女佩兩珠大如荊雞之卵交甫贈以橘柚此假用也扇底清歌還記得樊姬嬌小李後主一斛珠一曲清歌暫引櫻桃破東坡蝶戀花一顆櫻桃樊素口曾覿浣溪沙樊素扇邊歌未發案范攄雲溪友議白樂天有二妾樊素善歌小蠻善舞有詩曰櫻桃樊素口楊柳小蠻腰幾度相思紅豆都銷碧縷空裊芳意荼蘼開早羣芳譜唐召侍臣學士食櫻桃飲以荼蘼酒取其同時也正衣色瑛盤素蟾低照東觀漢記明帝月夜宴羣臣於照園大官進櫻桃以赤瑛為盤賜羣臣月下視之盤與桃一色羣臣皆笑云是空盤李德輿櫻桃賦盤映皎月與赤瑛而俱妍陳與義詩赤瑛盤裏雖珠過薦筍同時歎故園春事已無多了宋史禮志景祐三年禮官宗正條定逐室時薦請每歲春季月薦蔬以筍果以櫻又山堂肆考秦中以三月為櫻筍節案唐人亦有櫻筍會事貯滿筠籠偏暗觸

廿五

天涯懷抱貯文鈔本作贈寄作贈是杜詩西蜀櫻桃也自紅野人相贈滿筠籠陳與義詩何似筠籠相發揮

謾想青衣初見，花陰夢好太平廣記天寶初有范陽盧子在都應舉不第嘗暮行至一精舍有僧開講盧子從寢夢至精舍門見一青衣攜一籃櫻桃在下坐盧子訪其誰家因與青衣同餐櫻桃青衣云娘子姓盧適崔即盧子再從姑因拜姑以外甥女鄭氏許焉盧子喜甚秋捷試官至宰相復以間步至昔年逢攜櫻桃青衣精舍門復見其中有講筵忽昏醉聞講僧唱云檀越何久不起夢覺日向午矣自是無功名之念

慶清朝 榴花○張孟劬夏瞿禪論樂府補題書謂指元僧發宋陵事寄其用典隸事張說似未能確信錄此存參

玉局歌殘東坡賀新郎石榴半吐紅巾蹙之詞是也其後段單說榴花東坡曾提擧玉局觀此故云，金陵句絕王介甫萬綠叢中紅一點動人春色不須多，年年負卻薰風白石訴衷情端午張負薰。

風西鄰窈窕，獨憐入戶飛紅朱熹榴花詩窈窕安榴花乃是西鄰樹墜蕚可憐人風吹落幽戶。

前度綠陰載酒，枝頭色比舞裙同文鈔本歴代詩餘俱作似非唐萬楚詩紅裙妒殺石榴

李白陽春歌長安白日照春空

花何須擬蠟珠作蔕緗綵成叢又鈔本舊鈔本范本王本緗俱作湘非溫庭筠詩蠟珠攢作蔕緗綵剪成叢誰在舊家殿閣自太真仙去掃地春空洪氏雜俎溫湯七聖殿遶階石榴皆太真所種掃地見漢書掃地盡矣朱旛護取如今應誤花工鮑本旛作蟠非博異記天寶中崔元徽於春夜遇數美人自通姓名曰揚氏李氏又緋衣少女姓石名醋醋有封家十八姨來諸人命酒十八姨翻酒污石醋醋作色謂元徽曰諸女伴每被惡風所撓常求十八姨相庇處士每歲旦與作一朱旛圖以日月五星其上樹苑中則免矣崔許之具月五旛東風刮地折木飛花而苑中花不動崔方悟眾花之精封家姨乃風神也石醋醋乃石榴也顛倒絳英滿徑想無車馬到山中韓愈榴花詩五月榴花照眼明枝間時見子初成可憐此地無車馬顛倒青苔落絳英西風後尚餘數點還勝春濃杜甫灞上游詩春濃停野騎

慶宮春水仙花○范本作慶春宮歷代詩餘弋選無花字詠水仙者始於宋之高似孫水仙前後兩賦其序云水仙花非花也幽楚窈眇脫去埃滓云錢唐有水仙王廟林和靖祠堂近之東坡以為和靖

貫休下第送友人遊邊詩沙昏磧月新

清節睽世遯移神像配食水仙王然則水仙者花
中之伯夷也碧山此詞託旨蓋亦如是與水龍吟
之賦白蓮殊為相近詞境詞格別一
妙諦清虛高絜全自白石詞中蛻出
明玉擎金趙溍長相思詠水仙金璞明玉璞明小小杯柈翠袖擎此用其意纖羅飄帶阮籍詠懷詩被
服纖羅衣為君起舞回雪白石琵琶仙玉尊起舞回雪柔影參差幽芳零亂詞律芳作
香翠圍腰瘦一捻戈選作翠瘦腰圍詞律圍作闌毛滂粉蝶兒楚腰一捻歲華相誤記前
度湘皋怨別詞律湘作江陳摶水仙詩■湘君遺恨付雲來哀絃重聽詞律聽作訴都是
淒涼詞律都作却未須彈徹樂有水仙操國香到此誰憐山谷劉邦直送水仙
詩可惜國香天不管隨緣流落野人家煙冷沙昏頓成愁絕山谷王充道送水仙詩是誰招此斷腸魂
種作寒花寄愁絕花惱難禁杜詩江上被花惱不徹朱子■用子服韻謝水仙花詩報道幽■人被渠惱山谷詩
坐對真成被花惱酒銷欲盡門外冰澌初結試招仙魄怕今夜瑤簪凍

折群芳譜水仙花大如簪頭携盤獨出周錄作獨去空想咸陽故宮落月孫校云杜文瀾

云後結原作落葉戈氏因韻率易案今檢各本並作落月惟詞律作落景杜說未塙

高陽臺

殘萼梅酸文鈔本舊鈔本作萼淺詞綜歷代詩餘作淺萼東坡詩冰盤未薦含酸子楊誠齋詩梅子流酸濺齒牙

新溝水綠初晴節序喧妍鮑本注云絕妙好詞誤作東風戈載亦云下有趁東風句複獨立

雕闌誰憐枉度華年歷代詩餘憐作云案此即少游望海潮東風暗換年華之意朝朝準擬清明

近張先青門引庭軒寂寞近清明料燕翎須寄銀箋歷代詩餘作燕領非草窗水龍吟燕翎誰寄愁牋

又爭知一字相思不到吟邊　雙蛾不拂青鸞冷戈選作懶掃李賀詩

銅鏡立青鸞任花陰寂寂掩戶閑眠屢卜佳期無憑卻恨金錢絕妙好詞

恨作怨施肩吾詩自家夫婿無消息卻恨橋頭賣卜人　何人寄與天涯信趁東風急整歸

船
詞綜歷代詩餘縱漂零滿院楊花猶是春前
周選船均作艤

高陽臺 陳君衡遠遊未還周公謹有懷人之賦倚歌和
之○詞綜陳上有西麓二字又倚歌和之作倚
其歌而和之陳允平字君衡一字衡仲號西麓自
號蒲節澹室後人四明人德祐時授沿海制置司
參議官祥興初與蘇劉義書期以九月以兵船下
慶元當內應為怨家所訐張弘範遣招討使王世
强闔捕同官袁洪解之得釋後徵至北都不受官
放還著西麓詩稿繼周集日湖漁唱陳世崇曰續
甬上耆舊傳陳允平德祐時官制置司參議官入元
以仇家告變云謀與崖山接應遭擄掠後事得脫
被薦以病免歸此題言遠遊未還未著何地就詞
觀之當在被薦以後病免以前度脫罪膺薦時必
有傳其仕元者然傳未言薦居何職玉田拜西麓
墓解連環詞且有歎貞元朝士無多之句殆以病
免保節碧山此詞有勸善規過之雅焉[illegible]起句
駝褐輕裘北行之服棧鶴小隊北行之伴冰河雁
指北道翔雪平沙渡河後景物飛花承雪娥眉取
譬起下琵琶君衡非和親非淪落故曰賦情不[illegible]

此當時加一更字若有不能曲詳者矣想如今三字詠諧而劉刻龍庭即岳武穆所謂黃龍府初勸金危未還之故已不啻以趙孟頫覘之語似與會然在碧山實極不堪之傷心語也過變就自身立言一枝芳信難應寄反用陸凱詩微露劃席之意山邊水際無形之首陽相思而曰獨抱盡各之旨也開一筆曰江雁孤回孤回者獨抱者同在一面江與河映照仇遠贈玉田詩曰金臺掉頭不肯住具借此輩以相形乎天涯人自歸遲一合不日不歸而曰歸遲是終望其歸意仍忠厚也歸來二由今感華表之感語極沈痛此愁者獨抱相思江雁孤回之心境無人知之無從言之惟秦淮兩岸之垂楊零亂千絲與東風相對差堪彷彿耳此說甚是誰謂聲家無裨世教耶么謹送君衡被白原詞云■照野旌旗朝天車馬平沙萬里天低寶帶金章尊前茸帽風欹秦闗汴水經行地想登臨都付新詩縱英游疊鼓清笳駿馬■名姬酒酣應對燕山雪正冰河月凍曉隴雲飛投老殘年江南誰念方回東風漸綠西湖柳雁已還人未南歸最闗情折盡梅花難寄相思

駝褐輕裘歐陽修詩輕寒漢漢侵駝褐陳簡齋詩客子今年駝褐寬狨韉小隊呂渭老選冠子細馬狨韉
冰河夜渡流澌後漢書光武聞王郎兵在後從者皆恐及至滹沱河候吏還曰河水流澌無船不可濟光武命
王霸往視之霸恐眾驚詭曰冰堅可渡比至河河冰亦合乃令霸護渡朔雪平沙飛花亂拂蛾
眉琵琶已是淒涼調案此用王明妃事琵琶始見石崇明君詞序杜詩亦有千載琵琶作胡語分明怨恨
曲中論句更賦情不比當時想如今人在龍庭班固封燕然山銘焚老上之龍庭勸
酒金卮舊鈔本勸作賜一枚芳信難誰寄反用陸凱事見前箋向山邊水際
獨抱相思江雁孤回天涯人自歸遲薛道衡詩人歸落雁後歸來依舊秦
淮碧東坡和王鞏南還初歸詩歸來萬事非惟見秦淮碧問此愁還有誰知對東風空似
垂楊零亂千絲此自夢窗金縷曲化出其詞有云華表月明歸夜鶴歎當時花竹今如此亡國餘恩長歌當哭

高陽臺和周草窗寄越中諸友韻○文鈔本舊鈔本鮑本皆無此題張惠言云此題應是梅花案皐文

似未以草窗原詞對勘，故有此誤耳。原詞云：小雨分江，殘寒迷浦，春容淺入蒹葭。雪霽空城，燕歸何處人家。夢魂欲渡蒼茫去，怕夢輕、還被愁遮。感流年，夜汐東還，冷照西斜。萋萋望極王孫草，認雲中烟樹，鷗外春沙。白髮青山，可憐相對蒼華。歸鴻自趁潮回去，笑倦遊、猶是天涯。問東風，先到垂楊，後到梅花。

殘雪庭陰 張選陰作除。譚復堂云：詩品云反虛入渾，妙處傳矣。孟浩然詩：空翠落庭陰。輕寒簾影 元稹表夏詩：輕風動簾影。霏霏玉管春葭 杜詩：吹葭六管動飛灰。小帖金泥 沈約詩易 紀粲金泥。不知春在誰家 詞綜在作是。王建詩：不知秋思在誰家。相思一夜窗前夢，奈個人、水隔天遙 舊鈔本個作似。周錄天作山。戈選作雲。但淒然、滿樹幽香，滿地橫斜。江南自是離愁苦，況遊驄古道，歸雁平沙 宋迪瀟湘八景有平沙落雁。蔣捷金蕉葉：平沙斷雁落。怎得銀箋，殷勤說與年華。如今處處生芳草 牛希濟生查子：記得綠羅裙，處處生芳草。縱憑高、不見天涯。

更消他幾度東風幾度飛花舊鈔本消下衍得字

掃花游秋聲○詞家有以古■人之文而為詞者號曰檃括體東坡哨遍即檃括歸去來辭山谷瑞鶴仙即檃括翁醉亭記方岳沁園春即檃括蘭亭敘不可殫數此詞上片即永叔秋聲賦予謂童子此何聲也汝出視之童子曰星月皎潔明河在天四無人聲聲在樹間予曰噫嘻悲哉此秋聲也一段文字中蛻來卻渾然無迹

商飈作發韓愈聯句安得發商飈漸淅淅初聞蕭蕭還住頓驚旅倦謝玄暉詩結髮倦為旅許昂霄云不似竹山羅列許多秋聲命意與歐公相彷彿但從旅客情懷說來倍覺愴然背青燈弔影起吟愁賦白石齊天樂庾郎先自吟愁賦斷續無憑試立荒庭聽取在何許但落葉滿階白居易詩落葉滿階紅不掃惟有高樹迢遞歸夢阻歷代詩餘遞作遙戈云此字宜仄正老耳難禁病懷淒楚故山院宇想邊鴻孤唳砌

蛩私語歷代詩餘蛩作蟲夢窗宴清都幽蛩韻苦哀鴻叫絕許昂霄云借以作襯亦如歐公賦末用蟲聲唧唧也數點相和更著芭蕉細雨呂本中夢斷添惆悵更長轉寂寥如何今夜雨只是滴芭蕉避無處這閒愁夜深尤苦范本這作者戈選作只通

掃花游綠陰○周選無此題次首同王氏四印齋本綠陰下有三解二字

小庭蔭碧遇驟雨疎風舊鈔本遇作過剩紅如掃夢窗掃花游翠文徑亂紅休掃小問攀條弄蘂古詩攀條折其榮有誰重到謾說青青比似花時更好怎知道□一別漢南遺恨多少周濟云一別句本應五字減一字耳紅友詞律未及是誤忘檢校耳按此類甚多若依紅友即應另列一體矣孫校云按明鈔本舊鈔本詞綜歷代詩餘並無空格范本周錄戈選作自而不言其所據今依鮑本王本其實止庵之說未可非也晉書桓溫傳溫自江陵北伐行經金城見少所為琅琊時所種柳皆已十圍慨然曰木猶如此人何以堪又庾子山枯樹賦桓大司馬云昔年種柳依依漢南今看搖落悽愴江潭樹猶如此人何以堪

羅隱寄徵士魏員外詩
窗曉雞啼後

劉子翬元日詩山
冬亂碧到尊前

清晝人情悄悄任密護簾寒〻暗迷窗曉舊盟誤了又新枝嫩
子總隨春老 麗情集杜牧遊湖州有老姥引髽髻女十餘歲牧曰此真國色也接至舟中姥女皆懼
牧曰且不即納吾十年後必為此郡十年不來乃從爾所適以重幣結之後周墀入相上箋乞守湖州至郡已十四年矣嫁已
三年自是尋春去較遲不須惆悵怨芳時牧賦詩曰狂風落盡深紅色綠葉成陰子滿枝此暗用其事 漸隔相思
極目長亭路杳 歷代詩餘無極目二字 攬懷抱聽蒙茸數聲啼鳥 本事詩韓滉鎮
浙西戎昱為部內刺史郡有妓善歌舞昱情屬甚厚滉聞其名置籍中昱不敢當為歌詞贈之曰好去春風湖上亭柳條藤蔓
寄離情黃鶯久住渾相識欲別頻啼四五聲

掃花游 前題 ○譚復堂云此刺朋黨日繁

捲簾翠溼過幾陣寒殘幾番風雨問春住否但匆〻暗裏換
將花去 稼軒摸魚兒更能消幾番風雨匆匆春又歸去 亂碧迷人總是江南舊樹謾凝

貫休詩嫩苔如水沒錢亂

司空曙詩倦枕欲徐行

韓維登湖光亭詩翠痕滿地初生草

佇念昔日采香晏幾道臨江仙與誰同醉采香歸今更何許文鈔本舊鈔本歷代詩餘今俱作入
芳徑攜酒處又蔭得青青嫩苔無數故林晚步想參差漸
滿野塘山路倦枕閒牀正好微曛院宇文鈔本歷代詩餘曛作薰作醺送淒楚
李白頭吟落花辭條羞故林
怕涼聲又催秋暮

掃花游 前題

滿庭嫩碧漸密葉迷窗亂■枝交路亂紅甚處詞綜甚作任歷代詩餘作灑殊
佳但匆匆換得翠痕無數暗影沉沉靜鎖清和院宇柳永文冠子清和院
落試凝佇怕一點■香舊猶在幽樹濃陰知幾許且拂草
清眠清真滿庭芳先安簟枕容我醉時眠引筇閒步杜郎老去怕尋芳較晚倦懷
難賦見前閱箋縱勝花時到了愁風怒雨短亭暮永叔夜行船短亭春暮謾青

青怎遮春去 八家詞鈔本去作住亦佳

鎖窗寒 春思 ○ 詞綜周選無此題

趁酒梨花 香山詩青旂沽酒趁梨花 催詩柳絮 徐呂圖詠女雪詩裁柳絮 一窗春怨疎疎過雨洗盡滿階芳片數東風二十四番 一通考自初春至夏五日一風謂之花信風小寒節三信梅花風山茶風水仙風大寒節三信瑞香蘭花山礬立春節三信迎春櫻桃望春雨水三信菜花杏花李花驚蟄三信桃花棣棠薔薇春分三信海棠梨花木香清明三信桐花麥花柳花穀雨三信牡丹荼蘼楝花徐俯詩一百五十寒食雨二十四番花信風 幾番誤了西園宴 曹植詩清夜游西園 認小簾朱戶不如飛去舊巢雙燕 曾見雙蛾淺 白居易贈同座詩春黛雙蛾斂 自別後多應黛痕不展 陸游雨晴步至湖塘詩山掃黛痕如尚溼 撲蝶花陰 孫校云周之琦云四字平仄與本調不合自是誤筆 怕看題詩團扇 此致 夢窗掃花游倦蝶慵飛故撲簪花破帽 試憑他流水寄情溯紅不到春更遠 見綺羅香

箋但無聊病酒■厭厭毛滂散餘霞：更懨懨病酒。夜月荼蘼院

鎖窗寒 春寒

料峭東風歐陽修蝶戀花：簾幕東風寒料峭。婁元禮田家五行：元宵前後必有料峭之風。簾纖細雨李元膺洞仙歌：簾纖細雨殢東風。周清真虞美人：簾纖小雨池塘過。如落梅飛盡單衣惻惻白石淡黃柳：馬上單衣寒惻惻。自整金猊香燼老學庵筆記：故都紫宸殿有二金狻猊，蓋香獸也。故晏公冬宴詩云：金猊樹五香烟度。洞天清錄：狻猊爐則古之踏足豆也。誤千紅試妝較遲故園不似清明近

但滿庭柳色柔絲羞舞孫校云：舊鈔本羞作差，誤。淡黃猶凝 芳景還重

省向薄曉窺簾詞綜、周錄晚俱作晚。嫩陰斂把桐花漸老已做一番風信清明風三信有■桐花風。又看看綠徧西湖早催塞北歸雁影等歸時為帶

將歸詞綜、周錄將俱作春。併帶江南恨陸游聞雁詩：過盡梅花把酒稀，薰籠香冷换春衣。秦關漢苑無消息

二十二

滯陰見周語氣無滯陰

眉嫵見漢書張敞傳廣眉吾詩眉嫵吳娘笑是鹽

張祜五絃詩斜抽半袖紅

歐陽修漁家傲畏日亭亭殘蕙炷

又在江南送雁歸碧山此詞與放翁詩意相近蓋皆有所寄慨

鎖窗寒

出谷鶯遲詩伐木丁丁鳥鳴嚶嚶出自幽谷遷于喬木尚書故實今謂進士登第爲遷鶯蓋出自伐木詩然詩中並無鶯字頃歲省試鶯出谷詩別書固無證據以吞沿當世習俗而然踏沙雁少舊鈔本歷代詩餘踏作離殢陰庭宇周選殢作滯鈔本庭作亭舊東風似水尚掩沉香雙戶夢窗鶯啼序恁掩沉香繡戶莓階雪痕乍鋪又鈔本莓作梅舊鈔本恁字闕歷代詩餘恁梅作看梅李嘉祐詩風潮斂雪痕那回已趁飛梅去奈柳邊占得一庭新瞑又還留住前度西園路記半袖爭持鬭嬌眉嫵瓊肌暗怯醉玉千紅深處問如今山館水村共誰翠幄熏蕙炷最難禁向晚淒涼舊鈔本作淒淒八家詞鈔本作悽然化作梨花雨趙令時蝶戀花彈到離愁淒咽處絃腸俱斷梨花雨

薛道衡昔昔鹽　空梁落燕泥

元稹早春詩　誰送春聲入櫂歌

應天長

疎簾蝶粉幽徑燕泥花間小雨■初足又是禁城寒食（歷代詩餘■禁作楚）輕舟泛晴淥（舊鈔本晴作暗）尋芳地來去熟尚彷彿大堤南北（案此檃括清真迎春樂而成周詞桃蹊柳曲閒蹤跡俱曾是大堤客他日水雲身相望處無南北）望楊柳一片陰陰搖曳新綠　重訪豔歌人聽取春聲猶是杜郎曲（雍錄樊川東十里有南杜北杜杜因謂之南杜杜曲謂之北杜）蕩漾去年春色深深杏花屋東風曾共宿（孫校云周錄東風下有裏字王本同范本作東風燬曾共宿補燬字案調例似脫一字然用纏聲伸縮之故詞中前後相當之處間亦不同如李之儀卜算子詞前段末句五字後段末句六字是也今考明抄本舊鈔本鮑本及詞綜歷代詩餘等並作五字句東風下亦無空格而周王補裏字范補燬字俱未知所據）記小刻近窗新竹（清真迎春樂牆裏修篁森似束記名字曾刊新綠夢窗玉燭新嫩篁細搯相思字）舊遊處沈醉歸來滿院銀燭（香山詩箋

歌歸院落燈火下樓臺樂府水調歌
云樓前紅燭夜迎人猶遜此句華麗

八六子

消幾番風雨（稼軒詞更能）

掃芳林鮑本注云掃一本作洗幾番風雨匆匆老盡春禽（梁元帝春日篇日日春禽變）漸薄潤侵衣不
斷文鈔本潤作潤葉煥彬云玉篇潤水盈貌本詞首句云掃芳林
也幾番風雨故下句以水盈承接鮑刻以習見之潤字易之失
詞旨矣寧葉氏失之好奇潤字生僻斷不可以
入詞清真滿庭芳■■潤費爐烟即此所攄嫩涼隨扇初生晚
窗自吟　沉沉幽徑芳尋晚靄苔香簾淨戈選淨作靜蕭疏竹影
庭深謾■淡却蛾眉■晨妝慵掃文鈔本作謾忌却又蛾眉晨妝慵掃六字皆空白歷
代詩餘同寶釵蟲散鮑本注云一作折孫校云花草粹編作拆舊鈔本作折歷代詩餘苑本並同李賀詩髮冷青蟲
簪張元幹卜算子翡翠釵頭綴玉蟲■作折者是也繡屏鸞破文鈔本歷代詩餘詞譜繡俱作綃苑本作綃戈選作
繡衾等作繡屏者是韋莊應天長寂寞繡屏香一炷■當時暗

蘇軾詩妙語蜀芳鮮

水和雲泛酒醆本注云酒一作雨空山留月聽琴料如今門前數重翠陰

摸魚兒案此與劉長翁蘭陵王丙子送春陳允平摸魚兒西湖送春同一淒警

洗芳林夜來風雨清真六醜為問家何在夜來風雨白石月中笛梅花過了夜來風雨匆匆還送

春去方纔送得春歸了那又送君南浦楚辭子交手兮東行送美人兮南浦別賦送君南浦傷如之何君聽取怕此際春歸也過吳中路君行到處便快折湖邊千條翠柳為我繫春住詞綜湖作河張先蝶戀花此時願作楊柳千絲絆惹春風夢窗西子妝慢垂楊漫舞總不解將春留住

春還住休索吟春伴侶殘花今已塵土姑蘇臺下煙波遠越絕書胥門外有九曲路闔閭造以遊姑蘇臺而望太湖西子近來何許能喚否又恐怕殘春到了無憑據舊鈔本無怕字詞綜周選作又只恐煩君妙語更為我將春連花帶柳寫入翠箋句詞綜將春上衍且字

廿四

齊己送節大德歸閩詩紫氣玉簾前

梅堯臣詩春洲生荻芽

李涉和尚書舅見寄詩遠飛芳字警沉迷

杜牧贈李給事敏詩憶君秋醉餘

摸魚兒 蓴○樂府補題云紫雲山房賦蓴調寄摸魚兒同賦者五人王易簡唐珏王沂孫李彭老無名氏案無名氏歷代詩餘作陳恕可此五人者皆宋之遺民也蓴羹之賦蓋寓西山蕨薇之意末句餘恨渺烟水■暗指■崖山之將歟

玉簾寒翠痕微斷歷代詩餘周錄簾作匳痕作絲文鈔本同補題浮空清影零碎碧芽也抱春洲怨雙捲小緘芳字還又似繫羅帶相思幾點青鈿綴■吳中舊事悵酪乳爭奇陸機傳機入洛嘗詣侍中王濟濟指羊酪謂機曰卿吳中何以敵此答曰千里蓴羹未下鹽豉時人稱為名對鱸魚謾好張翰傳翰有清才善屬文齊王冏辟為大司馬東曹掾冏時執權翰因見秋風起乃思吳中菰菜蓴羹鱸魚膾曰人生■貴適志何能羈宦數千里以要名爵乎誰與共秋醉江湖興昨夜西風又起年年輕誤歸計如今不怕歸無準卻怕故人千里何況是正落日垂虹怎賦登臨

晉書顧悅之傳蒲柳常質望秋先零

意舊鈔本歷代詩餘皆作落月東天目志及臨安志橋架兩峯白水自峯頂瀉下白虹倒飲亙天入澗訇匈砰湃聽之神爽在觀瀑亭數十步名曰垂虹滄浪夢裏蜀本浪作波亦佳縱一舸重游孤懷暗老餘恨渺煙水

聲聲慢此闋疑指西湖事橋下書謂與少蘇劉義事雁歸时人未賦歸时西湖北行而未還也

啼螿門靜落葉階深秋聲又入吾廬一枕新涼西窗晚雨疏疏舊香舊色換却清真玲瓏四犯休問舊色舊香但滿川殘柳荒蒲茂陵遠任歲華苒苒歷代詩餘作荏苒[illegible]老盡相如李義山詩休問梁園舊賓客茂陵秋雨病相如昨夜西風初起想蓴邊呼櫂[illegible]橘後思書異聞錄洞庭君有小女謂柳毅曰敢寄尺牘於洞庭之陰其傍有大橘樹君擊之三當有應聲者毅如其言即召入毅自得見洞庭君白石詩橘洲相見訝無書短景淒然殘歌空叩銅壺舊鈔本歷代詩餘詞綜花本叩作扣世說王處仲每飲酒輒歌老驥伏櫪志在

廿五

千里烈士暮年壯心未已以如意擊唾壺壺口盡缺清真浪淘沙慢怨歌永瓊壺敲盡缺當時送行共約雁歸時人賦歸歟雁歸也問人歸如雁也無闊遝河傳幾回邀約雁歸時違期雁歸人不歸

聲聲慢

高寒尸牖虛白尊罍千山盡入孤光文鈔本千山作十人歷代詩餘山亦作人楊慈湖詩三杯虛白浴天真沈約詠湖中雁詩單汎逐孤光玉影如空天葩暗落清香陸龜蒙詩風合落天葩平生此與不淺記當年獨攬胡牀晉書庾亮在武昌諸佐吏殷浩之徒乘秋夜往共登南樓俄而不覺亮至諸人將起避之亮徐曰諸君少住老子於此處興復不淺便據胡牀與浩等談詠竟夕怎知道是歲華換卻處處堪傷周錄是作自■已是南樓曲斷縱疎花淡月歷代詩餘花作光也只淒涼冷雨斜風何況獨掩西窗天涯故人總

老八家詞鈔本總作暗歷代詩餘作鏾與上復設相思不夜相望斷夢遠趁秋聲一

片渡江

聲聲慢 和周草窗○范本王本有此題他本無案草窗詞題云送王聖與次韻似碧山首唱草窗倚聲和之碧山此詞疑即席賦贈之作周詞有落葉長安之語蓋秋暮同客杭州而碧山將有遠行也其詞一為留別又為草窗賦情倚酒人而云蘋洲漁笛譜一枝春序云寄閒飲客春窗酒酣意洽命清吭歌新製余因為之罷醉此云高髻清吭蓋指其人又草窗明月引序云■余有西州之恨此云娉婷西州柳亦指此草窗詞有白髮簪花之句案公謹生於宋寧宗嘉定十三年庚辰賦此解時當在丙子宋亡年之後公謹原詞見後附錄

迎門高髻倚扇清吭娉婷未數西州（戈選及絕妙好詞箋引州作洲）淺拂朱鉛
春風二月梢頭（杜牧詩娉娉裊裊十三餘豆蔻梢頭二月初）相逢靚妝俊語有舊家
京洛風流（白石鷓鴣天京洛風流絕代人）斷腸句試重拈綵筆為賦閒愁
猶記淩波■欲去（歷代詩餘欲作斷絕妙好詞箋欲去作去後）問明璫羅襪（周錄作素襪白
■石霓裳中序第一明璫素襪）（部為誰留）枉夢相思幾回南浦行舟莫辭玉樽
起舞（白石琵琶仙為玉尊起舞回雪）怕重來燕子空樓（麗情集唐元和中張建封鎮武寧有関盼盼者
徐之奇色建封納之燕子樓以處盼盼感激深恩不再適東坡永遇樂■燕子樓空佳人何在空鎖樓中燕）謾惆悵
抱琵琶閒過此秋（戈選作暮秋）

范成大詩鍊石誰能招楚魄

補遺

醉蓬萊 歸故山○周選與此題蜀本山作里

掃西風門徑，黃葉凋零，白雲蕭散。柳換枯陰，賦歸來何晚。爽氣霏霏，翠蛾眉嫵，聊慰登臨眼。故園故應，故人如夢，登高還嬾。數點寒英，為誰零落，楚魄難招，暮寒堪攬。步屧荒籬，歷代詩餘屧作屐誰念幽芳遠。一室秋燈，一庭秋雨，更一聲秋雁。東坡水龍吟春色三分二分塵土一分流水葉清臣賀聖朝三分春色二分愁悶一分風雨章法相同試引芳樽，不知消得，幾多依黯。

法曲獻仙音 聚景亭梅次草窗韻○董嗣杲西湖百詠注云聚景園在清波門外阜陵致養北宮拓圃西湖之東斥浮屠之廬九曾經四朝臨幸繼以諫官陳言出郊之令遂絕園今蕪圮惟柳浪橋

花亭光在夢粱錄云高似孫過聚景園詩云翠雲不向苑中來可是年年惜露臺水際春風寒漠漠官梅卻作野梅開碧山此詞較高詩尤為淒惋惟案草窗原題作平雪香亭梅雪香亭者武林舊事■云集芳園在葛嶺元係張婉儀園後歸太后殿內有古梅老松甚多理宗賜賈平章舊有清勝堂望江亭雪香亭是一為內苑一為賈宅非一處也又案李篔房法曲獻仙音題云官圃賦梅和草窗韻三詞意境事物相同而題名互異草窗原詞云拉雪飄寒嶺雲吹凍紅破數椒春淺襯舞臺荒浣妝池冷淒涼市朝輕換歎花與人凋謝依依歲華晚共淒黯問東風幾番吹夢應慣識當年翠屏金輦一片古今愁但廢綠平煙空遠無語銷魂對斜陽衰草淚滿又西泠殘笛低送數聲春怨

層綠峩峩宋玉招魂層冰峩峩纖瓊皎皎倒壓波痕清淺過眼年華動人幽意相逢幾番春換記喚酒尋芳處盈盈褪妝晚秦補妝作花已銷黯戔選作已悲悵非況淒涼近來離思應忘卻明月夜深歸輦秦補

作月明荏苒一枝春恨東風人似天遠縱有殘花灑征衣鉛淚都滿但殷勤折取自遺一襟幽怨

醉落魄

小窗銀燭賈至詩小窗銀燭夜催詩輕鬟半擁釵橫玉數聲春調清真曲拂拂珠簾歷代詩餘作低拂殘影亂紅撲陳克菩薩蠻花晴簾影紅垂楊手畫蛾眉綠夢窗花心動賦柳斷腸也羞眉畫成■未就章宣浣溪沙柳裊搖蛾綠妒春眉年年芳草迷金谷如今休把佳期卜一掬春情斜月杏花屋

長亭怨重過中庵故園○戈選作長亭怨慢

泛孤艇東皋過徧詞綜王本徧作訪誤■尚記當日戈選日作時鄭文焯云日字當作平聲疑時字之譌綠陰門掩戈選門掩作庭院屐齒莓階秦補階作苔朱松蘆檻詩且將屐齒印蒼苔白石清波引

王粲贈蔡子篤詩風流雲散一別如雨

魚玄機詩紅英只合生宮裏　稍

王昌齡詩漠漠落落路不分夢中喚作梨花雲

殘爲印蒼蘚　酒痕羅袖事何限欲尋前迹空惆悵成秋苑　夢窗水龍吟古陰冷

翠戍秋苑　自約賞花人別後總風流雲散　水遠怎知流水外　戈選作問水流何處　却是亂山尤遠天涯夢短想忘了綺疏雕檻　戈選作吟伴　望不苒苒斜陽　清真蘭陵王斜陽苒苒春無極　撫喬木年華將晚　白石江梅引俊游巷陌算空有古木斜陽　但數點紅英猶識西園淒婉　鮑本注云一作稍　試王本婉作惋

西江月　爲趙元父賦雪梅圖○趙元仁字元父號李舟　宋史宗室世系表燕王德昭十世孫希拕長子　張玉田八聲甘州賦寄趙李舟即此人也

褪粉輕盈瓊靨　石湖紅梅詩午枕乍醒紅粉褪　護香重疊冰綃　李商隱利州江潭作水宮帷箔卷冰綃　數枝誰帶玉痕描夜夜東風不掃　溪上橫斜淡影　林和靖詩疏影橫斜水清淺　夢中落莫魂消　范本莫作漠　峭寒未肯放春嬌　元稹連昌宮詞春嬌滿眼睡紅綃　素被獨眠清曉

踏莎行 題草窗詞卷

白石飛仙此白石指堯章而用白石先生事神仙傳白石先生中黃丈人弟子也至彭祖時已二千歲矣不肯修昇天之道但取不死而已常煮白石為糧因就白石山而居時人號之曰白石飛仙紫霞淒調草窗玉漏遲紫霞聲杳王易簡慶春宮謝草窗惠詞卷紫霞洞窅雲深案紫霞者楊纘也纘字繼翁號守齋嚴陵人居錢塘寧宗楊后兄次山之孫圖繪寶鑑云度宗朝女為淑妃官列御好古博雅善彈琴有紫霞洞譜傳世斷歌人聽知音少文鈔本人聽作重恨歷代詩餘戈選作新歌舊恨案蘋洲漁笛譜木蘭花慢序云西湖十景尚矣張成子嘗賦應天長十闋余冥搜六日而詞成異日霞翁見之曰語麗矣如律未協何遂相與訂正閱數月而後定是知詞不難作而難於協翁往矣賞音寂然碧山此用其意幾番幽夢欲回時舊家池館生青草又本作況況幽夢小池荒依依芳意閑窗悄歷代詩餘作依依芳草閒庭悄謝逸堂登池上樓詩池塘生春草風月交游山川懷抱文鈔本作風日空留山谷詩人得交游似風月天開畫圖即江山憑誰說與春知道空留離恨滿

岑參詩花邊鬢欲敧

江南文鈔本歷代詩餘戈選離作遺張文潛詩載將離恨過江南相思一夜蘋花老文鈔本作黃花

草窗水龍吟次張斗南韻悵江南望遠蘋花自采寄將愁與

淡黃柳甲戌冬別周公謹文於孤山中次冬公謹游會稽相會一月又次冬公謹自剡還執手聚別且復別去悵然於懷敬賦此解

花邊短笛初結孤山約雨悄風輕寒漠漠翠鏡秦鬟釵別同折幽芳怨搖落素裳薄重拈舊紅萼歎攜手轉離索料青禽一夢春無幾戈選作無耆欲云幾失韻鄭文焯云此句不叶按白石自度此曲怕梨花落盡成秋色色字是韻中仙專李石帚豈於此未之深考耶姚梅伯校本謂秋色本作秋苑引碧山此句不叶為證然嘉泰本固作秋色詞律從同按戈選碧山詞是闌幾字據舊本校改作暮可知夢詞是韻後夜相思素蟾低照誰掃花陰共酌右七闋見絕妙好詞

疏梅 一名解連環○文鈔本無此五字梅苑作無名氏花草粹編作碧山金本粹編則作王夢應案梅苑撰集於己酉之歲時為高宗建炎三年先碧山尚百年■作■夢炎者■是矣又案詞中想隴頭依約飄零甚千里芳心杳無消息粉怯珠愁又只恐吹殘羌笛與徽宗眼兒媚家山何在忍聽羌笛吹徹梅花同一哀挽詞亦婉約因箋而存之

畫閑人寐 梅苑畫閑作畫闌文鈔本王本又作畫闌 喜輕盈照水犯寒先坼 粹編坼作折 裊數枝雲縷皺綃 梅苑數作芳戈云此字宜仄王安石詩祇裁雲縷想衣裳 露淺塗黃漢宮嬌額 王安石詩漢宮嬌額半塗黃 剪玉裁冰已占斷江南春色恨風前素豔雪裏暗香偶成拋擲 梅苑作晴香 如今眼穿故國待拈花弄蕊 梅苑弄作嗅 時話相憶想隴頭依約飄零甚千里芳心杳無消息 陸凱詩寄與隴頭人 粉怯珠愁又只恐吹殘羌笛 陸游詩玉笛孤吹怨夜殘 正■斜飛

孫新詞詩句夜裁冰又鏤玉裁冰著句

元稹詩拈花盡日意慵

四十

半窗曉月夢回隴驛梅苑回作向弋選隴作古跋云與上隴復○右一闋見花草粹編

金盞子

雨葉吟蟬露草流螢周錄流作捷歲華將晚對靜夜無眠稀星散時度絳河清淺楊泉物理論星者元氣之英水之精氣上浮宛轉隨流名曰天河又名曰絳河甚處畫角淒涼引輕寒催燕西樓外斜月未沉風急雁行吹斷　此際怎消遣要相見除非待夢見薇宗宴山亭怎不思量除夢裏有時曾去盈盈洞房淚眼看人似冷落過秋紈扇班婕妤詩常恐秋節至涼飆奪炎熱棄捐篋笥中恩情中道絕痛惜小院桐陰空啼鴉零亂歛歛地終日為伊香愁粉怨孫校云苑本於蟬下補空格一地下補空格二注云此調夢窗竹山之作皆百三字萬氏詞律亦然其空處鮑本脫去似誤案此調各家平仄句法互有不同趙以夫尚有一百一字體苑本妄補殊不足據周之琦謂此與梅溪夢窗竹山金盞子詞句調互異蓋各為一體其

說最為閱通

更漏子

月銜山山帶雪笛弄晚風殘月湘夢斷楚魂■迷李賀詩楚魂尋夢風颸然金

河秋雁飛盧照鄰詩金河別雁飛別離心思憶淚錦帶已傷憔悴柳永

蝶戀花衣帶漸寬終■不悔為伊消得人憔悴蛩韻急杵聲寒征衣不用寬

錦堂春七夕

桂嫩傳香榆高送影江總七夕詩漢曲天榆冷河邊月桂秋李義山壬午七夕桂嫩傳香遠榆高送影斜

軽羅小扇涼生杜牧詩銀燭秋光冷畫屏軽羅小扇撲荒正鴛螢天街夜色涼如水卧看牽牛織女星

機梭靜張文恭詩龍梭靜夜機鳳潜橋成淮南子七夕烏鵲填河成橋穿渡織女李嶠詩橋渡鵲填河

線人來月底曝衣花入風庭李賀詩鵲辭穿線月風入曝衣樓天寶遺事宮中結綵樓祀牛女二

四十一

星嬪妃各以九孔針五色絲向月穿之西京雜記太液
池西有漢武帝曝衣樓七月七日宮女出后衣曝之　看星殘
靨碎露滴珠融昌谷七夕詩笑掩雲扃鮑照詩羅景藹雲扃　絲盤凝
望仙子天寶遺事帝與貴妃每至七月七日夜在華清宮遊宴
時宮女輩陳瓜花酒饌列於庭中求恩於牽牛織女星
也又各■擬蛛絲於小盒中至曉開視蛛網
稀密以為得巧之候密者言得巧多云　但三星隱隱戈選三作叟實
常詩三星■秋
髣髴　一水盈盈古詩盈盈一水間脈脈不得語　暗想憑肩私語鬢亂釵橫
長恨歌傳玉妃曰昔天寶十年侍輦避暑驪山宮秋七月牽牛
織女相見之夕上憑肩而立因仰天感牛女事密相誓心願世
世為夫婦長恨歌七月七日
長生殿夜半無人私語時　蛛網飄絲罥恨見天寶遺事箋見
上夢窗惜秋華七
夕露罥　玉籤傳點催明李義山詩玉壺傳點咽銅龍
蛛絲　溫飛卿更漏子玉籤為報明　算人間待
巧似恁匆匆有甚心情
錦堂春中秋

露掌秋深 盧照隣詩中天擢露掌 花籤漏永，那堪此夕新晴，正纖塵飛■盡，萬籟無聲。金鏡開奩弄影，玉壺盛水侵稜。綠簾斜樹，隔燭暗花殘，不礙虛明。　美人凝恨歌黛，念經年間阻，只恐雲生。早是宮鞋鴛小 鄭琰詩又鴛並著交歡鳥 翠鬢蟬輕 箋見前 蟾潤妝楳夜發，桂熏仙骨香清。看姮娥此際，多情又似無情 范本多上有道是二字 杜牧贈別多情却是總無情 草窗江城子樓中遊子夢中雲似無情似多情

如夢令

妾似春蠶抽縷 范本似作如 李義山詩春蠶到死絲方盡 君似箏絃移柱 馮延巳蝶戀花誰把鈿箏移玉柱 無語結同心 蘇小小歌何處結同心 滿地落花飛絮。歸■去，歸去，遙指亂雲遮處。

四十二

青房並蒂蓮 鮑本注云一作美成作

醉凝眸是楚天秋曉湖岸雲收 柳子厚詩窩居湘岸四無隣 草綠蘭紅淺淺

小汀洲芰荷香裏鴛鴦浦恨菱歌驚起眠鷗 朱熹采菱詩一曲■菱歌晚驚飛欲

下鷗望去帆一片孤光（沈約詠湖中雁詩單汎逐孤光）棹聲伊軋櫓聲柔 愁窺汴隄翠柳曾

舞送當時錦纜龍舟 吳志甘寧水則連輕舟侍從皆被文繡住止常以繒錦纜舟去輒割棄以示奢穆天

子傳天子乘鳥舟龍舟大業拾遺記煬帝遣王宏于士澄往江南採木造龍舟萬艘開河記隋大業年開汴築隄自大梁至灌

口龍舟所過香聞百里既過雍丘漸達寧陵水勢緊急龍舟阻礙虞世基請為鐵脚木鵞試水深淺自雍■州至灌口約一百

二十九淺處今亦名隋隄 擁傾國纖腰皓齒笑倚迷樓 迷樓記項昇能構宮室經歲而成千門萬

牖工巧之極自古無有誤入者雖終日不能出煬帝幸之大喜顧左右曰使真仙遊其中亦當自迷也可目之曰迷樓 空

令五湖夜月也羞照三十六宮秋 花蕊夫人詩三十六宮連內苑 正朗吟不覺

回橈水花楓葉兩悠悠 右六闋見陽春白雪

玉田瑣窗寒稱其能文工詞四朝聞見錄後有碧山陶土或若此何為殉玉魚詩句志雅堂雜鈔辛卯十二月初夜天放降仙江寧王大圭至閻王中仙今何在云在冥司有滯未化有詩云天上人間只寸心煙花雨意抑何深十年尚有梢頭恨燕子樓空斷素琴又詩云繡閣珠簾半未殘中年何事早拘言手春風詞筆時歷暗手拂冰絃昨夢寒此事不經然亦異聞也

碧山事蹟考略

聖與身論名微其姓氏不見於史乘諸家記敘亦莫詳焉其文（詩）又擬對苑亦無傳（見志雅堂雜鈔謂聖與所輯對類一書甚精凡十餘冊止於三字如聯句[illegible]）盡佚其詞流於今者僅五六十闋其事則視可竹仁父猶寂寂為撫考之不能悉備

一曰生卒　聖與生卒無記載惟有以公謹玉田之年以推索之公謹生於宋寧宗嘉定十三年庚辰（一二二〇）歿於元武宗至大元年戊申（一三〇八）壽八十有九玉田生於宋理宗淳祐八年[illegible]戊申（一二四八）去公謹二十有八歲玉田稱公謹曰翁（一萼紅序）聖與稱公謹曰文（淡黃柳序）由是知玉田聖與之年相若玉田歿年無考其臨江仙序云甲寅年六十七而玉田有瑣窗寒弔玉笥是聖與

四十四

之歿在玉田之前假擬與玉田同庚其丙午赤城山中題花光卷時年五十有九則歿年當在大德十年之後也

其壽約在六十歲之上可以推見

二曰色里　玉田瑣窗寒序云玉碧山越人也四明志題曰會稽人案史記太史公自序注曰石簣山一名玉笥山即會稽一峯十道記以玉笥即石簣在會稽然則聖與號為玉笥山人者

以此聖與垂老歸田當終於故里其葬也亦當在玉笥之下故玉田詞序謂帀之於玉笥山云今人謂聖與葬於金華玉笥山則未知所據

三曰游歷　咸淳十年甲戌在杭初過公謹於孤山乙亥公謹自會稽至剡丙子復由會稽還杭草窗詞中憶舊游寄王聖與者當賦於此時丙子宋已亡又數年聖與復至杭法曲獻仙音聚景園之詠俱作於此時未幾還越公謹賦三姝媚贈之有廢宮蕪苑之語正指國變後景物故知非甲戌冬間之事延祐四明志云至元中王沂孫慶元路學正按至元元年爲宋景定五年宋已於德

時補題同賦者有唐珏援附
儀輟耕錄周密葉會蒲壽宬
孝皆賦冬青樹引知君種年星
在尾跋當至元十五年戊寅是十
五年碧山尚在越爲李子正必在十五
年之後宛委山房紫雲山房皆
越也

至元二十四年碧山已還越 至元二十四年丁亥周
山陰得王獻之保母帖碧山題
尚或若此三云是已還越矣

祐二年即至元十四年也出仕之歲約在十■六年至二十■三年
之間爲時似暫■豈年戊子與玉田徐平野迮舟山陰
平野作晋雪图玉田賦湘月聖與亦有詞惜佚 湘月序 ■■■■ 庚寅玉田北游 山中白雲 ■■城路序
■■■■■■■■■■■■■■■■■■■■■■■■
■巳亥至杭與玉田王蕺隱迮舟鑑曲玉田賦聲聲慢紀其事
丙午於赤城山中題花光卷蓋已賦歸矣自是行迹無考■■不周
既傾■首陽猶在一時遺老如王易簡馮應瑞唐藝孫呂同老李
彭老陳行之唐珏李居仁■玉田諸輩跧伏窮荐瞻然不
染而聖與俛首一官爲少玷焉惜哉■■■■■■■■■■
■■■■■■■■■■ 元史地理志至元十四年改置慶元路上推似可信

四日朋輩　戴表元獨步當時趙松雪風流籍甚袁清容承剡
源之緒奕葉繼華公謹叔夏皆有文字之契獨聖與謝與往還
可謂自好者矣其生平儕輩公謹則居師友之間玉田為要終始
餘則陳允平見高陽臺詞允平字居衡號西麓四明人有日湖漁唱
趙元任見西江月元仁字元父號奔舟長州教授李彭老樂府補題同賦龍延
香者彭老字商隱號篔房橐彭老年事為高與公謹相若王易簡同賦龍延香諸詞易簡字理得號可竹宋亡隱居城
南有山上觀史吟馮應瑞同賦龍延香諸詞應瑞字祥父號竹友遺民也唐珏同賦白蓮諸詞珏字玉潛號菊
山越州人瘞六陵遺骨樹以冬青樹者呂同老同賦白蓮諸詞者同字老和甫濟南人宋遺民也趙汝鈉
同賦白蓮者汝鈉字真卿號月洲商王元份七世孫善池之次子也李居仁同賦白蓮者居仁字師呂號五松陳
恕可同賦蟬者恕可字行之固始人以吳縣尹致仕自號宛委居士唐藝孫同賦龍延香者藝孫字英發有瑞犁

山房集仇遠（同賦蟬者遠字仁近號山村錢塘人入元仕為溧陽李正未幾歸隱有興觀集與聖與出處相似（同輩中年最少者））王廷吉（玉田聲聲慢序刻源集戴隱記王廷吉於越中為故家在戴山之陽而名讀書之齋曰戴隱）徐平野（戊子與聖與泛舟山陰見玉田湘月）可考見者止此而已

五日詞集　草窗之詞得力於紫霞翁居衛受詞於伯父菊坡先生玉田為功甫後裔壽聞之于惟聖與師承家李蘼有聞焉玉田瑣窗寒序云聖與琢語峭拔有白石意度後之論者周稚圭王半塘相與宗之以余考之碧山之詞辭采則乞靈於昌谷溫李（觀余斠箋可知又云證題其詞曰錦囊昌谷循溪贈詞曰嘔心囊內）沈鍊則取法乎片玉夢窗寮居特與弁陽交篤聖與或能親炙之其天香無悶二闋故得全襲其神貌焉圓照之象務在博觀兼綜遠蓄斯臻大雅故

又鈔本名玉笥山人詞集，注云花外集、張石銘及天津圖書館藏舊鈔、江蒼谷藏鈔本曰玉笥山人詞集，鮑本及范王鵬本均作花外集。汪云一名碧山樂府，當以花外集為是。

杜甫柏學士茅屋詩：碧山學士焚銀魚，白馬走卻身巖居。

能質直清空內明外潤學之者踐迹死之者忘疲規矩準繩過於玉田遠矣適園藏玉笥山人詞集舊鈔本後有馮氏手跋云此種詞在南宋至為純正然亦多可李列者山中白雲全稿中出色者固多率意腐庸亦不少未若玉笥之時際全美譚復堂亦云玉田正是勁敵但士氣則碧山勝矣遒迹而風流彌劭豈非天■假餘暉迴光煥采者乎其詞原題花外詞集見玉田洞仙歌序又名■玉笥山人詞集蓋取竹邊花外之意又曰碧山樂府碧山其字收之句云碧山終日思無盡青山故國有餘思焉斷碧分山猶淺語也明王九思亦有碧山樂府今所存者厪五十一闋據絶妙好詞補七闋又據陽春白雪補六闋花草粹編望梅一闋誤入凡六十四闋而止焉其與玉田山陰所賦●●●●●●●●俱佚又陸輔之詞旨所引醉落魄霜天曉角謁金門及■挑雲研雪諸句

今皆不在集中是知花外集早非完帙今所存者太半詠物及倡和之作蓋出於後人之輯次非聖與自訂與公謹所題玉田所覩者迥然非一本也其版本有江都秦氏南陽葉氏藏明文淑鈔本郋園讀書志云文淑字端容為衡山之曾女孫祖嘉字休承衡山仲子世稱文水道人父從簡字彥可又號枕煙老人三世皆以書畫名後適趙宧光凡夫子靈均為婦事蹟見錢牧齋列朝詩集小傳初學集此本前有玉磬山房白文長印玉磬山房者衡山齋名也是未適趙時在閨中之作後有鮑氏正本四字朱文印則又鮑刻叢書所自出矣又首葉有石研齋秦氏朱文印則又展轉藏於秦氏矣此為鮑刻之張石銘藏所自出其中亦多異別豈鮑氏刻書時頗有出入耶

舊鈔本見適園藏書志卷十六　江賓谷昱藏兩鈔本一名玉笥山人花外集〔為白門周司農櫟園[illegible]藏凡南宋鈔本詞十六家較吳本為多〕一名玉笥山人詞〔為廬陵吳氏本〕陳世宜云天津圖書館藏舊鈔本疑即江氏所獲之一　天津圖書館藏舊鈔本惹禪室藏宋八家詞舊鈔本鮑氏知不足齋本道光辛丑金望華范錯同

校刊三家詞本王氏四印齋本四川官刷局本孫人和校本全
宋詞本叢書集成本四部備要本箋注之事則始於余云涇縣吳則虞

附諸家題贈詞

聲聲慢 送王聖與次韻　　周密

瓊壺歌月白髮簪花十年一夢揚州恨入琵琶小憐重見灣頭
尊前漫題金縷奈芳情已逐東流還送遠甚長安落葉都是閒
愁　次第重陽近也看黃花綠酒也合遲留脆柳無情不堪
重繫行舟百年正消幾別對西風休賦登樓怎去得怕淒涼時
節團扇悲秋

踏莎行 題中仙詞卷

結客千金醉春雙玉舊遊宮柳藏仙屋白頭吟老茂陵西清平
夢遠沉香北　玉笛天津錦囊昌谷春紅轉眼成秋綠重翻

四十九

花外侍兒歌休聽酒邊供奉曲

憶舊遊 寄王聖與

記移燈翦雨換火篝香去歲今朝乍見翻疑夢向梅邊攜手笑挽吟橈依依故人情味歌舞試春嬌對婉娩年芳漂零身世酒趁愁消 天涯未歸客望錦羽沈沈翠水迢迢歎菊芳薇老負故人猿鶴舊隱誰招拍踈花漫撩愁思無句到寒梢但夢繞西泠空江冷月魂斷隨潮

三姝媚 送聖與還越

淺寒梅未綻正潮過西陵短亭逢雁秉燭相看歎俊遊零落滿襟依黯露草霜花愁正在廢宮蕪苑明月河橋笛外尊前舊情

消滅　莫訴離腸深淺恨聚散奴奴夢隨帆遠玉鏡塵昏怕賦情人老後逢悽惋一樣歸心又喚起故園愁眼立盡斜陽無語空江歲晚

瑣窗寒　玉碧山又號中仙越人也能文工詞琢語峭拔有白石意度今絶響矣余悼之玉笥山所謂長歌之哀過於痛哭　張炎

斷碧分山空簾剩月故人天外香留酒殢蝴蝶一生花裏想如今醉魂未醒夜臺夢語秋聲碎自中仙去後詞箋賦筆便無清致　都是淒涼意悵玉笥埋雲錦袍歸水形容憔悴料應也狂吟山鬼那知人彈折素絃黃金鑄出相思淚但柳枝門掩枯陰候蛩愁暗葦

洞仙歌 觀王碧山花外詞集有感

野鵑啼月便角巾還第輕擲詩瓢付流水最無端小院寂歷春空門自掩柳髮離離如此 可惜歡娛地雨晴雲昏不見當時譜銀字舊曲怯重翻總是離愁淚痕灑一簾花碎夢沉沉知道不歸來尚錯問桃根醉魂醒未

湘月 余載書往來山陰道中每以事奪不能盡興戊子冬晚與徐平野王中仙曳舟溪上天空水寒古意蕭颯中山有詞雅麗平野作晉雪圖亦清逸可觀余述此調蓋白石念奴嬌鬲指聲也

行行且止把乾坤收入蓬窗深裏星散白鷗三四點數筆橫塘秋意岸嘴衝波籬根受葉野徑通村市疏風迎面溼衣原是空翠 堪歎敲雪門荒爭棋墅冷苦竹鳴山鬼縱使如今猶有

昔無復清游如此落日沙黄遠天雲淡弄影蘆花外幾時歸去
翦取一半煙水

聲聲慢 與碧山泛舟鑑曲玉蕺隱吹簫余倚歌而和天澗秋高光景奇絶與姜白石垂虹夜游同一清致也

晴光轉樹曉色分嵐何人野渡橫舟斷柳枯蟬涼意正滿西州
匆匆載花載酒便無情也自風流芳晝短奈不堪深夜秉燭來
游 誰識山中朝暮向白雲一笑今古無愁散髮吟商此興
萬里悠悠清狂未應似我倚高寒隔水呼鷗須待月許多清都
付與秋

五十一

踏莎行 讀花外集即用碧山題草窗詞卷韻。　　凌廷堪

積玉敲聲，兼金鑄調。除將樂笑齊驅少。一從花外翠簾空，天涯處處生芳草。　梅影深情，尊香幽抱。於今俊語無人道。孤吟山鬼語秋心，鑑湖霜後芙蓉老。

花外集斠箋

花外集斠箋目録

補遺

涇縣吳則虞

天香

龍涎香○樂府補題究委山房賦龍涎香調寄天香同賦者王沂孫周密王易簡馮應瑞唐藝孫呂同老李彭老佚名凡八人莊希祖以此詞為謝太后北還而作案謝后本北行王觀堂考之甚詳

龍涎香

產自嶺嶠龍為人居之象地即瀛壖之鄉龍歸大海龍失其靈貝暗指井澳厓山之恨乎史言厓山下元卒求物於尸間者遇帝昺尸衣黃衣負詔書之寶卒取寶獻張弘範弘範亟往求之已不獲矣疑此詞之隱義也八表昏墊雲氣依稀慟趙氏之孫裔猶斷煙之一縷此上片之意也苟令餘香故溪深雪承恩夢裏投老荆闕易代之悲更傷搖落此下片之旨也又案周止■庵夏瞿禪謂補題諸詞指發宋陵事夏氏之說尤備揃發千載之覆然細繹詞旨似亦有未盡然者龍涎白蓮題雖一而託事各殊猶清初之賦秋草秋

柳者各有所屬也即以天香而言王易簡烟嶠收痕雲沙擁沫瓠槎萬里春聚唐藝孫海蚕樓髙仙娥鈿小呂同老蜿蜒夢斷瑶島待寄相思仙山路杳李居仁萬里槎程隱約仙洲路杳似皆指帝昺之南征而周公謹碧腦浮冰驪宮玉唾誰搗馮應瑞驪宮夜蟄驚起李彭老誰喚覺鮫人春睡又似指發宋帝陵瀝頂求珠之事矣水龍吟詠白蓮碧山雨詞疑一指匡山一指沖華入道陳恕可詞上片有嬋娟誤語疑亦指沖華下片中流一曇又似指海天之殘祚矣唐珏詞上片冰魂猶在玉簪為誰輕墜似指孟后諸殯之見發過變别有一轉又似屬意南天再如摸魚兒賦蓴碧山詞有西山薇蕨之志王易簡算唯有梅花黄花歲晚共千古與碧山詞旨相合而佚名之碧龍驚起冰涎猶護鬚影正指宋帝試翦取纖條玉溜青絲瑩又蕭蕭兩鬢蓋與其秋鏡又指孟后之髮鬢矣翠鈿更切古釵堪與皐羽古釵歎互發餘詞說事亦各有别是則樂府補題不盡指發陵而言固可以知之又案碧山詞内如南浦賦春水疏影賦梅綺羅香詠紅葉一萼紅詠紅梅於玉田樂笑翁詞中復多此類同調同題之作疑亦當時詶唱之什同賦者且不止此二人餘詞未傳樂府補題闕載者固多矣時有後

先思無定契山陵之痛僅其一端以一概全致遠恐泥
敢效一得之愚冀助寸莛之響補題中惟齊天樂詠蟬
同賦八人詞旨■相合詳齊天樂題下箋

孤嶠蟠煙層濤蛻月驪宮夜採鉛水採樂府補題及文淑鈔本作採李賀詩井汲鉛華水游宦紀聞
云龍涎出大食國近海旁常見雲氣罩山間即知有龍睡其下土人候雲散則知龍已去往採必得龍涎汎遠槎風汎文淑鈔
本作訊景煥彬謂上下二句對語也若知鮑刻作汎不獨格律不合語亦本強矣案花錯玉串塘川官書局本及意禪室藏宋八家詞舊
鈔本均作汎孫人和改作訊似以作■汎者為是又補題及文本遠作逝夢深薇露寧後唐龍輝殿安假山川以沈香為山蕃
薇露為池榜曰靈芳國薇露義恐指此化作斷魂心字戴叔倫詩金鴨香消欲斷魂楊慎詞品云詞家多用心字香蔣
捷詞云心字香燒張子湖詞心字夜香■清晏小山詞記得當年相見兩重心字羅衣范石湖驂鸞錄云番禺人作心字香用素馨茉莉
半開者著淨器中以沈香薄劈層層相間密封之日一易不待花蔫花過香成所謂心字香者以香末縈篆成心字也紅瓷候
火許仲企詩定州紅花瓷還乍識冰環玉指韋應物詩玉指霜毛本同色一縷縈簾翠影依

稀海天雲氣樂府補題天作山意禪室藏舊鈔本同寮作海山者是王易簡帶得海山風露柯敬仲詩海山夜半剪腥雲皆
云海山香譜龍涎出海旁有雲氣籠山間故云海山雲氣一縷云者嶺南雜記云龍涎和香焚之則翠縷浮空結而不散坐客可以用一
剪以分烟縷所以然者蜃氣樓臺之餘烈也幾回殢嬌半醉天津圖書館藏舊鈔本殢作滯周之琦心日齋
詞錄同寮作殢者是洞天清錄焚香忌龍涎篤耨兒女態者故云殢嬌半醉剪春燈夜寒花碎更好故溪
飛雪清真西平樂故溪歇雨小窗深閉荀令如今頓老歷代詩餘頓老作餘頷總忘卻尊
前舊風味襄陽記荀令君至人家坐幕三日香氣不歇夢窗天香荀令如今老矣但未減韓郎舊風味又清真花犯依然舊風
味謾惜餘熏空篝素被清真花犯香篝熏素被

花犯苔梅○西湖志餘淳祐五年孝宗過德壽宮起居太上留坐冷泉堂至石橋亭子看梅太上曰苔梅有二種一
種出張公洞者苔蘚甚厚一種出越上苔如綠絲長尺餘縹緗漫志云南宋西湖苔梅最盛隔後花亦凋疎
古蟬娟蒼鬟素靨盈盈瞰流水斷魂十里歷代詩餘作千里歎紺縷飄零難

繫離思蘇舜欽淮山春雨聯句媚若眏紺縷故山歲晚誰堪寄荆州記陸凱自江南寄梅花一枝詣長安范曄並贈詩曰折梅逢驛使寄與隴頭人江南無所有聊贈一枝春琅玕聊自倚杜甫詩天寒翠袖薄日暮倚修竹髙觀國金人捧露盤賦梅天寒翠袖可憐是倚竹依依姜白石疎影籬角黄昏無言自倚修竹謾記我綠蓑衝雪張志和漁父詞青箬笠綠蓑衣山谷浣溪沙綠蓑衣底一時休東坡送趙寺丞詩莫忘衝雪送君時孤舟寒浪裏柳宗元詩孤舟蓑笠翁獨釣寒江雪三花兩蕊破濛茸孫枝云戈載詞選藥作花跋云此字宜甲周錄亦作花案草窗用怒字亦為仄聲歷代詩餘收草窗詞前段謾記得漢宮仙掌句謾為謾說漢宮仙掌後段誰歎賞句脫歎字以為一百字體與碧山一百二字體別其實所據誤本非異體也故以作蘂者為是案張雨雪獅兒三花兩蕊寒泉幽谷本此史記晉世家狐裘蒙茸服虔曰以言貌亂依依似有恨明珠輕委明珠句用傅玄詩意清真花犯相逢似有恨明珠愁悴碧山最能融冶周詞雲臥穩藍衣正護春顦顇羅浮夢半蟾挂曉龍城錄隋趙師雄遊羅浮日暮於林間酒肆傍舍見美人淡妝素服出迎與語因叩酒家共飲師雄醉臥久之東方既白起視乃大梅花樹下上有翠羽啾嘈月落參橫但惆悵而已幺鳳冷山

中入作起東坡西江月海仙時遣探芳叢倒掛綠毛么鳳又喚起玉奴歸去齊東昏侯潘妃名玉奴東坡梅詩玉奴終不負東昏餘香空翠破何遜嘲劉郎詩猶憐翠破青李義山夜吟詩西亭翠破餘香薄

露華 碧桃○玉田亦賦此調詠碧桃疑為當時唱和之詞樂府補題失載耳夢窗之謹玉田集中此類詞不少補題之宜補者蓋亦多矣戴表元剡源集有碧桃賦謂玉賛公家燬於火亂定有碧桃生其間因有云西山之陽張竹之子亭亭水映巉巉雪峙梲奎炭之在前欲潔身而趨避也此詞之旨似之

緗葩乍坼笑爛漫嬌紅不是春色杜詩栽桃爛漫紅吳融詩滿樹如嬌爛漫紅換了素妝重把鉛青螺輕拂劉夢得詩白銀堆裏一青螺舊歌共渡煙江卻占玉奴標格古今樂錄王獻之愛妾名桃葉妹曰桃根獻之嘗渡作歌以送之曰桃根復桃葉渡江不用楫但渡無所苦我自來迎接卻博念奴嬌無物堪齊標格陶宗儀露華賦碧桃素靨暈鉛巧把黛螺輕冪莫是歌渡烟江浣卻舊時顏色本此風霜峭峭文本作悄舊鈔本同杜文瀾云風霜句峭霜作露此字應去聲可從孫校云今本均作霜杜氏所見蓋別本瑤臺種時付與仙骨殷璠詩迎

春別似瑤池宴捧出金盤五色桃韋莊詩文昌二十四仙曹盡侍紅薔種碧桃桑尸喜內傳老子西遊省太真王母共食碧桃紫梨

閒門晝掩淒惻似淡月梨花重化清魄杜詩淡月失梨花尚帶唾痕香凝

怎忍攀摘後主一斛珠爛嚼紅茸笑向檀郎唾嫩綠漸滿溪陰詞綜詞律滿俱作暖陶元儀嫩綠護出溪頭本此

簌簌粉雲飛出杜牧詩煖雲如粉草如茵芳豔冷劉郎未應認得范成大次韻周子充碧桃詩碧城香霧赤城霞染出劉郎未見花俱用劉禹錫玄都觀事

南浦春水○玉田南浦賦春水獨步當時皆以張春水目之碧山此詞蓋此同時唱和之什雖不及玉田之清虛騷雅然於平直處能紆徐寄慨處能蘊藉且兩闋同調同題無一複筆複意尤為不易況夔笙云碧山樂府如書中之歐陽準繩規矩一一可循於此信然

柳下碧粼粼認麴塵乍生色嫩如染周禮天官注麴塵象桑葉始生劉禹錫詩龍墀遙望麴塵絲夢窗齊天樂麴塵猶沁傷心水清溜滿銀塘戈選作清溜初滿色嫩染銀塘跋云染出韻東風細參差縠

紋初徧初徧戈選作如剪杜牧詩水紋■如剪燕差池東坡詩汎溢東風有縠紋別君南浦翠眉曾照波
痕淺楚辭送美人分南浦江淹別賦春草碧色春水綠波送君南浦傷如之何再來漲綠迷舊處添卻殘
紅幾片趙師俠醉江月桃花浪煖綠漲迷津浦夢窗齊天樂早柔綠迷津許昂霄云點化文通別賦又轉進一層葡
萄過雨新痕宋祁蝶戀花雨過葡萄新漲綠葉夢得賀新郎浪黏天葡萄漲綠皆出自襄陽歌遙看漢水鴨頭綠恰似葡萄
初發醅正拍拍輕鷗翩翩小燕劉長卿詩拍拍江上鷗魏明帝詩翩翩春燕簾影蘸樓陰芳
流去■應有淚珠千點千點戈作流徧東坡水龍吟春色三分二分塵土一分流水細看來不是楊花是點點離人淚
此用其意滄浪一舸斷魂重唱蘋花怨楊巨源置小玉傳采蘋歌怨木蘭舟采香幽徑鴛鴦
睡歷代詩餘詞綜徑皆作涇是也又鮀本注云別本睡誤作暖寧舊鈔本同未必誤也蘇州府志采香涇在香山之傍小溪也吳王種
香於香山使美人泛舟於溪以采香今靈巖山望之一水直如矢故又名箭溪自誰道湔裙人遠李義山詩湔裙杜若
洲

南浦前題

柳外碧連天，漾翠紋漸平，低蘸雲影。應是雪初消，巴山路，蛾眉乍窺清鏡。（李義山巴江柳詩：巴江可惜柳，柳色綠侵江。草窗浣溪沙：柳搖蛾眉佰春眉。此隱括其意。）綠痕無際，幾番漂蕩江南恨。弄波素襪知甚處，（歷代詩餘知作在，誤。洛神賦：凌波微步，羅襪生塵。）空把落紅流盡。何時橋里蓴鄉，（玉隱記：洞庭有橋里。杜外洞仙歌：橋里漁村半烟草。顏氏家訓：露葵是蓴，水鄉所出。仙居縣志：蓴湖在縣北二里，蓴生其側，俗呼為蓴鄉。）泛一舸翩翩，（歷代詩餘作翻然，誤。詞綜周錄作翩然。）東風歸興。孤夢繞滄浪，（東坡詩：孤夢猶可續。）蘋花岸，（鮑本注云：別本岸作冷。詞綜無岸字，非是。■）漠漠雨昏煙暝。連筒接縷，故溪深，掩柴門靜。（杜甫■春水詩：三月桃花浪，江流復舊痕。朝來沒沙尾，碧色動柴門。接縷垂芳餌，連筒灌小園。已添無數鳥，爭浴故相喧。）只恐雙燕銜芳去，（又鈔本、舊鈔本、歷代詩餘、詞綜均作銜春去。）拂破藍光千頃。（杜牧詩：沉水藍光徹。史達祖雙雙燕：飄然快拂花梢，翠尾分開紅影。此從史詞蛻出。）

聲聲慢　催雪

風聲從臾文鈔本歷代詩餘作慫恿范本作容與非是雪意商量古詩雲情雨意商量雪徐昌圖天香雲共雪商
量不少方岳■瑞鶴仙正同雲商量雪也連朝滕六遲疑牛僧孺幽怪錄蕭至忠爲晉州刺史欲獵羣獸行避至深嚴有
黃冠一人老麋哀請黃冠曰若令滕六降雪巽二起風即蕭使君不
復出矣張榘飛雪滿羣山有云是誰邀滕六釀薄暮同雲泛寒
茸帽貂裘國■策黑貂之裘敝夢窗十二郎貂裘茸帽重向淞江照影兔園準擬吟詩謝惠連雪賦梁王不
悅遊於兔園俄而微霰零密雪下王迺歌北風於衛
詩詠南山於周雅朱淑真念奴嬌催雪擔閣梁吟紅爐旋添獸炭
丁仙芝詩待子獸炭燃紅爐辦金船羔酒■脂鎔文本舊鈔本歷代詩餘俱作洛晏幾道臨江仙流霞淺酌金船
清異錄黨太尉過雪於帳中飲羊羔美酒問剪水工夫猶未還待何時歷代詩餘范本工夫上有儘字孫本
據補唐陸暢雪詩天人寧許巧剪水作花飛楊誠齋
詩揉雲剪水作風毬趙長卿玉蝴蝶片片空中剪水休放梅花
爭白辛稼軒鷓鴣天且教犬吠千家白且與梅花一段奇又案盧梅
坡詩梅雪爭春未肯降詩人擱筆費平章梅須遜雪三分白雪

却輸梅一段香與此意同好誇奇鬭巧早鍋瓊枝王初詩綵蕊瓊枝鬭剪裁綵索金鈴事天寶遺事寧王好聲樂至春時於後園中級紅絲為繩密綴金鈴繫於花梢之上每有烏鵲翔集則令園吏掣鈴索以驚之東坡聚星堂雪詩晨起不待鈴索掣佳人等塑獅兒朱淑真念奴嬌笑捏雪獅兒隻張文潛有雪獅詩又詞調有雪獅兒怕綃幃慵起夢梨雲說與春知梨雲指梅也王建夢看梨花雲詩落落寞寞路不分夢中喚作梨花雲高觀國金人捧露盤詠梅為春瘦却怕春知莫負了約王猷船過剡溪世說新語王徽之嘗居山陰夜雪初霽日色清朗四望皓然忽憶戴逵逵時在剡便夜乘小船詣之未至而返人問其故徽之曰吾乘興而來興盡而返何必見安道耶

高陽臺紙被○紙被宋人多用之產自閩浙劉子暈有答呂居仁惠建昌紙被詩云日高擁楮眠憩捲意自適嘗聞斯江藤蒼崖走虬屈斬以霜露伏漚以滄浪色粉身從澼洸蜕首齊嚴穿乃知瑩然姿故自漸陶出其製法可以想見

霜楮剝皮冰花擘繭蘇易簡紙譜吳人以繭楚人以楮楊升庵滿腔謂越俗製楮以敲冰時為之故敲潔也

絜澄湘簾通俗文方絜白紙方抱甕工夫莊子子貢過漢陰見一丈人方為圃畦鑿隧而入井抱甕而出灌子貢曰
有械於此一日浸百[■]畦用力甚寡而見功多其名為槹圃者曰有機械者必有機事有機事者必有機心吾非不知羞而不為也此云
抱甕工夫養拙之謂也何須待吐吳蠶李嶠詩吳蠶落繭抽尚絕僧智舷詩春[■]纔爭似吐吳蠶水香玉色
難裁剪段公路北戶雜錄羅州多箋香樹身如柜柳皮堪搗紙土人號為香皮紙嵇含南方草木狀密香紙以密香樹皮葉作之
極香而堅韌水漬之不潰爛而香紙譜玉版紙瑩潤如玉更紬絨茸綠休拈律梅花暗卷春風遵生
八箋梅花紙帳即榻床外立四柱各柱掛以銅瓶插梅數枝用白楮作帳罩之謝宗可詠梅花紙帳詩清懸四壁剡溪霜夢臥梅花月半
牀斗帳孤眠清真柳梢青斗帳香消陳鍾秀刊本草堂詩餘滿江紅斗帳高眠寒窗靜篝熏鵲錦熊
氈范本氈下有了字注云此調換頭皆作七字句御選本作一任屬下讀鮑本誤作六字句今擬補了字與後之數首方同孫以范說
非是叶九十九字之高陽臺換頭處六字協韻者也格古要論古有鸂鶒錦拾遺記周靈王設紫羆文褥任粉融脂涴猶
怯癡寒韓愈詩癡如遇寒蠅李廷忠瑞鷓鴣[■]蝶不禁寒纔是癡我睡方濃笑他久此清緣文本清依

情拚來細軟烘烘暖白居易醉言贈蕭殷二協律吳綿細軟桂布密儘何妨挾纊裝綿左宣十二年傳申公巫臣曰王巡三軍拊而勉之三軍之士皆如挾纊杜甫詩衣冷欲裝綿　酒魂醒半榻梨雲起坐詩禪舊鈔本起作記東坡詩酒清不醉休休煖睡穩如禪息息勻陸游寄謝侍制紙被詩紙被圍身度雪天白於狐腋煖於綿放翁用處君知否不是蒲團夜坐禪

疎影詠梅影○歷代詩餘無影字疑脫玉田■草窗均以此調賦梅影蓋亦倡和之作足以補樂府補題之遺

瓊妃臥月鄭愔奉和幸上官昭容院詩更覓瓊妃伴任素裳瘦損羅帶重結石徑春寒北山移文石徑荒涼徒延佇碧蘚參差李義山詩白石巖扉碧蘚滋　相思曾步芳屧離魂分破東風恨用唐人小說倩女離魂事　又夢入水孤雲闊杜甫有寄詩雲闊烟深樹算如今也厭傳停帶了一痕殘雪　猶記冰奩半掩冷枝畫未就戈選冷作凍非杜詩蕭蕭掛冷枝歸櫂輕折幾度黃昏忽到窗前重想故人■別初盧仝詩相思一夜梅花發忽到窗前

眞是 君 蒼虬欲捲連漪去 施肩吾詩小仙秉月繫蒼虬 慢蟯却連環，香■ 骨溫庭筠詩自從香骨

化 早翠陰蒙茸 孫校云歷代詩餘范本戈選並作早又是他本無又是二字考此調始於姜白石實有此二字是字似當用仄聲然此調趙以夫陳允平周密張炎諸作平仄頗有出入亦難一例論也 不似一枝清絕 白石疏影瘦倚數枝清絕

露華 碧桃○此露華之又一體九十四字惜萬氏未之收

晚寒竚立，記鉛輕黛淺，初認冰魂。東坡詩玉雪為骨冰為魂 紺羅襯玉，歷代詩餘詞譜紺作碧 猶凝茸唾香痕。戈選凝作疑夢窗燭影搖紅櫻桃茸唾聽吟詩 淨洗妬春顏色，勝小紅臨水蘸裙。杜詩注點桃花舒小紅安石詩晴■蒸桃出小紅 玉煙渡遠，應憐舊曲，換葉移根。見上又清眞解連環想移根換■葉 山中去年人到，歷代詩餘詞譜戈選到作別 怪月悄風輕，閒掩重門。瓊肌瘦損，梅堯臣和叔治晚春梅花詩却驚春半見瓊肌 那堪燕子黃昏。舊鈔本堪作看清真燭影搖紅燕子來時黃昏庭院又說憶故人燕子來時黃昏庭院 幾片故溪浮玉，歷代詩餘詞選戈選故均作過誤清真三

部樂浮玉飛瓊　似夜歸深雪前村　劉長卿詩風雪夜歸人　僧齊己詩前村深雪裏昨夜一枝開　宋神宗聲聲慢前村夜來雪裏

芳夢冷雙禽誤宿粉雲　李紳重別西湖詩波上雙禽去寂寞

無悶　雪意○文本云一作催雪歷代詩餘無意字周錄及意禪室藏舊鈔本無題陳亦峯云謂南枝內中含譏諷當指文溪松雪輩■疑此亦當時唱和之作

陰積龍荒寒度雁門　虞世南結客少年場陰積龍沙暗本落雁門昏　西北高樓獨倚　古詩西北有高樓　悵短景無多　文本悵作恨　杜詩歲暮陰陽催短景　亂山如此　白石解連環算如此溪山　欲喚飛瓊起舞　史達祖水龍吟白石清波引均有玉妃起舞內逸史唐許瀍病起題壁內坐中惟有許飛瓊飛瓊仙名瓊玉似雪借以為喻

怕攪碎紛紛銀河水凍雲一片　庾信至仁山銘瑞雲一片藏花嶺玉方千冬月詩凍雲懸暮色　未教輕墜　清致暗韻　情無似有照水一枝　詞綜一作南詞律歷代詩餘並同孫枝云此字各家皆作仄聲不當用平聲疑後人以與上一片複而改之不足據也清真花犯想一枝蕭灑黃昏斜照水又玉燭新詠梅花云終不似

汪伯序謂懷蒙塵之慟而不忘恢復之思

照水一枝清絕已攙春意誤幾度憑欄莫愁凝睇應是梨花夢好草窗水龍吟梨雲好夢來宵放東風來人世待翠管吹破蒼茫杜甫臘日詩翠管銀罌下九霄看取玉壺天地鮑照詩清如玉壺冰

眉嫵 新月○此為王昭儀清惠而作且以悲金甌之缺也清惠字冲華宋史后妃傳失載南宋書昭儀名清蕙嘗題滿江紅詞於驛壁隨至燕邸度為女道士亦不詳詞苑云丙子元兵入杭宋全謝兩后以下皆赴北昭儀題詞於驛壁即所傳滿江紅詞也詞云太液芙蓉渾不是舊時顏色曾記得春風雨露玉樓金闕名播蘭簪妃后裏暈生蓮臉君王側忽一聲鼙鼓揭天來繁華歇龍虎[illegible]散風雲絕無限事憑誰說對山河百二淚霑襟血驛館夜驚鄉國夢宮車曉碾關山月願嫦娥相顧肯從容隨圓缺文文山讀至末句歎曰惜哉夫人于此少商量矣為代作二首全用其韻其一云回首昭陽離落日傷心銅雀迎新月算妾身不願似天家金甌缺其二云世態便如翻覆雨妾身原是分明月算樂昌一段好風流菱花缺女史載王昭儀抵上都懇為女道士與汪水雲湖

山類稿周密浩然齋雅談又輟耕所載相同南宋書蓋
亦攟此所補也碧山此詞疑詠其事畫眉未穩者指當
日承恩之事清惠詞中單生蓮臉者然也太液池數語
即清惠首句之意末句指女冠之請以素娥耐冷為喻
詞中本事大抵如此
音悦忽深殊係人思

漸新痕懸柳澹彩穿花詞律影作影譚復堂云蹊徑顯然依約破初暝賀方回吳門柳好月為人重破暝便有團圓意蕊本作團圞深深拜相逢誰在香徑王昌齡甘泉歌昨夜雲生拜初月施肩吾幼女詞斈人拜新月又李端拜新月詞開簾見新月便即下階拜畫眉未穩畫眉見漢書張敞傳夢窗聲聲慢新彎畫眉未穩料素娥猶帶離恨素娥喻月月如無恨月常圓反用典以貼切新月最堪憐一曲銀鉤小寶簾掛秋冷張皋文詞選簾作奩非是少游浣溪沙寶簾閒掛小銀鉤千古盈虧休問歎慢磨玉斧慢當作謾詞譜不誤難補金鏡難補詞譜作猶掛非是酉陽雜組太和中鄭仁本表弟與王秀才遊嵩山將暮忽聞林中鼾睡聲尋之見一人布衣甚潔白枕一襆物方眠呼之起問所自其人笑曰君知月乃七寶合成乎月勢如丸其影日爍

具出處也常有八萬三千戶修之予即一數因開礦有斤鑿數事玉屑飯兩裹稼軒滿江紅誰做冰壺涼世界最憐玉斧修時節又蔡乾淳起居注云九年八月十五日曾覿進壺中天慢云雲海塵清山河影滿桂冷吹香雪何勞玉斧金甌千古無缺上皇大喜曰從來月詞不曾用金甌事可謂新奇此反用其意太液池猶在淒涼處何人重賦清景盧多遜詩太液池邊看月時晚風吹動萬年枝誰家玉匣開新鏡吹動清光些子兒故山夜水試待他窺戶端正白石玲瓏四犯休忘了盈盈端正窺戶玉田探春慢看雲外山河還老桂花舊影歷代詩餘詞譜萬紅友曰石帚後結云又爭似相攜乘一[■]舸鎮長見乘一舸下與此篇不同想亦可如此然石帚在前定宜從之愚又疑此或是還老桂舊花影于桂字豆本與姜同而誤以桂花連寫耳杜文瀾云詞譜後結作還老盡桂花影有盡字無舊字查姜白石張仲舉二詞後結作折腰句法應遵改酉陽雜俎佛氏謂月中所有乃大地山河影又云月中有桂樹下有一人常斫之

水龍吟 牡丹〇懷故京也宋于庭謂南宋詞人繫情舊京凡言歸路言家山言故國者皆恨中原隔絕莊子云舊國舊都望之暢然丘陵草木之緡入之者十九猶之暢然娩轉附物以寄哀思撫洛下之風流慨宗周之禾黍

綿邈餘音
憐其蕉萃
曉寒慵揭珠簾牡丹院落花開未花品序洛下永寧院有僧種花最盛謂之牡丹院玉欄干
畔柳絲一把和風半倚此四語隱括徐仲雅宮詞內人曉起怯春寒輕揭珠簾看牡丹一把柳絲收不得和風搭
在玉欄杆國色微酣天香乍染摭異記太和中有程修己者以善畫進會內殿賞花上問修己曰今京邑傳唱牡丹
詩誰稱首對曰中書舍人李正封詩國色朝酣酒天香夜染衣扶春不起夢窗漢宮春休護道花扶人醉醉花却要人扶又喜
遷鶯邊倩東風扶起自真妃■舞羅謫仙賦後天寶遺事禁中初有木芍藥植於沈香亭前時花盛開上乘照夜太
真以步輦從李龜年手捧檀板押衆樂工將歌上曰賞名花對妃子焉用舊樂章命龜年持金牋賜李白詔進清平調詞三章繁華
夢如流水　池館家家芳事記當時買栽無地羅鄴詩買栽池館恐無地稼軒杏花
天買栽池館多何益爭如一朵幽人獨對周邐獨作相水邊竹際酉陽雜俎牡丹前史中無考惟謝康
樂始言永康水際竹間多牡丹劉傒木蘭花慢肯來水邊竹際與幽人相說對凄涼把酒花前剩拚醉了醒來

汪伯彥謂是南渡初追憶汴京

還醉趙長卿西江月醉了還醒又醉怕洛中春色匆匆又入杜鵑聲裏事物紀原武后詔遊後苑百花俱開惟牡丹獨遲后怒貶於洛陽故洛陽之花冠天下歐陽修花品敘牡丹出洛陽者為天下第一羣芳譜唐宋時洛陽之花為天下冠故牡丹竟名洛陽花見聞錄嘉祐末康節邵先生行洛陽天津橋忽聞杜宇之聲歎曰異哉不及十年其有江南人以文字亂天下者乎

水龍吟 海棠〇雲麓漫鈔云徽廟既內禪幸淮浙嘗作小詞名月上海棠末曲云孟婆且與我做些方便弇州山人四部稿以為渡黃河詞蓋道君北狩時作也此云燕宮絕筆疑指此而言或云指宣和畫譜託意卉木以寄情深義亦通

世間無此娉婷劉處靜燭影搖紅詠海棠亦有云世間還有此娉婷玉環未破東風睡太真外傳明皇登沈香亭召太真宿酒未醒釵橫鬢亂不能再拜上笑曰豈海棠春睡未足耶將開半斂似紅還白楊誠齋詩絕憐欲白仍紅處正是微開半斂時又宋真宗海棠詩紅白間纖條晏元獻詩似紅如白海棠花餘花怎比崔得符海棠詩便教

桃李能言語西子嬌妍比得無偏占年華禁煙纔過夾衣初試林逋詩亭臺物景並飄絮宅院時清試夾衣又曹組詩海棠時節又清明歎黃州一夢燕宮絕筆許昂霄謂黃州句指■王元之知黃州事恐非是蘇東坡黃州定惠院東山小上有海棠一株特繁茂每歲盛開必携客置酒已五醉其下矣古今詩話東坡謫黃州居於定惠院之東雜花滿山而獨海棠一株土人不知貴東坡為作長篇平生■喜為人寫人間刻石者自有五六本吾平生最得意詩也又東坡在儋耳一日過一媪謂坡曰學士昔日富貴一場春夢耳燕宮見題下箋無人解看花意張孝祥錦園春賦海棠杜老情疎黃州賦冷與此意相近猶記花陰同醉小闌干月高人起唐裴璘海棠詩別有玉盤氷露冷無人起向月中看千枝媚色一庭芳景徐仲二郎神摘一庭芳景門清寒似水別本寒作愁非銀燭延嬌東坡詩只恐夜深花睡去故燒高燭照紅妝范成大滿江紅紅妝高處燒銀燭王炎念奴嬌從教睡去為留銀燭終夕綠房留艷李賀詩一夜綠房留白曉■夜深花底怕明朝小雨濛濛便化作臙支淚王炎念奴嬌詠海棠曉來雨過正海棠枝上燕支如滴蔡水龍吟各體末三句皆作五四四句法未有作七六字為兩句者此當從雨字化字斷句詞之分句有以意斷者有

以聲斷者當從聲斷為主

水龍吟　落葉○白雨齋詞話以為重崖半沒數語有慨于崖山之事深以為然畧申說之渭水風生指西北之陷溺洞庭波起指德祐二年丙子潭袁連衡永郴全道桂陽武岡寶慶之敗李芾尹穀之死湖外之戰為渡江來死事之烈者

以上片之意也望吾廬甚處與晴節同一貞挺玉田三姝媚亦自古意蕭閒問結廬人境白雲誰侶之句風颯颯兮木蕭蕭思公子徒離憂哀吾生之無樂幽獨處乎山中怨慕之情居然騷雅此下片之意也

曉霜初著青林（劉長卿石樓詩陽河映青林）望中故國淒涼早蕭蕭漸積紛紛猶隧門荒徑悄（夢窗三姝媚紫曲門荒）渭水風生（賈島詩秋風吹渭水落葉滿長安清真齊天樂渭水西風長安）亂葉洞庭波起（楚辭洞庭波兮木葉下謝希逸月賦洞庭始波木葉微脫）幾番秋杪想重崖半沒千峯盡出山中路無人到　前度題紅杳杳遡宮溝暗流空繞（文本作宮溝誤）

唐僖宗時于祐於御溝中拾一紅葉題詩云流水何太急深宮盡日閒殷勤謝紅葉好去到人間祐題一詩曰曾聞葉上題紅怨葉上題詩寄阿誰置溝上流流為宮人韓拾得之後祐託韓泳門館因帝放宮女三千人泳以韓有同姓之親作伐嫁祐案本事詩雲溪友議則以為顧況事侍兒小名録則以為賈山盧事北夢瑣言則以為李茵事玉溪編事則以為侯繼圖事山堂肆考則以為于祐事 啼螢來歇飛鴻欲過此時懷抱亂影翻窗■碎聲敲砌愁人多少望吾廬甚處陶潛讀山海經詩吾亦愛吾廬 只應今夜滿庭誰掃白居易詩落葉滿階紅不掃

水龍吟 白蓮○樂府補題浮翠山房擬賦白蓮調寄水龍吟同賦者九人周密王易簡陳恕可唐珏呂同老趙汝鈉王沂孫李居仁張炎皆遺民也李齋呫嗶云楚詞橘頌取其渡淮為枳秉性不移茂叔愛蓮以其濯水猶鮮出塵不染是則故老拈題詞家調律依微擬義其志皦然矣玉潛之舉輿難駐竹山之別浦重尋和甫之流水斷魂聖予之海山依約似皆指乘桴南狩之慟

淡妝不掃蛾眉李白詩淡掃蛾眉朝至尊為誰佇立羞明鏡范本誰作伊真妃解語開元
天寶遺事太液池千葉白蓮開帝與貴妃宴賞指妃謂左右曰何如此解語花西施淨洗娉婷顧影薄露初
勻纖塵不染移根玉井韓愈古意太華峰頭玉井蓮花開十丈藕如船想飄然一葉颼颼短
髮中流臥浮煙艇唐珏別有凌空一葉泛清寒素波千里陳恕可中流一葉共凌波去可惜瑤臺
路迴挹淒涼月中難認樂府補遺難依誰離騷望瑤臺之偃蹇兮李白詩若非羣玉山頭見會向瑤臺月下逢李
義山詩如何雪月交光夜更在瑤臺十二層溫飛卿詩挹月飄烟蘇東坡詩相逢月下是瑤臺桑此用瑤臺似亦暗喻瓊島之意相
逢還是冰壺浴罷許渾詩月寒冰在壺牙牀酒醒趙彥端鵲橋仙詠蓮夜深風入逼人寒問誰在牙牀酒醒
步襪空留紀用楊妃留襪事舞裳微褪粉殘香冷樂府補題歷代詩餘舞裳作羽衣望海山
依約時時夢想素波千頃碧山兩言海山依約又曰時時夢想玉潛素波千里同老浩波千里似俱指厓山

水龍吟前題○此闋疑指沖華事蓮花一名玉環因以為喻仙姿自潔芳心更苦指女冠之請詞意顯然也

椽軒最高樓漢妃翠被嬌無奈

翠雲遙擁環妃三餘帖蓮花一名玉環典雖隱晦然意極貼切夜深按徹霓裳舞歷代詩餘深作涼樂府詩集唐逸史曰羅公遠多祕術嘗與玄宗至月宮仙女數百皆素練霓裳舞於廣庭問其曲曰霓裳羽衣帝默記其音調而還明日召樂工依其調作霓裳羽衣曲李後主玉樓春重按霓裳歌遍徹鉛華淨洗洛神賦鉛華[illegible]弗御娟娟出浴杜衍荷花詩曉開一朶煙波上似畫真妃出浴時宋祁蝶戀花詠蓮溫泉初試真妃浴盈盈解語見前太液荒寒海山依約斷魂何許是人間別有冰肌雪豔趙汝鈉風裳水佩冰肌雪豔嬌無奈頻相顧樂府補題戈選奈均作那三十六陂煙雨康與之洞仙歌恨回首西風波淼淼三十六陂煙雨白石惜紅衣問甚時重賦三十六陂秋色舊淒涼向誰堪訴樂府補題舊作甚艷注云一本向作有又案別本作誰向如今謾說仙姿自潔朱熹詩仙姿蕭灑出風塵芳心更苦賀方回踏莎行紅衣脫盡芳心苦羅襪初停玉璫還解羅襪箋見南浦列女傳江妃二女遊於江濱逢鄭交甫遂解佩與之交甫受佩而去數十步懷中無珮二女亦不見早淩波去白石念奴嬌情人不見爭忍淩波去試乘風一葉重來月底與修花譜范本作簫

譜非是白石側犯寂寞劉郎自修花譜

綺羅香 秋思○詞綜無此題歷代詩餘同

屋角疎星庭陰暗水杜詩暗水流香徑猶記藏鴉新樹李白楊柳可藏鴉李義山詩密處少藏鴉試折梨花行入小闌深處聽粉片簌簌飄階有人在夜窗無語料如今門掩孤燈一本料作想畫屏塵滿斷腸句 佳期渾似流水戈選流作逝孫枝云此字當用仄聲依逝近是還見梧桐幾葉輕敲朱戶周選作有還見一片秋聲歷代詩餘作一派非是清真慶春宮動人一片秋聲應做兩邊愁緒江路遠歸雁無憑晏幾道蝶戀花欲盡此情書尺素浮雁沈魚終了無憑據寫繡箋倩誰將去歷代詩餘將作持 謾無聊猶掩芳樽醉聽深夜雨歷代詩餘深作秋

綺羅香 紅葉○樂笑翁亦以同調賦此蓋亦當時唱酬之作

伯厚謂此數語爲責己國大夫不知恥辱

玉杵餘丹裴鉶傳奇裴航過藍橋渴一舍有老嫗揖之求漿嫗令雲英以一甌漿水飲之航欲娶雲英嫗曰得玉杵臼當與後航
得玉杵臼遂娶而仙去金刀剩綵晏幾道蝶戀花金剪刀頭芳意動綵蕊開時不怕朝寒重歐陽修蝶戀花金刀剪綵呈纖
巧又漁家傲金刀剪綵功夫異重染吳江孤樹南史崔信明嘗矜其文過李百藥鄭世翼遇之於江曰聞公有楓落吳江
冷之句願見其餘信明出餘篇與觀世翼覽未終曰所見不逮所聞投之水中引舟而去此云吳江孤樹為點楓丹以貼切紅葉
幾點朱鉛幾度怨啼秋暮驚舊夢綠鬢輕凋訴新恨絳脣微注萬成賦玉
貌絳脣最堪憐同拂新霜繡奩一鏡晚妝妒夢窗過秦樓一鏡萬妝爭妒千林
搖落漸少張耒卯飲賦千林霜曉何事西風老色爭妍如許二月殘花空誤小
車山路杜牧詩停車坐愛楓林晚霜葉紅於二月花重認取流水荒溝李賀詩荒溝古水光如刀怕猶
有寄情芳語箋見前但淒涼秋苑斜陽冷枝留醉舞又本留作流白石法曲獻仙音誰念
我重見冷楓醉舞注

綺羅香　前題

夜滴研朱　王氏四印齋本研誤作妍　高駢詩滴露研朱點周易　晨妝試酒　楊誠齋詩小楓一夜偷天酒　寒樹偷分春豔　吳融詩一時衰颯無多恨看着春風剪綵成　玉田寒樹不招春妬　范成大詩薇帳半年春豔　賦冷吳江一片試霜猶淺　箋見前　玉田賦冷吳江獨客又吟愁句　驚漢殿絳點初凝　說文楓木厚葉弱枝善搖漢宮殿中多植之霜後葉丹可愛　認隋苑綵枝重剪　通鑑隋煬帝紀大業元年築西苑宮樹秋冬凋落則剪綵爲華葉綴於枝條色渝則易以新者常如陽春然　問仙丹煉熟何遲　葛鈔本脫鍊字　漢武內傳西王母云仙之上藥有絳雪元霜　裴鉶傳奇薛昭遇仙女得絳雪丹度世　少年色換已秋晚　疎林頻撼暮雨消得西風幾度舞衣吹斷　綠水荒溝終是賦情人遠　箋見前　玉田甚荒溝一片淒涼載情不去載愁去　空一似零落桃花又等閒誤他劉阮　幽明錄漢明帝永平五年剡縣劉晨阮肇共入天台取穀皮迷路不得返糧盡得山上數桃啖之遂不飢下山一大溪邊有二女姿質絕妙因要還家勑婢速作食有胡麻山羊脯甚美遂留

半載餘懷土求歸女曰宿福所牽何復欲還因指示還路既出無復相識問得七世孫傳聞上世入山求道不得歸且留取閒
寫▇幽情石闌三四片

齊天樂　螢○此亦當時拈題同賦之作餘詞鮮傳耳自來詠螢詞賦多為弔古哀時之作取其宵燐碧血助人淒冷碧山此詞且有所指其為瀛國公之事乎後漢書孝靈帝紀建寧六年中常侍張讓段珪劫少帝陳留王走小平津尚書盧植追讓珪等斬殺數人帝與陳留王協夜逐螢火走行數里得民家露車共乘之辛未還宮孝靈帝崩同為亡國殤主露車共載與櫬北行事又相類託為熠燿之飛以抒覆亡之痛秦陵漢苑隔水傍林已題言之詠歎蒼茫吞吐渾雅鄱陽家法斯為嗣音

碧痕初化池塘草月令季夏之月腐草為螢本草陶注此是腐草及爛竹根所化初時猶如蛹蟲腹下已有光數日便變而能飛熒熒野光相趁月令疏引李巡爾雅注熒火夜飛腹下如火光埤雅螢夜飛腹下有火故字從熒扇薄星流杜牧詩輕羅小扇撲流螢盤明露滴漢武故事帝以銅作承盤露上有仙人掌擎玉盤以承雲表之露零落

秋原飛燐[詩東山傳熠燿燐也燐螢火也古今注云螢一名燐燐駱賓王螢火賦知戰場之飛燐]練裳暗近[禮記檀弓練練衣也說文練湅繒也]記穿柳生涼[李建勛詩人穿柳樹衛]度荷分暝[王安石詩嶺雲分暝與黃昏]誤我殘編翠囊空歎夢無準[續晉陽秋車允好學不倦貧無燈火夏日用練囊盛數十螢火以照夜讀]樓陰時過數點倚闌人未睡曾賦幽恨漢苑飄苔秦陵墜葉[劉禹錫秋螢引漢陵秦苑遙蒼蒼陳根腐草秋螢光吳彥高春從天上來漢苑秦宮墜露飛螢]千古淒涼不盡[歐陽修玉樓春淚眼淒涼愁不盡又清真丁香結此恨自古銷磨不盡]何人為省但隔水餘暉傍林殘影[杜甫螢火詩帶雨傍林微駱賓王螢火賦泛灩乎池沼徘徊乎林岸]已覺蕭疏更堪秋夜永

齊天樂　蟬○[樂府補題餘閒書屋賦蟬調寄齊天樂同賦者八人呂同老王易簡王沂孫周密陳恕可唐玨仇遠唐藝孫故老枯題每多所屬前已言之陳亦峯謂上闋短夢深宮為指全太后為尼事次章鏡暗妝殘指王清惠為女道士事而王半塘跋花外集云年丈端木子疇先生釋碧山齊天樂詠蟬云詳味詞意殆亦黍離之感]

宮魂字點出命意作明還移悵攜遺也西窗三句傷敵騎暫退燕安如故鏡暗二句殘破滿眼而修容飾貌側媚依然衰世臣主全無心肝千載一轍也銅仙三句宗器重寶均被遷奪不下究也病翼二句更是痛哭流涕大聲疾呼言海島棲流斷不能久也餘音三句遺臣孤憤哀怨難論也漫想二句責諸臣到此尚安危利災視若全盛也其論似亦近理周濟宋詞選始疑詠蟬諸詞為元僧楊璉真伽發宋陵而作歸安王樹榮永嘉夏承燾蓋張具說夏氏為樂府補題考及與張孟劬論樂府補題書具言賦蟬詞屢用齊姬齊宮深宮如呂同老捐張齊姬薄倖王易簡翠陰深鎖齊姬恨唐珏怨結齊姬仇遠齊宮往事漫者皆託喻后妃也周密癸辛雜識一村翁於孟后陵得一髻長六尺餘其色紺碧謝翶為作古釵歎有云白烟淚濕野叟來拾得慈獻陵中髻青長七尺光照地髮下宛轉金釵二此賦蟬十詞九用鬟鬢之本事也癸辛雜識記梁棟莫崙詩獄元初文網之密可知補遺託物起興而又亂以他辭者亦猶林景熙冬青之詩必託於夢中之作也案夏氏之說極確切餘詳天香題下箋補題諸詞往往題同而旨異惟賦蟬一闋作者八人寓意相同題旨尤顯者如同老早枯翼飛仙

暗嗟殘景見洗冰奩怕翻雙翠影怨可任翻鬢雲寒綴
貂金淺蛻羽難留頓驚仙夢遠以言■遺骼遺
殘雙鬢宛然也又如易簡怕寒葉凋零蛻痕塵土公謹
前夢蛻痕枯葉仁近滿地霜紅淺莎尋蛻羽非即龍拾
寒瓊出幽草之意乎然則碧山詞
中枯蛻嬌鬢之喻自不待再言矣

綠槐千樹西窗悄舊鈔本槐作陰別本又作楊非是東坡阮郎歸綠槐高柳咽新蟬樂府補題悄作晚厭厭晝
眠驚起戈文鈔本詞綜起俱作睡■載云睡與上眠字犯■飲露身輕曹大家蟬賦吸清露於丹園沈鵬蟬詩依樹愧
身輕吟風翅薄陸雲寒蟬賦飾輕翅而迅翰李陳怨可此作露濕身輕風生翅薄樂府補題此作嫩翼風微流聲露悄疑今本
沿陳詞而訛半剪冰箋誰寄淒涼倦耳漫重拂琴絲怕尋冠珥徐廣車服志侍臣加
貂蟬者取其清高飲露而不食也梁書朱异傳异為通事舍人後除
中書郎時秋日始拜有飛蟬正集异武冠上時咸謂有珥蟬之兆
短夢深宮樂府補題作夢短宮深向人猶自訴憔悴補題自作與殘虹收盡過
雨舊鈔本及詞綜虹作紅杜審言詩日氣抱殘虹晚來頻斷續都是秋意病葉難留纖柯易

黃金先雕黃錢昭度詩[illegible]荷擇萬朵玉如意蟬鳴一聲金錯刀

老空憶斜陽身世窗明月碎[illegible]舊鈔本樂府補題均作山明案是也是呂同老墜葉山明疎枝月小已絶餘音尚遺枯蛻樂府補題作尚餘與上複鬢影參差斷魂青鏡裏詞綜青作清中華古今注魏文帝宮人莫瓊樹始制於蟬鬢望之縹緲如蟬[illegible]唐珏晚妝清鏡裏故曰蟬鬢猶記嬌鬢

齊天樂 前題

一襟餘恨宮魂斷樂府補題戈選餘作遺古今注牛亨問董仲舒曰蟬名齊女何故答曰昔齊王之后怨王而死尸變為蟬登庭樹嘒唳而鳴王悔恨之故名齊女此云宮魂即用其典譚復堂云此是李唐人句法章法庾郎先自吟愁賦遜其蔚跂年年翠陰庭樹樂府補題作庭宇乍咽涼柯還移暗葉宋之問經梧州詩青林掩暗葉重把離愁深訴樂府補題深作低西窗過雨補題窗作園怪瑤珮流空補題作漸金錯鳴刀玉箏調柱常建詩高樓彈玉箏鏡暗妝殘補題及舊鈔本暗均作掩為誰嬌鬢尚如許銅仙鉛淚似洗李賀金銅仙人辭漢歌序云魏明帝青龍元帝八月詔宮官牽車西取漢孝武捧露盤仙人欲立置前殿宮官既折盤仙

人臨載乃潛然淚下歎移盤去遠難貯零露孫校云明鈔本舊鈔本䲧本並作移盤別本移作携移携誼通案似當作携李賀金銅仙人辭漢歌携盤獨出月荒涼此用其典病翼驚秋枯形閱世消得斜陽幾度歷代詩餘斜作殘餘音更苦甚獨抱清高補題作清高詞綜歷代詩餘俱作清商案作高者是駱賓王詠蟬詩本以高難飽如作清商則與下句淒楚意複頓成淒楚謾想薰風柳絲千萬縷舊鈔本想作相

齊天樂 贈秋崖道人西歸○秋崖有五首與碧山年代相近

李萊老字周隱號秋崖咸熙六年任嚴州知府與彭老為昆季此其一奚淢字倬然號秋崖西湖志有芳草南屏晚鐘又趙本秋崖詞凡十首單骨引中秋紫霞席上醉蓬萊會稽蓬萊閣懷古公謹絕妙好詞中曾載其詞張玉田詞源有云近代楊守齋神於琴故深知音律與之游者周草窗奚秋崖每一聚首必分題賦曲此其二教秋崖仕迹未詳劉辰翁一剪梅燭影搖紅齊天樂諸闋皆和秋崖韻辰翁於丙子國憂後居浙者猶十餘載有和聖與壽詞秋崖蓋亦同遊之士此其三方岳字巨川號秋崖祁門人有秋崖先生小集有詞名卒於景定之後此其四戴表元剡源集有贈天台潘山人秋崖

詩老潘雙眸如細珠帶以秋陽清露之清腴山形水態
出没千百變經呂指顧不得藏錙銖隱遯之士也此其
五許吊胥詞繚偶許以為贈方秋崖恐非疑以吳秋崖
為是吳氏芳草詞有云笑湖山紛紛歌舞花邊如夢如
薰此云當時無限舊事歎繁華如夢如今休說皆慨乎
臨安昔日之繁盛至於題云西歸者指杭越而言錢塘
之西也然則故里魚肥江南恨切吳氏為吳下之人歟
碧山賦此解時當在會稽故云想渠西子更愁絕由是
推知吳氏登蓬萊閣懷
古之作疑即賦於此時

冷煙殘水山陰道陸龜詩冷雲殘水出吳橋家家掩門黃葉柳宗元答問掩門填扃故里魚
肥用張翰事初寒雁落孤艇將歸時節江南恨切問還與何人共歌新闋
換盡秋芳想渠西子更愁絕　當時無限舊事歎繁華似夢如今
休說戈選作今向誰說跋云今字宜仄短褐臨流幽懷倚石山色重逢都別白雨齋詞話碧
山此詞山色重逢都別六字淒絕警絕覽國破山河在猶淺語江雲
也梁玉田疏影感舊游縱豔游得似當年早是舊情都別亦淺

凍結算只有梅花尚堪攀[illegible]折 赤峯謂此句必有所指案吳秋崖長相思慢幾多年江湖浪識知心只許梅花疑即指此 寄取相思一枝和夜雪

齊天樂 四明別友○ 周錄無此題

十洲三島曾行處 歷代詩餘行作遊 史浩喜遷鶯曾向十洲三島海內十洲記舊題東方朔撰十洲者謂祖瀛懸炎長元流生鳳麟聚窟是三島謂蓬萊方丈瀛洲 離情幾番悽惋 舊鈔本鮑本王本俱作婉 陰葉重題枯條舊折蕭颯那逢秋半登臨頓懶更葵箑難留 王安石遊土山示蔡天啟詩亦捉蒲葵扇 苧衣將換 韓偓卜隱詩藜藿充腸苧作衣 試語孤懷豈無人與共幽怨 鮑本注云一本作愁怨 遲遲終是也別算如何趁取涼生江滿 文鈔本作趁月非 挂月催程 吳均詩挂月青山下 收風借泊 陸融詩收風重泊洞庭湖 休憶征帆已遠 歷代詩餘憶作意 山陰路畔縱鳴壁猶蛩過樓初雁政恐黃花笑人歸較晚

一萼紅　石屋探梅○董嗣杲西湖百詠注云石屋在大仁院內錢氏建爲石屋廣若屋下有洞路石上鐫五百羅漢其屋上建閣二層

思飄飄絕妙好詞作飄飄攜仙妹獨步蘇東坡詩還仙妹款石闔訪明月照蒼虬花候猶遲庭陰不掃皮日休詩庭陰落病蟬門掩山意蕭條怎芳恨佳人分薄似未許芳魄化春嬌高駢詩疏夢此春嬌雨澀風慳歷代詩餘作雨澀蘇軾約公擇飲是日大風詩曉來顛風壓晴天我思其由豈坐慳注值風當值雨俗諺慳霧輕波細湘夢迢迢湘川本作緗宋孝武帝登魯山詩湘夢極南流誰伴碧樽雕俎莊子加爾肩尻乎雕俎之上笑瓊肌皎皎絕妙好詞作喚瓊姬歷代詩餘作歎瓊肌案作姬者是廣羣芳譜引亦作姬樓鑰詩泛商流羽看瓊姬綠鬢蕭蕭絕妙好詞作綠髮青鳳啼空玉龍舞夜朱子詩畫寒亭下玉龍飛還賸銀漢光搖絕妙好詞戈選賸作勝東坡詩光搖銀海眩生花未須賦疎香淡影疑指暗香疎影且同倚枯蘚聽吹簫聽久餘音欲絕寒透鮫綃

一萼紅丙午山中題花光卷○文鈔本卷作菴歷代詩餘作赤城山中題梅花卷周錄同芜本花光奔作梅花案作花光者是孔靈符會稽記赤城山土皆赤狀似雲霞望之如雉堞孫綽天台山賦赤城霞起而建標王秋澗集題花光墨梅二絶序蜀僧超然字仲仁居衡陽花光山遂[illegible]靖康亂後江南之柯山與參政陳簡齋並舍而居山谷所為研墨作梅超凡入聖法當冠四海而名垂後世嘗有放船來近花光住寓盡南枝與北枝之由其半度可想見矣又周密志雅堂雜[illegible]衡州有華光山其長老東仁能作墨梅所謂華光梅是也宗僧一號花光道人東坡山谷少游皆有贈詩元遺山亦有題花光梅詩○此丙午當作丙子詳事蹟考略

玉嬋娟甚春餘雪盡猶未吟青鸞洽聞記光武時有大鳥高五尺五色備舉而多青蔡衡曰凡象鳳者有五色多青者鸞也疎萼無香柔條獨秀應恨流落人間記曾照黃昏淡月林逋詩暗香浮動月黃昏漸瘦影移上小闌干舊鈔本鮑本作移影誤王荊公詩月移花影上闌干一點清魂半枝空色文鈔本作寒色芳意班班文鈔本芳作苦非重省嫩寒清曉過斷橋

彊邨念奴嬌還似籬落孤山嫩寒清曉

流水問訊孤山 羣芳譜華光長老寫梅黃魯直觀之曰如嫩寒春曉行孤山水邊籬落間此蓋用其事又見冷齋夜話武林舊事■云斷橋又名段家橋西湖遊覽志本名寶祐橋自唐時呼為斷橋張祐志斷橋荒蘚合以孤山之路至此而斷故以為名 冰粟微銷 文鈔本粟作肌舊鈔本同歷代詩餘作骨周錄同 塵衣不浣相■見還誤輕攀未許訢東南倦客 文鈔本作未須訢察是也此字當用平聲此文■本之可貴也清真滿庭芳憔悴江南倦客 掩鉛淚看了又重看 文鈔本看誤作見 故國吳天樹老雨過風殘 李白詩荊雪落吳天

一萼紅 紅梅○玉田亦以同賦調此疑亦當時唱和之詞夫屈宋衍陳香草獨不及梅八代登唐篇題亦寡炎宋始重此花刻葩耀采各擅風流虛谷撰瀛奎律髓於著題之外別出梅花一類不使溷於羣芳惟紅梅之作自羅隱王安石王十朋范成大而外猶所罕覯詞家題詠蘇軾菩薩蠻定風波髙觀國留春令毛滂木蘭花數闋而已梅苑所載祇添字浣溪沙二闋又何其寥落也此詞寓意惟未知其所指

占芳菲趁東風嫵媚重拂淡胭支青鳳銜丹 青鳳即綠毛幺鳳見上苔梅箋 瓊奴

試酒王十朋紅梅詩霞觴瀲灩玉卮醉高觀國留春令玉卮春醉鸞換玉質冰姿毛滂木蘭花玉骨冰姿元淡竚

甚春色江南太早有人怪和雪杏花飛荊公■紅梅詩春半花纔發多應不耐寒北人初不識渾作杏花看同叔紅梅詩若使開遲二三月北人應依杏花看玉田幾錯認把做杏花看意略同蘚珮蕭疎杜詩蟲書玉蘚珮

茜裙零亂白石小重山令東風冷香遠茜裙歸山意霏霏杜詩山意衝寒欲放梅空惹別愁

無數照珊瑚海影冷月枯枝戈選作孤枝張鑑樂府海上珊瑚枝玉田樹挂珊瑚冷月以珊瑚喻紅色吳

豔離魂蜀妖泥淚見下闋箋抵負多少心期歲寒事無人共省破丹霧應

有鶴歸時舊鈔本歸時作時歸川本鶴作偶可惜鮫綃碎剪不寄相思歷代詩餘惜作恨東坡[illegible]梅詩鮫綃剪碎玉簪輕

一萼紅　前題

剪丹雲辨命論丹雲不卷怕江皐路冷千疊護清芬彈淚綃單凝妝枕重驚

認消瘦冰魂放翁梅詩醫得冰魂雪魄同 為誰趁東風換色任絳雪飛滿綠羅裙毛滂紅梅詩深將絳雪點寒枝曾逸仲南浦故園梅花將夢愁損綠羅裙 吳苑雙身梅譜晏元獻移紅梅植西園圖中一日貴遊賂園吏得一枝分接由是都下有二本王君玉以詩遺公曰園吏無端偷折去鳳城從此有雙身 蜀城高髻摭遺蜀州有紅梅數本郡侯建閣扃鑰遊人莫得見忽有兩婦人高髻大袖憑闌笑語郡侯啓鑰闃不見人唯東壁有詩曰南枝向暖北枝寒一種春風有兩般憑仗高樓莫吹笛大家留取倚闌干 忽到柴門 欲寄故人千里恨燕支太薄 寂寞春痕毛滂詞零落酴醾花片損春痕 玉管難留許棐先折柳篇芳樹朝催玉管新 金樽易注文鈔本作泣粲是也白石暗香翠尊易泣黄孝邁湘春夜月空尊夜泣 幾度殘醉紛紛 謾重記羅浮夢覺 步芳影如宿杏花村箋見前杏花村有三一在朱陳村一在池州城外一在江寧府 一樹珊瑚淡月 獨照黃昏李義山詩猶憐未圓月先出照黃昏

一萼紅初春懷舊

小庭深有蒼苔老樹風物似山林侵戶清寒戈選作寒風捎池急雨時聽
飛過啼禽戈選作啼斷幽禽歷代詩餘啼作鳴掃荒徑殘梅似雪甚過了人日更多陰
杜詩元日至人日未有不陰時又花風纔一信人日故多陰緗素雜
記西青詩話云鄱人劉克者窮該典籍之事多從之質嘗注杜詩元
日到人日未有不陰時人知其一不知其二惟子美推克會耳此東
方朔占書也歲後八日一日雞二日犬三日豕四日羊五日牛六日
馬七日人八日穀其日晴所主之物育陰則災少陵意謂天寶離亂
四方雲擾幅裂人物歲歲俱災此豈春秋書王正月之意耶案碧山
此詞蓋作於丙子之後與少陵同一寄慨下云念前事空惹恨沉沉
又日不似如今天時人事可以悽愴傷心者矣題曰懷舊思故國也
壓酒人家李白詩吳姬壓酒勸客嘗試燈天氣范成大詩酥花芋葉試新燈陸游詩曲水已過修禊集餘寒不減試
燈時相次登臨猶記舊游亭館正垂楊引縷嫩草抽簪復齋漫錄政和中一
貴人使越州回得辭於古碑陰不知何人所錄以進御因詞中語賜
名魚遊春水中有句云嫩草方抽碧玉簪綠楊輕拂黃金縷蓋用唐
人詩羅帶同心駱賓王詩同心結縷帶又李白詩橫垂寶帶結同心泥金半臂夢窗採芳信舞衣疊損金泥鳳東軒

筆錄宋子京多内寵嘗宴於錦江偶微寒命半臂諸婢各送一枚恐有厚薄不敢服忍寒而歸花畔低唱輕斟柳屯田鶴冲天忍把浮名換了淺斟[redacted]低唱趙長卿玉蝴蝶應須淺斟低唱又爭信風流一別念前事空惹恨沉沉野服山節醉賞不似如今

解連環 橄欖

萬珠懸碧想炎荒樹密南州異物志閩廣諸部及緣海浦嶼皆產橄欖□□□□恨絳娣先襞吳帆許渾詩吳帆乘月下清江政鬢翠遑嬌故林難別歲晚相逢甘薦青子獨誇冰頰[redacted]點紅鹽亂落東坡橄欖詩紛紛青子落紅鹽夢窗暗香疎影相將初試紅鹽味又最是夜寒酒醒時節　霜槎蝟芒凍裂葉顒詩形容枯似飽霜槎把孤花細嚼時嚥芳冽斷味惜回澀餘甘似重省家山舊游風月王禹偁詩北人將薦酒食之先顰眉皮内苦且澀歷口復棄遺良久有回味始覺甘如飴崖蜜重嘗到了輸他清絕范本到上有也字注云鮀本脫據補東坡橄欖詩待

得徼甘回齒頰已輸崖蜜十分甜案賈思勰齊民要術云櫻桃爾雅云楔荊桃郭注今櫻桃孫炎注即今櫻桃最大而甘者謂之崖蜜鼠璞東坡橄欖詩崖蜜注引杜詩崖蜜松花落本草崖蜜蜂黑色作房於巖崖高峻處然坡與橄欖對說非真蜜也鬼谷子崖蜜櫻桃也他無經見予讀南海志崖蜜子小而黃殼薄味甘增城惠陽山間有之雖不如與櫻桃為一物與否要其同類也

更留人紺丸半顆素甌泛雪

郭義恭廣志櫻桃大者如彈丸白色而多肌梅堯臣詩一任狂花落素甌

三妹婿

次周公謹故京送別韻○歷代詩餘無故京二字案故京者臨安也其時宋亡已數載矣咸淳十年甲戌碧山在杭州別公謹丙子後蓋又至杭法曲獻仙音數詞疑賦於此■時未幾還越公謹賦三妹婿以送之此即答此韻也碧山稱公謹以丈此直呼其字疑刻本題下有誤公謹原詞見後附錄

蘭缸花半綻

歷代詩餘缸作釭花草粹編舊鈔本綻作吐孫技云草窗原詞作綻起韻吐字誤謝朓詩蘭缸當夜明

正西窗淒淒斷螢新雁別久逢稀慣謾相看華髮共成銷黯總是飄零更休賦梨花秋苑

李賀詩曲水飄香春不歸梨花落盡成秋苑白石淡黃柳梨花落盡成秋苑

何況如今

離思難禁 俊才都減 漢書王褒傳聞褒有俊才 今夜山高江淺 歷代詩餘江作水 又月落帆空酒醒人遠綵袖烏紗 又鈔本舊鈔本八家詞鈔本綵作綵歷代詩餘詞綜紗作綵 解慈人惟有斷歌幽婉 舊鈔本婉作怨案原詞本作惋 一信東風再約看紅腮青眼 段成式詩遮却紅腮交午痕杜詩青眼高歌望吾子 只恐扁舟西去蘋花弄晚

三姝媚 櫻桃

紅纓懸翠葆 又鈔本纓作櫻詞綜同范成大題櫻詩火齊寶瓔珞垂於綠蔭綠作櫻非是謝朓詩翠葆隨風許昂霄云正寫起 漸金鈴枝深 見聲聲慢箋 瑤階花少萬顆燕支 杜甫野人送櫻桃詩萬顆匀圓訝許同許昂霄云以下三層俱是借用法 贈舊情爭奈弄珠人老 南都賦遊女弄珠於漢皋之曲韓詩外傳鄭交甫將南適楚遵彼漢皋臺下乃遇二女佩兩珠大如荆雞之卵交甫贈以橘柚此假用也 扇底清歌還記得樊姬嬌小 李後主一斛珠一曲清歌暫引櫻桃破東坡蝶戀花一顆櫻桃樊素口曾覿浣溪沙樊素扇邊歌未發案范攄雲溪友議白樂天有二妾樊素

善歌小蠻善舞有詩曰櫻桃樊素口楊柳小蠻腰幾度相思紅豆都銷■碧縱空長李白春思詩燕草如碧絲芳意荼蘼開早羣芳譜唐白侍臣李士食櫻桃飲以荼蘼酒取其同時也正夜色暎盤素蟾低照東觀漢記明帝月夜宴羣臣於照園大官進櫻桃以赤瑛為盤賜羣臣月下視之盤與桃一色羣臣皆笑云是空盤李德與櫻桃賦盤映皎月與赤瑛而俱妍陳與義詩赤瑛盤裏雖殊遇薦葡同時歎故園春事已無多了宋史禮志景祐三年禮官宗正條定逐室時薦請每歲春季月薦蔬以筍果以櫻又山堂肆考泰中以三月為櫻筍節案唐人已有櫻筍會事貯滿筠籠偏惜觸天涯懷抱貯文鈔本作贈是杜詩西蜀櫻桃也自紅野人相贈滿筠籠陳與義詩何必筠籠相發揮謾想青衣初見花陰夢好太平廣記天寶初有范陽盧子在都應舉不第嘗暮行至一精舍有僧開講盧子倦寢夢至精舍門見一青衣攜一籃櫻桃在下坐盧子訪其誰家因與青衣同餐櫻桃青衣云娘子姓盧適崔即盧子再從姑因拜姑以外甥女鄭氏許焉盧子喜甚秋試捷官至宰相復以閒步至昔年逢攜櫻桃青衣精舍門復見其中有講筵忽醉昏聞講僧唱云檀越何久不起夢覺日向午矣自是無功名之念

慶清朝　榴花○張孟劬答夏瞿禪論樂府補題書謂[illegible]此詞亦指元僧發宋陵事案詞中用典隸事張説似未可碻信錄此存參

玉局歌殘東坡賀新郎半吐紅巾蹙之詞是也其後段單説榴花東坡曾提舉玉局觀以此故云金陵句絕王介甫萬綠叢中一點紅動人春色不須多年年負卻薰風白石訴衷情端午孤負薰風西鄰窈窕獨憐入戶飛紅朱熹榴花詩窈窕安榴花乃是西鄰樹墮蕚可憐人風吹落幽戶前度綠陰載酒枝頭色比舞裙同文鈔本歷代詩餘舞作似非唐萬楚詩紅裙妬殺石榴花何須擬蠟珠作帶緗綵成叢文鈔本舊鈔本范本王本緗俱作湘非溫庭筠詩蠟珠攢作帶緗綵剪成叢誰在舊家殿閣自太真仙去掃地春空洪氏雜俎溫湯七聖殿遶階石榴皆太真所種掃地見漢書掃地盡矣李白陽春歌長安白日照春空朱旛護取如今應誤花工鈍本旛作蟠非博異記天寶中崔元微於春夜遇數美人自道姓名曰楊氏李氏又緋衣少女姓石名醋醋有封家十八姨來諸人命酒十八姨翻酒污石醋醋作色謂元微曰諸女伴勿被惡風所撓常求十八姨相

庇處士每歲旦與作一朱旛圖以日月五星其上樹苑中則免矣崔許之其日立旛東風刮地折木飛花而苑中花不動崔方悟衆花之精封家姨乃風神也石醋醋乃石榴也

顛倒絳英滿徑，想無車馬到山中 韓愈榴花詩五月榴花照眼明枝間時見子初成可憐此地無車馬顛倒青苔落絳英

西風後尚餘數點，還勝春濃 杜甫瀼上遊詩春濃傳野騎

慶宮春 水仙花○范本作慶春宮歷代詩餘戈選無花字詠水仙者始於宋之高似孫水仙前後兩賦其序云水仙花非花也幽楚窈眇脫去埃〔壒〕滓云錢唐有水仙王廟林和靖祠堂近之東坡以為和靖清節映世遂移神像配食水仙王然則水仙者花中之伯夷也碧山此詞託旨蓋亦如是與水龍吟之賦白蓮殊為相近詞境詞格別一妙諦清虛高絜全自白石詞中蛻出

明玉擎金，趙溍長相思詠水仙金璞明玉璞明小小杯柈翠袖擎此意相同纖羅飄帶，阮籍詠懷詩被服纖羅衣為君起舞回雪。白石琵琶仙玉尊起舞回雪柔影參差，幽芳零亂，詞律芳作香翠圍腰

腰瘦一捻[戈選作翠瘦腰圍詞律圍作閬毛滂蝶粉兜楚腰一捻]歲華相誤記前度湘皐怨別[詞律湘作江陳摶水仙詩湘君遺恨付雲來]哀絃重聽[詞律聽作許]都是淒涼[詞律都作却]未須彈徹[樂府有水仙操]國香到此誰憐[山谷劉邦直送水仙詩可惜國香天不管隨緣流落野人家]煙冷沙昏[貫休送友人下第遊邊詩沙昏磧月新]翦成愁絕[山谷王充道送水仙詩是誰招此斷腸魂種作寒花寄愁絕]花惱難禁[杜詩江上被花惱不徹朱子用子服韻謝水仙花報道幽人被渠惱山谷詩坐對真成被花惱]酒銷欲盡門外冰澌初結試招仙魄怕今夜瑤簪凍折[羣花譜水仙花大如簪頭]攜盤獨出[周錄作獨去]空想咸陽故宮落月[孫枝云杜文瀾云後結原作落葉戈氏因韻率易棄今檢各本並作落月惟詞律作落葉杜說未塙]

高陽臺

殘夢梅酸[文鈔本舊鈔本作夢淺詞綜歷代詩餘作淺夢東坡詩冰盤未薦含酸子楊誠齋詩梅子流酸濺齒牙]新溝

水綠初晴節序暄妍絕本注云絕妙好詞誤作東風戈載本亦云下有趁東風句複獨立雕闌誰憐

枉度華年歷代詩餘憐作云寥此即少游望海潮東風暗換年華之意朝朝準擬清明近張先青門引庭軒寂寞近清明料燕翎須寄銀箋歷代詩餘作燕領非草窗水龍吟燕翎須寄懸榻又爭知一字

相思不到吟邊雙蛾不拂青鸞冷戈選作懶拂李賀詩銅鏡立青鸞任花陰寂

寞掩戶閒眠屢卜佳期無憑却恨金錢絕妙好詞恨作怨施肩吾詩自家夫婿無消息却恨橋頭賣卜人何人寄與天涯信趁東風急整歸船詞綜歷代詩餘周選船均作鞭縱漂零滿

院楊花猶是春前

高陽臺陳君衡遠遊未還周公謹有懷人之賦倚歌和之○詞綜陳上有西麓二字又倚歌和之作倚其歌而和之陳允平字君衡一字衡仲號西麓自號鄮蕭澹室後人四明人德祐時授沿海制置司參議官祥興初與蘇劉義書期以九月以兵船下慶元當內應為怨家所訐張弘範遣招討使王世強圍捕囚官袁洪解之得釋後

徵至北都不受官放還著西巖詩稿總周集日湖漁唱
陳世宜曰續甬上耆舊傳陳允平德祐時官制置司參議
官入元以仇家告變云謀與崖山接應遭擄後事得
脫被薦以病免歸此題言遠遊未還未著何地就詞觀
之當在被薦以後病免以前度脫罪膺薦時必有傳其
仕元者然傳未言薦居何職玉田拜西麓墓解連環詞
且有歎貞元朝士無■之多句始以病免保節碧山與
詞有勸善規過之雅焉起句馳褐輕裝北行之服猶韉
小隊北行之律冰河確指北道翔雪平沙渡河後景物
飛花承雪蛾眉取譬起下琵琶君衡非和親非淪落故
曰賦情不比當時加一更字若有不能曲諒者矣想如
今三字訴諸而劉■刻龍庭即岳武穆所謂黃龍府勸
金危未還之故已不啻以趙孟頫視之語似與會然在
碧山實極不堪之傷心語也過變就自身立言一枝芳
信應難寄反用陸凱詩微露割席之意山邊水際無形
之首陽相思而曰獨抱者蓋各之旨也開一筆曰江雁
孤■回孤回者獨抱者同在一面江與河映照仇遠贈
玉田詩曰金臺掉頭不肯住其借此輩以相形乎天涯
人自歸遲■合一不曰不歸而曰歸遲是終望其歸意
仍忠厚也歸來二句令威華表之感語極沈痛此愁者

獨花相思江雁孤回之心境無人知之無人言之惟秦
淮兩岸之垂楊零亂千絲與東風相對差堪彷彿耳此
說甚是誰謂聲家無裨世教耶公謹是君衡被名原詞
云照野旌旗朝天車馬平沙萬里天低寶帶金章尊前
茸帽風欹秦關汴水經行地想登臨都付新詩縱英游
疊鼓清笳駿馬名姬酒酣應對燕山雪正冰河月凍曉
隴雲飛投老殘年江南誰念方回東風漸綠西湖柳
雁已還人未南歸最關情折盡梅花難寄相思

駝褐輕裝歐陽修詩輕寒漠漠侵駝褐陳簡齋詩客子今年駝褐寬韉狨小隊呂渭老選冠子細馬狨韉冰河
夜渡流澌後漢書光武聞王郎兵在後從者皆恐及至滹沱河候吏還曰河水流澌無船不可濟光武命王霸往視之霸恐衆
驚詭曰冰堅可渡比至河■河冰亦合乃令霸護渡朔雪平沙飛花亂拂蛾眉琵琶已是淒涼
調案此用王明妃事琵琶始見石崇明君詞序杜詩亦有千載琵琶作胡語分明怨恨曲中論由更賦情不比當時
想如今人在龍庭班固封燕然山銘焚老上之龍庭勸酒金卮舊鈔本勸作賜一枝芳
信（應）難■寄反用陸凱事見前箋向山邊水際獨花相思江雁孤回天涯人自歸

遲薛道衡詩人歸落雁後歸來依舊秦淮碧東坡和王鞏南遷初歸詩歸來萬事非惟見秦淮碧問吳愁
還有誰知對東風空似垂楊零亂千絲此自夢窗金縷曲化出其詞有云華表月明歸夜鶴歎當
時花竹今如此亡國餘思長歌當哭

高陽臺和周草窗寄越中諸友韻〇文鈔本舊鈔本鮑氏皆無此題張惠言云此題恐是梅花案皋文似未以草窗
原詞對勘故有此誤耳原詞云小雨分江殘寒迷浦春
容淺入蒹葭雪霽空城燕歸何處人家夢魂欲渡蒼茫
去怕夢輕還被愁遮感流年夜汐東還冷照西斜萋萋
望極王孫草認雲中烟樹鷗外春沙白髮青山可憐相
對蒼華歸鴻自趁潮回去笑倦游猶
是天涯問東風先到垂楊後到梅花
殘雪庭陰張選陰作除孟浩然詩空翠落庭陰譚復堂云詩品曰反虛入渾妙處傳矣輕寒簾影元稹表夏詩輕
簾影風動罘罳玉管春葭杜詩吹葭六管盡飛灰小帖金泥沈約詩易紀金泥架不知春在誰
家詞綜在作是王建詩不知秋思在誰家相思一夜窗前夢奈個人水隔天遮舊鈔本但作似

周錄天作山　戈選作雲但淒然滿樹幽香滿地橫斜　江南自是離愁苦況遊驄古道歸雁平沙宋迪瀟湘八景有平沙落雁　蔣捷金蕉葉平沙斷雁落怎得銀箋殷勤說與年華如今處處生芳草牛希濟生查子記得綠羅裙處處生芳草■縱憑高不見天涯更消他幾度東風幾度飛花舊鈔本消下有得字

掃花游　秋聲○詞家有以古人之文而為詞者號曰檃括體　東坡哨遍即檃括歸去來辭山谷瑞鶴仙即檃括醉翁亭記方岳沁園春即檃括蘭亭敘不可殫數以詞上片即永叔秋聲賦予謂童子此何聲也汝出視之童子曰星月皎潔明河在天四無人聲聲在樹間予曰嘻噫悲哉此秋聲也一段文字中蛻來却渾然無迹

商飈乍發韓愈聯句安得發商飈漸淅淅初聞蕭蕭還住頓驚倦旅謝玄暉詩結髮倦為旅許昂霄云不似竹山羅列許多秋聲命意與歐公相仿佛但從旅客情懷說來倍覺愴然背青燈弔影起吟愁賦白石齊天樂庾郎先自吟愁賦斷續無憑試立荒庭聽取在何許但落葉滿階白居

居詩■落葉滿階紅不掃惟有高樹　迨遞歸夢阻歷代詩餘遞作遙戈云此字宜仄正老耳

難禁病懷淒楚故山院宇想邊鴻孤唳砌蛩私語歷代詩餘蛩作蟲夢窗宴清都幽蟲韻咠哀鴻叫絕許昂霄云借以作波亦如歐公賦末用蟲聲唧唧也數點相和更著芭蕉細雨呂本中夢斷添惆悵更長轉寂寥如何今夜雨只是滴芭蕉避無處這閒愁夜深尤苦范本這作者戈選作只通

掃花游綠陰○周選無此題次首同王氏四印齋本綠陰下有三解二字

小庭蔭碧遇驟雨疏風舊鈔本遇作過剩紅如掃夢窗掃花游亂紅休掃翠交徑小問攀條弄蘂古詩攀條折其榮有誰重到謾說青青比似花時更好怎知道□一別漢南遺恨多少周濟云一■句別本應五字減一字耳紅友詞律未及是誤忘檢校耳按此類甚多若依紅友即應另列一體矣孫校云案明鈔本舊鈔本詞綜歷代詩餘並無空格范本周錄戈選作自而不言其所據今依鮑本王本其實止庵之說未可非也晉書桓溫傳溫自江陵北伐行經金城見少所為瑯琊時所種柳皆已十圍慨然曰木猶如此人何以堪又庾子山枯樹賦

桓大司馬云昔年種柳依依漢南今看搖落悽愴江潭樹猶如此人何以堪

清晝人情悄悄，任客

護簾寒暗迷窗曉羅隱寄徵士魏員外詩窗曉雜譚佚舊盟誤了又新枝嫩手總隨春

老麗情集杜牧遊湖州有老娃引髻女十餘歲牧曰此真國色也接至舟中娃女皆懼牧曰且不即納吾十年後必為此郡十年不來乃從爾所適以重幣結之後周墀入相上箋乞守湖州至郡已十四年矣嫁已三年牧賦詩曰自是尋春去較遲不須惆悵怨芳時狂風落盡深紅色綠葉成陰子滿枝此暗用其事漸隔相思極目長亭路杳歷代詩餘無極目二字攬懷

抱聽蒙茸數聲啼鳥本事詩韓滉鎮浙西戌昱為部內刺史郡有妓善歌舞昱情屬甚厚滉聞其名置籍中昱不敢當為歌詞贈之曰好去春風湖上亭柳條藤蔓寄離情黃鶯久住渾相識欲別頻啼四五聲

掃花游前題○譚復堂云此刺朋黨日繁

捲簾翠濕過幾陣殘寒幾番風雨稼軒摸魚兒更能消幾番風雨匆匆春又歸去問春住否但匆匆暗裏換將花去亂碧迷人劉子翬元日詩山寒亂碧到尊前總是江南舊樹

謾凝佇念昔日采香晏幾道臨江仙與誰同醉采香歸今更何許文鈔本舊鈔本歷代詩餘今俱作人

芳徑攜酒處又蔭得青青嫩茗無數貫休詩嫩茗如水沒金瓶故林晚步李白白頭吟落花辭條羞故林想參差漸滿野塘山路倦枕閒牀司空曙詩倦枕欹徐行正好微

醺院宇文鈔本醺作薰歷代詩餘作醺送淒楚怕涼聲又催秋暮

掃花游 前題

滿庭嫩碧漸密葉迷窗亂枝交路亂紅甚處詞綜甚作任歷代詩餘作濺但匆匆

換得翠痕無數韓維登湖光亭詩翠痕滿地初生草暗影沈沈靜鎖清和院宇柳永女冠子清和院落試凝佇怕一點舊香猶在幽樹濃陰知幾許且拂簟清眠

清真滿庭芳先安簟枕容我醉時眠引節閒步杜郎老去怕尋芳較晚倦懷難賦見前闋箋

縱勝花時到了愁風怨雨短亭暮宋叔夜行船短亭春暮謾青青怎遮春去八家

詞鈔本去作佳亦佳

鎖窗寒 春思○詞綜周選無此題

趂酒梨花白居易詩青旂趂酒沽梨花催詩柳絮徐昌圖詩謝女雪詩栽柳絮一窗春怨疎疎過雨洗盡滿階芳片數東風二十四番適考自初春至夏五日一風謂之花信風小寒節三信梅花風山茶風水仙風大寒節三信瑞香蘭花山礬立春節三信迎風櫻桃望春雨水三信菜花杏花李花驚蟄三信桃花棠棣薔薇春分三信海棠梨花木香清明三信桐花麥花柳花穀雨三信牡丹荼蘼楝花徐俯詩一百五十寒食雨二十四番花信風幾番換了西園宴曹植詩清夜遊西園認小簾朱戶不如飛去舊巢雙燕曾見雙蛾淺白居易贈同座詩春黛雙蛾嫩自別後多應黛痕不展陸游雨晴步至湖塘詩山掃黛痕如尚濕撲蝶花陰孫校云周之琦云四字乎及與本詞不合自是誤筆怕看題詩團扇此效夢窗掃花游倦蝶慵飛故撲簪花破帽試憑他流水寄情遡紅不到春更遠見綺羅香箋但無聊病酒厭

飮毛滂散餘霞夜月荼蘼院更懨懨病酒

鎖窗寒春寒

料峭東風歐陽修蝶戀花簾幕東風寒料峭晏元禮田家五行元宵前後必有料峭之風簾纖細雨李元膺洞仙歌簾纖細雨彈東風如困清真虞美人簾纖小雨池塘過落梅飛盡單衣惻惻白石淡黃柳馬上單衣寒惻惻再整金猊香燼老李庵筆記故都紫宸殿有二金狻猊蓋香獸也故晏公冬宴詩云金猊樹立香烟度洞天清錄狻猊爐則古之踞足■也豆誤千紅試妝較遲故園不似清明近但滿庭柳色柔絲羞舞孫枝云舊鈔本羞作差誤淡黃猶凝　芳景還重省向薄曉窺簾詞綜周錄曉俱作晚嫩陰欹枕桐花漸老已做一番風信清明風三信有桐花風又看看綠徧西湖早催塞北歸雁影等歸時為帶將歸詞綜周錄將俱作春併帶江南恨陸游聞雁詩過盡梅花把酒稀薰籠香冷換春衣秦關漢苑無消息又在江南送雁歸碧山此詞與放翁詩意相近蓋皆有所寄慨

鎖窗寒

出谷鶯遲詩伐木丁丁鳥鳴嚶嚶出自幽谷遷于喬木尚書故實今謂進士登第爲鶯遷蓋出自伐木詩然詩中並無鶯字頃歲省試鶯出谷詩別書固無證援此亦沿當世習俗而然踏沙雁少舊鈔本歷代詩餘踏作離殢陰庭宇周選殢作滯舊鈔本庭作亭殢陰見國語氣無殢陰東風似水尚掩沈香雙戶夢窗鶯啼序掩沈香繡戶恁莓階雪痕乍鋪丈鈔本莓作梅舊鈔本恁字闕歷代詩餘恁梅作看梅李嘉祐詩風潮斂雪痕那回已趁飛梅去奈柳邊占得一庭新暝又還留住前度西園路記半袖爭持張祐五絃詩斜抽半袖紅鬬嬌眉嫵眉嫵見漢書張敞傳庾肩吾詩眉嫵吳娘笑似鹽瓊肌暗怯醉玉千紅深處問如今山館水村共誰翠幄熏蕙炷歐陽修漁家傲畏日亭亭殘蕙炷最難禁向晚淒涼舊鈔本作淒淒八家詞鈔本作悽然化作梨花雨趙令畤蝶戀花彈到離愁淒咽處絲腸俱斷梨花雨

應天長

踈簾蝶粉杜詩蝶衣曬粉花枝午幽徑燕泥薛道衡昔昔鹽空梁落燕泥花間小雨初足又
是禁城寒食歷代詩餘禁作楚輕舟泛晴淥舊鈔本晴作暗尋芳地來去熟尚彷彿
大堤南北案此隱括清真迎春樂而成周詞桃蹊柳曲閒蹤跡俱曾是大堤客他日水雲身相望處無南北望
楊柳一片陰陰搖曳新綠　重訪艷歌聽取春聲元稹早春詩誰送春聲入櫂歌
猶是杜郎曲雍錄樊川東十里有南杜北杜杜固謂之南杜杜曲謂之北杜蕩漾去年春色深深杏
花屋東風曾共宿孫校云周錄東風下有裏字玉本同范本作東風煖曾共宿補煖字案調例似脫一字然因纏聲伸
縮之故詞中前後相當之處間亦不同如李之儀卜算子詞前段末句五字後段末句六字是也今考明鈔本舊鈔本龢本及詞綜歷代
詩餘等並作五字句東風下亦無空格而周玉補裏字范補煖字俱未知所據記小刻近窗新竹清真迎春樂牆裏修
篁森似束記名字曾刊新綠夢窗玉燭新嫩篁細掐相思字舊遊遠沈醉歸來滿院銀燭白居易詩笙歌

歸院落燈火下樓臺樂府水調歌樓前紅燭夜迎人猶遜此句華艷

八六子

掃芳林鮑本注云掃一本作洗幾番風雨匆匆老盡春禽梁元帝春日篇日日春禽變漸薄潤侵衣不斷文鈔本潤作潤葉煥彬云玉篇潤水盈貌本詞首句云掃芳林幾番風雨故下句以水盈承接鮑刻以習見之潤字易之失詞旨矣案葉氏失之好奇潤字生僻不可以入詞清真滿庭芳衣潤費爐烟即此所據嫩涼隨扇初生晚窗自吟沈沈幽徑芳尋晻靄苔香簾淨戈選淨作靜蕭疎竹影庭深謾茂却蛾眉晨妝慵掃文鈔本作謾忘卻又蛾眉晨妝慵掃六字皆空白歷代詩餘同寶釵蟲散鮑本注云散一作拆孫校云花草粹編作拆舊鈔本作折歷代詩餘花本並同李賀詩髮冷青蟲簪張元幹卜算子翡翠釵頭綴玉蟲作拆者是也繡屏鸞破文鈔本歷代詩餘詞譜繡俱作綃花本作絹戈選作繡衾案作繡屏者是韋莊應天長寂寞繡屏香一炷當時■暗水和雲泛酒鮑本注云酒一作雨空山留月聽琴料如今

門前數重翠陰

摸魚兒 宰此與劉辰翁蘭陵王丙子送春陳允平摸魚兒西湖送春同一淒警

洗芳林夜來風雨 清真六醜為問家何在夜來風雨白石月中笛梅花過了夜來風雨 匆匆還送春去

方纔送得春歸了那又送君南浦 楚辭子交手兮東行送美人兮南浦別賦送君南浦傷如之何

君聽取怕此際春歸也過吳中路君行到處便快折湖邊千條翠柳

為我繫春住 詞綜湖作河張先蝶戀花此時願作楊柳千絲絆惹春風夢窗西子妝慢垂楊漫舞總不解將春留住

春還住休索吟春伴侶殘花今已塵土姑蘇臺下煙波遠 越絕書胥門外有九曲路闔閭造以遊姑蘇臺而望太湖 西子近來何許能喚否又恐怕殘春到了無憑

據 舊鈔本無怕字詞綜同選作又只恐 煩君妙語 東坡詩妙語嚼芳鮮 更為我將春連花帶柳寫

入翠箋句 詞綜將春上衍且字

摸魚兒 蒓○樂府補題云紫雲山房賦蒓調寄摸魚兒同賦者五人王易簡唐珏王沂孫李彭老無名氏案無名氏歷代詩餘作陳恕可此五人者皆宋之遺民也

玉簾寒 齋已送節大德歸國詩紫氣玉簾前 翠痕■微斷 歷代詩餘周錄簾作匳痕作縈文鈔本補題同 浮空清影零碎碧芽也 花春洲怨 梅堯臣詩春洲生荻芽 雙捲小緘芳字 李涉和尚書剪見寄詩遠飛芽字警沈迷 還又似繫羅帶相思幾點青鈿綴吳中舊事悵酪乳爭奇 陸機傳機入洛嘗詣侍中王濟濟指羊酪謂機曰卿吳中何以敵此答曰千里蓴羹未下鹽豉時人稱為名對 鱸魚謾好 張翰傳翰有清才善屬文齊王冏辟為大司馬東曹掾冏時執權翰因見秋風起乃思吳中菰菜蓴羹鱸魚膾曰人生貴適志何能羈宦數千里以要名爵乎 誰與共秋醉 杜牧贈李給事敏詩憶君秋醉餘 江湖與昨夜西風又起年年輕誤歸計如今不怕歸無準卻怕故人千里何況是正落

日垂虹怎賦登臨意舊鈔本歷代詩餘皆作落月東天目志及臨安志橋架兩峯白水自峯頂瀉下白虹倒飲五天入澗匌匌砰湃聽之神爽在觀瀑亭數十步名曰垂虹滄浪夢裏川本浪作波縱一舸重游孤懷暗老餘恨渺煙水

聲聲慢此閱疑指西巖事橋下書謂與蘇劉義事雁歸時人未賦歸時西巖北行尚未還也

啼蛩門靜落葉堦深秋聲又入吾廬一枕新涼西窗晚雨疎疎舊香舊色換却清真玲瓏四犯休問舊色舊香但滿川殘柳荒蒲晉書顧悅之傳蒲柳常質望秋先零茂陵遠任歲華苒苒歷代詩餘依荏苒老盡相如李義山詩休問梁園舊賓客茂陵秋雨病相如昨夜西風初起想蓴邊呼櫂橘後思書異聞錄洞庭居有小女謂柳毅曰敢寄尺牘於洞庭之陰其傍有大橘樹君擊之三當有應聲者毅如其言即名入毅月得見洞庭君白石詩橘洲相見訴無書短景淒然殘歌空叩銅壺舊鈔本歷代詩餘詞綜花本叩作扣世說王處仲每飲酒輒歌老驥伏櫪志在千里烈士暮年壯心未已以如意擊唾壺

壺口盡缺清真浪淘沙當時送行共約雁歸時人賦歸歟雁歸也問謾怨歌永瓊壺敲盡缺人歸如雁也無閒選河傳幾回邀約雁歸時違期雁歸人不歸

聲聲慢

高寒户牖虛白尊罍千山盡入孤光文鈔本千山作十人歷代詩餘山亦作人楊慈湖詩三杯虛白洛天真■■玉影如空天葩暗落清香陸龜蒙詩風合落天葩平此哄興不淺記當■年獨據胡床晉書庾亮在武昌諸佐吏殷浩之徒乘秋夜往共登■南樓俄而不覺亮至諸人將起避之亮徐曰諸君少住老子於此處興復不淺■便據胡牀與浩等談詠竟夕怎知道是歲華換卻處處堪傷周錄是作自已是南樓曲斷縱疎花淡月歷代詩餘花作光也只淒涼冷雨斜風何況獨掩西窗天涯故人總老八家詞鈔本總作暗歷代詩餘作縱上復與謾相思永夜相望斷夢遠趁秋聲一片渡江

聲聲慢 和周草窗 ○花本王本有此題他本無案草窗詞題云送王聖與次韻似碧山首唱草窗倚聲和之碧山此詞疑即席賦贈之作周詞有落葉長安之語蓋秋暮同客杭州而碧山將有遠行也其詞一為留別又為草窗賦情侑酒人而云蘋洲漁笛譜一枝春序云寄閒飲客春窗酒酣意洽命清吭歌新製余因為之罷醉此云鬟髻清吭蓋指其人又草窗明月引序云余有西州之恨此云娉婷西州柳亦指此草窗詞有白髮簪花之句案亾謹生於宋■理宗■紹定●五年■壬辰賦此解時當在丙子宋亾後十年亾謹原詞見後附録

迎門高髻倚扇清吭娉婷未數西州 戈選及絕妙好詞箋引州作洲 淺拂朱鉛春風二月梢頭 杜牧詩娉娉裊裊十三餘豆蔻梢頭二月初 相逢靚妝俊語有舊家京洛風流 白石鷓鴣天京洛風流絕代人 斷腸句試重拈綵筆為賦閒愁 猶記凌波欲去 歷代詩餘欲作斷絕妙好詞箋欲去作去後 問明璫羅襪 周録作素襪白石霓裳中序第一明璫素襪 卻為誰留枉夢相思幾回南浦行舟莫辭玉樽起舞 白石琵琶仙為玉尊起舞回雪 怕重來

燕子空■樓麗情集唐元和中張建封鎮武甯有關盼盼者徐之奇色建封納之燕子樓以處盼盼感激深恩不再適東坡永遇樂燕子樓空佳人何在空鎖樓中燕設惆悵抱琵琶閒過此秋戈選作暮秋

補遺

醉蓬萊歸故山○周選無此題蜀本山作里

掃西風門徑黃葉凋零白雲蕭散柳換枯陰賦歸来何晚爽氣霏霏翠蛾眉嫵聊慰登臨眼故園故壘故人如夢登高還嬾數點寒英為誰零落楚魄難招范成大詩錄石誰能招楚魄暮寒堪攬步屧荒籬歷代詩餘屧作屐誰念幽芳遠一室秋燈一庭秋雨更一聲秋雁東坡水龍吟春色三分二分塵土一分流水葉清臣賀聖朝三分春色二分愁悶一分風雨章法相同試引芳樽不知消得幾多依黯

法曲獻仙音聚景亭梅次草窗韻○董嗣杲西湖百詠注云聚景園在清波園外阜陵致養北宮拓圃西湖之東斥浮屠之廬九曾經四朝臨幸繼以諫官陳言出郊之令遂绝園今蕪圮惟柳浪橋花亭光在夢梁錄云

高似孫過聚景園詩云翠雲不向苑中來可是年年惜露臺水際春風寒漠漠官梅卻作野梅閑碧山此詞較高詩尤為淒惋惟案草窗原題作弔雪香亭梅雪香亭者武林舊事云集芳園在葛嶺元係張婉儀園後歸太后殿內有古梅老松甚多理宗賜賈平章舊有清勝堂望江亭雪香亭是一爲內苑一爲賈宅非一處也又案李質房法曲獻仙音題云官圃賦梅和草窗韻三詞意境事物相同而題名互異草窗原詞云松雪飄寒嶺雲吹凍紅破數椒春淺襯舞臺荒浣妝池冷淒涼[illegible]市朝輕換歎花與人凋謝依依歲華晚共淒黯問東風幾番吹夢應慣識當年翠屏金輦一片古今愁但廢綠平煙空遠無語銷魂對斜陽衰草淚滿又西泠殘笛低送數聲春怨

層綠峩峩宋玉招魂層冰峩峩纖瓊皎皎倒壓波痕清淺過眼年華動人幽意相逢幾番春換記喚酒尋芳處盈盈褪妝晚秦補妝作花已銷黯戈選作已悲惋非況淒涼近來離思應忘卻明月夜深歸輦秦補作月明

荏苒一枝春恨東風人似天遠縱有殘花洒征衣鉛淚都滿但殷勤折取自遣一襟幽怨

醉落魄

小窗銀燭賈至詩小窗銀燭夜催詩輕鬟半擁釵橫玉數聲春調清真曲拂拂珠簾歷代詩餘作低拂殘影亂紅撲陳克菩薩蠻花晴簾影紅垂楊斈畫蛾眉綠夢窗花心動賦柳斷腸也蓋眉畫成未就草浣窗沙溪柳搖蛾綠如春眉年年芳草迷金各如今休把佳期卜一欄春情斜月杏花屋

長亭怨重過中庵故園。戈選作長亭怨慢

泛孤艇東皋過徧詞綜王本徧作訛誤尚記當日戈選日作時鄭文焯云日字當作平聲疑時字之譌綠陰门掩戈選门掩作庭院屐齒莓階秦補階作苔朱松蘆檻詩且將屐齒印蒼苔白石清波引屐齒印蒼蘚

酒痕羅袖事何限欲尋前迹空惆悵成秋苑夢窗水龍吟古陰冷翠成秋苑
自約賞花人別後總風流雲散王粲贈蔡子篤詩風流雲散一別如雨水遠怎知流水外
戈選作問水流何處却是亂山尤遠天涯夢短想忘了綺疏雕檻戈選作吟伴望不盡
苒苒斜陽清真蘭陵王斜陽苒苒春無極撫喬木年華將晚白石江梅引俊遊巷陌算空有古木斜暉
但數點紅英魚玄機詩紅英只稱生宮裏猶識西園淒婉鮑本注云一作猶試王本婉作惋

西江月 為趙元父賦雪梅圖○趙元仁字元父號李舟宋史宗室世系表燕王德昭十世孫希挺長子張玉田八聲甘州賦寄趙李舟即此人也

䙡粉輕盈瓊靨石湖紅梅詩午枕乍醒紅粉䙡護香重疊冰綃李商隱利州江潭作水宮帷箔卷冰綃
數枝誰帶玉痕描夜夜東風不掃　溪上橫斜淡影林和靖詩疏影橫斜水清淺
夢中落莫魂消范本莫作漠王昌齡詩莫莫落落路不分夢中喚作梨花雲峭寒未肯放春嬌

元稹連昌宫詞春嬌滿眼睡紅綃素被獨眠清曉

踏莎行 題草窗詞卷

白石飛仙此白石指堯章而用白石先生事神仙傳白石先生中黄丈人弟子也至彭祖時已二千歲矣不肯修昇天之道但取不死而已常煮白石為糧因就白石山而居時人號之曰白石飛仙紫霞淒調草窗玉漏遲紫霞聲杳王易簡慶春宫謝草窗惠詞卷紫霞洞窅雲深案紫霞者楊纘也纘字繼翁號守齋嚴陵人居錢塘甯宗楊后兄次山之孫圖繪寶鑑云度宗朝女為淑妃官列卿好古博雅善彈琴有紫霞洞譜傳世斷歌人聽知音少文鈔本人聽作重恨歷代詩餘戈選作新歌舊恨案蘋洲漁笛譜木蘭花慢序云西湖十景尚矣張成子嘗賦應天長十闋余冥搜六日而詞成異日霞翁見之曰語麗矣如律未協何遂相與討正閱數月而後定是知詞不難作而難於協翁往矣賞音寂然碧山亦用其意幾番幽夢欲回時舊家池館生青草文本作沉沉幽夢小池荒依依芳意間窗悄歷代詩餘作依依芳草間庭悄謝靈運登池上樓詩池塘生春草風月交游山川懷抱文鈔本作風日空留山谷詩人得交游似風月天闊畫圖中江山憑誰

說與春知道空留離恨滿江南文鈔本歷代詩餘戈選離作遺張文潛詩載離恨遍江南相思

一夜蘋花老文鈔本作藚花草窟水龍吟次張斗南韻恨江南望遠蘋花自采寄將愁与

淡黃柳甲戌冬別周公謹丈於孤山中次冬公謹游會稽相會一月又次冬公謹自剡還執手聚別且復別去悵然於懷敬賦此解

花邊短笛岑參詩花邊勢欲欹初結孤山約雨悄風輕寒漠漠翠鏡秦鬟釵別同折幽芳怨搖落素裳薄重拈舊紅萼歎攜手轉離索料青禽一夢春無幾戈選作無著跋云幾失韻鄭文焯云七句不叶按白石自度七曲怕梨花落盡成秋色字是韻中仙傳李石帚豈於未之深考耶姚梅伯校本謂秋色本作秋苑引碧山七句不叶為證然嘉泰本固作秋色詞律從同按戈選碧山詞是闋幾字據舊本校改作著可知姜詞是韻後夜相思素蟾低照誰掃花陰共酌右七闋見絕妙好詞

望梅　一名解連環。文鈔本無此五字梅苑作無名氏花草粹編作碧山金本粹編則作王夢應案梅苑撰集於己酉之歲時爲高宗建炎三年先碧山■尚百年作夢炎者是矣又案詞中想隴頭依約飄零甚千里芳心杳無消息粉怯珠愁又只恐吹殘羌笛与徽宗眼兒媚家山何在忍聽羌笛吹徹梅花同一哀抱詞亦婉約因箋而存之

畫閒人寂梅苑畫閒作畫闌文鈔本王本又作畫闌喜輕盈照水犯寒先坼粹編坼作折梟數枝雲縷鮫綃梅苑數作芳戈云此字宜仄王安石詩祇裁雲縷想衣裳露淺淺塗黃漢宮嬌額王安石詩漢宮嬌額半塗黃翦玉裁冰穠軒詞詩句夜裁冰又鏤玉裁冰著句已占斷江南春色恨風前素豔雪裏暗香偶成拋擲梅苑作晴香如今眼穿故國待拈花弄蘂梅苑弄作嗅元稹詩拈■花盡意憐時話■思憶想隴頭依約飄零甚千里芳心杳無消息陸■詩寄与隴頭人粉怯珠愁又只恐吹殘羌笛陸游詩玉笛孤吹怨夜殘正斜飛半

窗曉月夢回隴驛梅苑回作向戈選隴作古跋云与上隴複。右一闋見花草粹■編

金盞子

雨葉吟蟬露草流螢周錄流作棲歲華將晚對靜夜無眠稀星散時度絳河清淺楊泉物理論星者元氣之英水之精氣上浮宛轉隨流名曰天河又名曰絳河甚處畫角淒涼引輕寒催燕西樓外斜月未沉風急行[雁]吹斷　此際怎消遣要相見除非待夢見徽宗宴山亭怎不思量除夢裏有時曾去盈盈洞房淚眼看人似冷落過秋紈扇班婕妤詩常恐秋節至涼飈奪炎熱棄捐篋笥中恩情中道絕痛惜小院桐陰空啼鴉零亂厭厭地終日為伊香愁粉怨孫校云范本於蟬下補空格一■■地下補空格二注云此調夢窗竹山之作皆百三字萬氏詞律亦然其空處飽本脫去似誤案此調各家平仄句法互有不同趙以夫尚有一百一字體范本妄補殊不足據周之琦謂此与梅溪夢窗竹山金盞子詞句調互異蓋各為一體其說最為閎通

更漏子

日銜山，山帶雪，笛弄晚風殘月。湘夢斷，楚魂迷，李賀詩：楚魂尋夢風颸然。金河秋雁飛。盧照隣詩：金河別雁飛。

別離心，思憶淚，錦帶已傷憔悴。柳永《蝶戀花》：衣帶漸寬終不悔，為伊消得人憔悴。蛩韻急，杵聲寒，征衣不用寬。

錦堂春 七夕

桂嫩傳香，榆高送影，江總七夕詩：漢曲天榆冷，河邊月桂秋。李義山《壬午七夕》：桂嫩傳香遠，榆高送影斜。輕羅小扇涼生。杜牧詩：銀燭秋光冷畫屏，輕羅小扇撲流螢。天街夜色涼如水，臥看牽牛織女星。正鴛機梭靜，張文恭詩：龍梭靜夜機。鳳渚橋成，淮南子：七夕烏鵲填成橋渡織女。李嶠詩：橋渡鵲填河。穿綫人來，月底曝衣。花入風庭，李賀詩：鵲辭穿線月，花入曝衣樓。天寶遺事：宮中結綵樓，祀牛女二星，嬪妃各以九孔針五色絲向月穿之。西京雜記：太液池西有漢武帝曝衣樓，七月七日宮女出后衣曝之。看星殘靨碎，露滴珠融。昌谷七夕詩：露滴盤中圓笑掩雲扃鮑照詩羅景藹雲扃綠盤凝望仙子天寶遺事帝与貴妃每至七月七日夜在華清宮遊宴時宮女輩陳瓜花酒饌列於庭中求恩於牽牛織女星也又各捉蜘蛛絲於小盒中至曉開視蛛網稀密以為得巧之候密者言得巧多云但三星隱隱戈選三作雙竇常詩三星髣髴秋一水盈盈古詩盈盈一水間脉脉不得語暗想憑肩私語鬢亂釵橫長恨歌傳玉妃曰昔天寶十年侍輦避暑驪山宮秋七月牽牛織女相見之夕上憑肩而立因仰天感牛女事密相誓心願世世為夫婦長恨歌七月七日長生殿夜半無人私語時蛛網飄絲霄恨見天寶遺事箋見上夢窗惜秋華七夕露冒蛛絲玉籤傳點催明李義山詩玉壺傳點咽銅龍溫飛卿更漏子玉籤為報明負人間待巧似恁匆匆有甚心情

錦堂春 中秋

露掌秋深盧照鄰詩中天擢露掌花籤漏永那堪此夕新晴正纖塵飛盡萬籟無聲金鏡開奩弄影玉壺盛水侵稜縱簾斜樹隔燭暗花残不礙虛

明　美人凝恨歌黛念經年間阻只恐雲生早是宮鞋鴛小鄭琰詩文鴛竝著交歡鳥翠鬟蟬輕箋見前蟾潤妝楳夜發桂熏仙骨香清看姮娥此際多情又似無情范本多上有道是二字杜牧贈別多情却是總無情草窓江城子樓中燕子夢中雲似多情似無情

如夢令

妾似春蠶抽縷范本似作如李義山詩春蠶到死絲方盡君似箏絃移柱馮延巳蝶戀花誰把鈿箏移玉柱無語結同心蘇小小歌何處結同心滿地落花飛絮歸去歸去遙指亂雲遮處

青房並蒂蓮鮑本注云一作美成作

醉凝眸是楚天秋曉湘岸雲收柳子厚詩寓居湘岸四無隣草綠蘭紅淺淺小汀洲芰荷香裏鴛鴦浦恨菱歌驚起眠鷗朱熹采菱詩一曲菱歌晚驚飛欲下鷗望去帆一片孤光沈約詠湖中雁詩單汎逐孤光棹聲伊軋櫓聲柔　愁窺汴隄翠柳曾

舞送當時錦纜龍舟吳志甘寧水則連輕舟侍從皆被文繡住止常以繒錦纜舟去輒割棄以示奢穆天子傳
天子乘鳥舟龍舟大業拾遺記煬帝遣王宏于士澄往江南採木造龍舟萬艘開河記隋大業年開汴築隄自大梁至灌口龍舟所過香聞
百里既過雍丘漸達寧陵水勢緊急龍舟阻礙虞世基請為鐵腳木鵞驗水深淺自雍州至灌口約一百二十九淺處今亦名隋隄
擁傾國纖腰皓齒笑倚迷樓迷樓記項昇能構宮室經歲而成千门萬牖工巧之極自古無有誤入者雖終
日不能出煬帝幸之喜顧左右曰使真仙遊其中亦當自迷也可目之曰迷樓空令五湖夜月也羞照三十
六宮秋花蕊夫人詩三十六宮連内苑正朗吟不覺回橈水花楓葉兩悠悠右六闋見陽春白雪

碧山事蹟考略

聖與身淪名微其姓氏不見於史乘諸家記敘亦莫詳焉其詩文盡佚玉田鎖窗寒称其能文工詞四朝聞見錄後有碧山陶土或若此何謂殉玉魚詩句志雅堂雜鈔辛卯十二月初夜天放降仙江寧王大圭至問王中仙今何在云在冥司有滯未化有詩云天上人間只寸心煙花雨意抑何深十年尚有橫頭恨燕子樓空斷素琴又詩云繡閣珠簾半未殘中年何事早拘寧春風詞筆時塵暗手拂冰絃昨夢寒此事不經然亦異聞也又撰對苑亦無傳志雅堂雜鈔謂聖予緝對苑一書甚精凡十餘冊止於三字如獅兒橋鳳兒花之類其詞流存於今者僅五六十闋其事則視可竹仁父猶寂寂為攈考之不能悉備

一曰生卒　聖與生卒無記載惟有以公謹玉田之年推索之公謹生於宋理宗紹定五年壬辰一二三二歿於元武宗至大元年戊申壽七十有七玉田生於宋理宗淳祐八年戊申一二四八去公

謹十六歲玉田称公謹曰翁一萼紅序聖與称公謹曰丈淡黃柳序由是知玉
田聖與之年相若碧山或稍長於玉田數歲玉田歿年無確證其
臨江仙序云甲寅年六十七而玉田有瑣窗寒悼於玉笥山是聖
與之歿在玉田之前無疑又據志雅堂雜鈔辛卯十二月碧山已
卒假若卒於辛卯之歲時為至元二十八年一二九一則碧山享
年約四十三四歲此一說也玉田山中白雲詞已亥歲自台回杭聲
聲慢西湖一首有与王碧山泛舟湖曲云云已亥為大德三年又
花外集有丙午赤城山題花光卷之詞丙午為大德十年是碧山
之死在大德十年之後則享年約六十歲然則志雅堂所記辛卯之
歲有誤此二說也以余考之以第一說為是玉田聲聲慢之詞

次己亥之下其詞集年月極淩亂聲聲慢題下亦未標明年月故不足為據碧山題花光卷之丙午疑為丙子之誤淡黃柳別公謹文於孤山中次冬公謹游會稽相會一月又次冬公謹自剡還執手聚別是丙子歲碧山正在會稽其證一也玉田碧山文至浮[illegible]玉田辛卯北歸之後無復与碧山遊跡則辛卯之後碧山必已逝矣其證二也

二曰邑里　玉田瑣窗寒序云王碧山越人也四明志題曰會稽人案史記太史公自序注云石簣山一名玉笥山即會稽一峯十道記以玉笥即石簣在會稽然則聖与號為玉笥山人者以此聖与當終於故里其葬地亦當在玉笥

之下故玉田詞序弔之於玉笥山云有人謂聖与葬於金華玉笥山則未知所據

三日游歷　咸淳十年甲戌在杭初遇公謹於孤山己亥公謹自會稽至剡丙子復由會稽還杭草窗詞中憶舊游寄王聖与者當賦於此時丙子宋亡又數年聖与復至杭法曲獻仙音聚景園之詠俱作於此時未幾還越公謹賦三姝媚贈之有廢宮蕪苑之語正指國變後景物故知非甲戌冬間之事絕妙好詞引延祐四明志至元中王沂孫慶元路學正按至元元年為宋景定五年宋亡於景炎元年丙子即至元十四年也元史地理志至元十四年改置慶元路又案樂

府補題同賦者有唐珏諸人據陶宗儀輟耕錄周廣業會稽
六陵考皆據冬青樹引知君種年星在尾斷為至元十五年（補題之詞多為六陵而作）
戊寅翌年己卯与李彭老張玉田分詠龍涎香白蓮二十三
年丙戌居杭与周公謹戴表元作楊氏池堂讌表元有文
記之廿四年丁亥周密于山陰得王獻之保母帖碧山題云
陶土或若此云云翌年戊子与玉田徐平野泛舟山陰平野作
晉雪圖玉田賦湘月聖与亦有詞惜佚湘月序二十八年辛卯
蓋卒於會稽矣碧山於至元十四年後固未見有至慶元之事
除四明志外亦别無記叙汪伯序云元史百官志各行省設
儒學提舉司每司提舉一員副提舉一員吏目一員司

吏二人屬官無李正之名宋史職官志有提舉司掌一路李政王堅与南宋末掌慶元路李政宋亡歸隱張叔夏題其詞集云野鵑啼月便角巾還第情事脗合（微尚齋雜文卷三）李伯序之說亦非李正之名實見於元典章視同書院山長非命官也碧山苟有其事要亦不謂之敗節。

四明朋輩戴表元獨步當時趙松雪風流籍甚袁清容承剡源之緒奕葉繼華公謹叔夏皆有文字之契獨聖与謝往還可謂自好者矣其生平傳輩公謹則居師友之間玉田為要終始餘則陳允平（見高陽臺詞允平字君衡號西麓四明人有日湖漁唱）趙元任（見西江月元任字元父號李舟辰州教授）李彭老（樂府補題同賦龍涎香荷彭老字商隱號篔房）

高
案彭老年事為　王易簡同賦龍涎香諸詞易簡字理得號可
与公謹相若　竹家亡隱居城南有山上觀史吟
馮應瑞同賦龍涎香諸詞應瑞字　唐珏同賦白蓮諸詞珏字玉
祥父號友竹遺民也　潛號菊山越人六陵
瘞
骨樹以冬　呂同老同賦白蓮諸詞者同老　趙汝鈉同賦白蓮者汝
青樹者　字和甫濟南人宋遺民　鈉字真卿號月
洲商王元份七世　陳恕可同賦蟬者恕可字行之固始人　李居仁
孫善沱之次子　以吳縣尹致仕自號宛委居士
同賦白蓮者居仁　唐藝孫同賦龍涎香者藝孫字　王廷吉玉田聲々
字師呂號五松　英發有瑤翠山房集
慢序剡源集戢隱記王廷吉於越中為故家　仇遠同賦蟬者遠字
在戢山之陽而名讀書之齋曰戢隱　仁遠號山村錢
塘人入元為溧陽李正未幾歸隱　徐平野戊子与聖与泛舟山陰見
有興觀集似同輩中年最少者　玉田湘月
戴表元白珽屠約張模徐天祐陳方洪師中孫晉曹良
史朱棻見戴表元楊氏池堂讌會詩序　林景熙王英孫謝翱同為六陵瘞
骨者　汪伯序誤英孫為沂孫伯仲非是英孫　鄧牧似相識惟不
字才翁會稽人克謙之子當為碧山之友

見文字耳

玉田詞集　草窗之詞得力於紫霞翁君衡受詞於伯父菊坡先生玉田爲功甫後裔寄閒之子惟聖與師承家學靡有聞焉玉田瑣窗寒序云聖與琢語峭拔有白石意度後之論者周稚圭王半塘相與宗之以余考之碧山之詞辭采則乞靈於昌谷溫李觀余斠箋可知又公謹題其詞曰錦囊昌谷須溪贈詞曰嘔心囊句沉鍊則脉法乎片玉夢窗案君特與弁陽交篤聖與或能親炙之其天香無間二窗故得全襲其神貌爲圓照之象務在搏觀兼綜遠蓄斯臻大雅故能質直清空內明外潤學之者踐迹玩之者忘疲規矩準繩過於玉田遠矣　適園藏玉

笥山人詞集舊鈔本後有馮氏手跋云此種詞在南宋至為純正
然亦多可李劉山中白雲全稿中出色固多率意腐庸亦不少未若
玉笥之全美譚復堂亦云玉田時際遭遘而風流弥劭豈非天
正是勁敵但士氣則碧山勝矣
假餘暉回光煥采者乎其詞原題花外集見玉田洞仙歌序又名
玉笥山人詞集文鈔本名玉笥山人詞集注云一名花外集張右銘
江賓谷藏鈔本及天津图書館藏舊鈔本均題
曰玉笥山人詞集鮑本及范玉孫本均作花花外者蓋竹邊花外
外集注云一名碧山樂府皆以花外集為是
之意又曰碧山樂府碧山其字收之句法云碧山終日思無
盡青山故國有餘思焉又杜甫柏李士茅屋詩碧山李士焚銀魚白馬走却身巖居斷碧
分山猶淺語也明王九思亦有碧山樂府今所存者僅五十一闋據絕
妙好詞補七闋又據陽春白雪補六闋梅一闋誤入花草粹編望凡
六十四闋而止焉其與玉田山陰所賦湘月又陸輔之詞旨

所引醉落魄、霜天曉角、謁金门及挑雲研雪諸句今皆不在集中，是知花外集非完帙。今所存者太半詠物及倡和之作，蓋出於後人之輯次，非聖與自訂與公謹所題、玉田所觀者，迥非一本。其版本有江都秦氏、南陽葉氏藏明文淑鈔本郋園讀書志云：文淑字端容，爲衡山之曾孫，祖嘉字休承，衡山仲子，世称文水道人，父從簡字彥可，又號枕煙老人，三世皆以書畫名。後適趙宧光凡夫子靈均爲婦，事蹟見錢牧齋列朝詩集小傳、初學集。此本前有玉磬山房白文長印，玉磬山房者，衡山齋名也，是未適趙時在閨中之作。後有鮑氏正本四字朱文印，則又鮑刻叢書所自出矣。又首葉有石研齋秦氏朱文印，則又展轉藏於秦氏矣。此爲鮑刻之所自出，其中亦多異別，豈鮑氏刻書時頗有出入耶。張石銘藏鈔本見適園藏書志卷十六，江賓谷昱藏兩鈔本一名玉笥山人花外集，爲廣陵吳氏本；一名玉笥山人詞集，爲白门周司農櫟園藏。凡南宋鈔本詞十六家，較吳本爲多。陳世宜云天津圖書館舊鈔本疑即江氏所獲之一。天津圖書館藏舊鈔本意禪室藏宋八家詞舊鈔本鮑氏知不足齋本道光辛丑金望華范鍇同校刊三家詞本[illegible]王氏四印齋本四川官刷局本孫人和校本全宋詞本叢書集成本箋注之事則始於余云甲申冬日涇縣吳則虞

附諸家題贈詞

聲聲慢 送王聖與次韻 周密

瓊壺歌月，白髮簪花，十年一夢揚州。恨入琵琶，小憐重見灣頭。尊前漫題金縷，奈芳情、已逐東流。還送遠，甚長安落葉，都是閒愁。次第重陽近也，看黄花綠酒，也合遲留。脆柳無情，不堪重繫行舟。百年正消幾別，對西風、休賦登樓。怎去得，怕淒涼時節，團扇悲秋。

踏莎行 題中仙詞卷

結客千金，醉春雙玉，舊遊宮柳藏仙屋。白頭吟老茂陵西，清平夢遠沉香北。玉笛天津，錦囊昌谷，春紅轉眼成秋綠。重翻花外侍兒歌，休聽酒邊供奉曲。

憶舊遊 寄王聖與

記移燈翦雨換火篝香去歲今朝乍見翻疑夢向梅邊攜手笑換吟牋依依故人情味歌舞試春嬌對婉娩年芳漂零身世酒趁愁消天涯未歸客望錦羽沉沉翠水迢迢歎菊芳薇老負故人猿鶴舊隱誰招疎花漫撩愁思無句到寒梢但夢繞西泠空江冷月魂斷隨潮

三姝媚 送聖與還越

淺寒梅未綻正潮過西陵短亭逢雁秉燭相看歎俊遊零落滿襟依黯露草霜花愁正在廢宮蕪苑明月河橋笛外尊前舊情消減 莫訴離腸深淺恨聚散匆匆夢隨帆遠玉鏡塵昏怕賦情人老後逢悽惋一樣歸心又喚起故園愁眼立盡斜陽無語空江歲晚

瑣窗寒 王碧山又號中仙越人也能文工詞琢語峭拔有白石意度今絕響矣余悼之玉笥山所謂長歌之哀過於痛哭 張炎

斷碧分山空簾剩月故人天外香留酒殢蝴蝶一生花裏想如今醉魂未醒夜臺夢語秋聲碎自中仙去後詞箋賦筆便無清致 都是淒涼意悵玉笥埋雲錦袍歸水形容憔悴料應也孤吟山鬼那知人彈折素絃黃金鑄出相思淚但柳枝門掩枯陰候蛩愁暗葦

洞仙歌 觀王碧山花外詞集有感

野鵑啼月便角巾還第輕擲詩瓢付流水最無端小院寂歷春空門自掩柳髮離離如此 可惜歡娛地雨暗雲昏不見當時譜銀字舊曲怯重翻總是離愁淚痕灑一簾花碎夢沉沉知道不歸來尚錯

門桃根醉魂醒未

湘月

余載書往來山陰道中每以事奪不能盡興戊子冬晚與徐平野王中仙曳舟溪上天空水寒古意蕭颯中仙有詞雅麗平野作晉雪圖亦清逸可觀余述此調蓋白石念奴嬌鬲指聲也

行行且止把乾坤收入蓬窗深裏星散白鷗三四點數筆橫塘秋意岸嘴衝波籬根受葉野徑通村市疏風迎面溼衣原是空翠　堪歎雪門荒爭棋墅冷苦竹鳴山鬼縱使如今猶有晉無復清游如此落日沙黃遠天雲淡弄影蘆花外幾時歸去翦取一半煙水

聲聲慢

與碧山泛舟鑑曲王蕺隱吹簫余倚歌而和天濶秋高光景奇絕與姜白石垂虹夜游同一清致也

晴光轉樹曉色分嵐何人野渡橫舟斷柳枯蟬涼意正滿西州匆匆載酒便無情也自風流芳晝短奈不堪深夜秉燭來游　誰識山

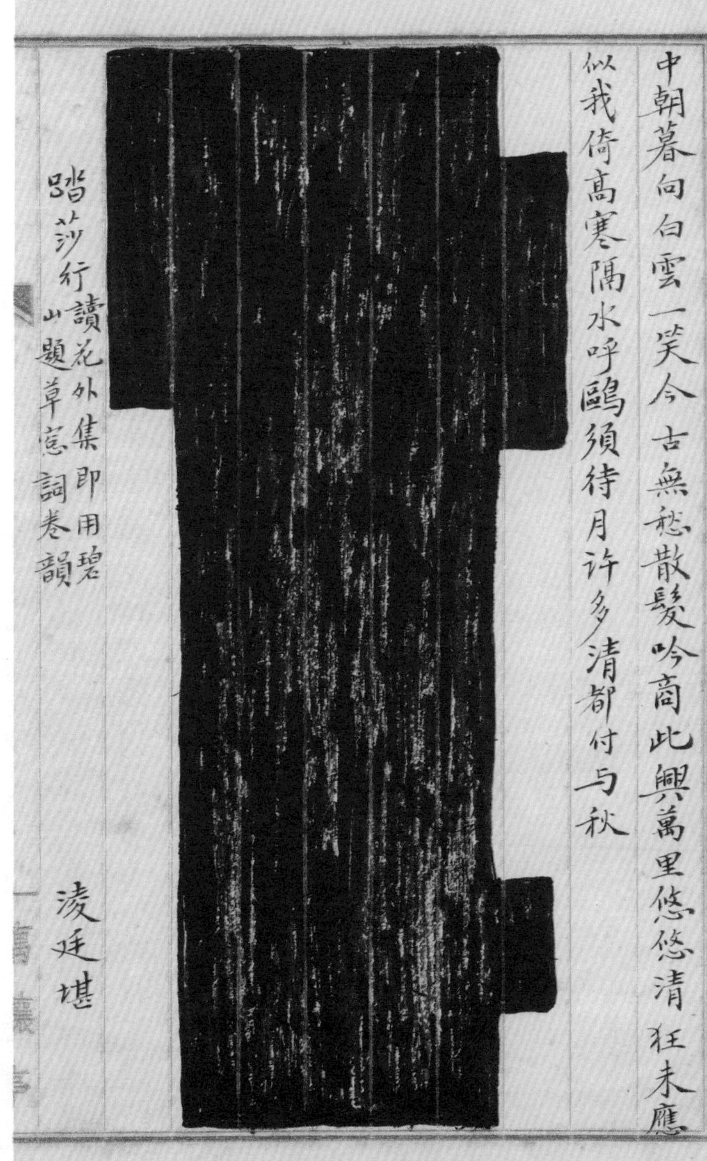

中朝暮向白雲一笑今古無愁散髮吟商此興萬里悠悠清狂未應

似我倚高寒隔水呼鷗須待月許多清都付与秋

踏莎行　讀花外集即用碧山題草窗詞卷韻

凌廷堪

積玉敲聲兼金鑄調除將樂笑齊驅少一從花外翠簾空天涯處處生芳草　梅影深情尊香幽抱於今俊語無人道孤吟山鬼語秋心鑑湖霜後芙蓉老

圖書在版編目(CIP)數據

花外集斠箋 / (南宋)王沂孫撰;吴則虞箋注. --
杭州:浙江古籍出版社, 2023.4
(吴則虞全集)
ISBN 978-7-5540-2276-4

Ⅰ.①花… Ⅱ.①王… ②吴… Ⅲ.①宋詞—作品集
—中國—南宋 Ⅳ.①I222.844.2

中國版本圖書館CIP數據核字(2022)第077811號

吴則虞全集
花外集斠箋
〔南宋〕王沂孫 撰 吴則虞 箋注

出版發行 浙江古籍出版社
(杭州市體育場路347號 郵編:310006)
網　　址 https://zjgj.zjcbcm.com
責任編輯 伍姬穎
文字編輯 屈鈺明 吴宇琦
封面設計 吴思璐
責任校對 吴穎胤
責任印務 樓浩凱
照　　排 浙江時代出版服務有限公司
印　　刷 浙江新華技術印務有限公司
開　　本 880 mm × 1230 mm 1/32
印　　張 12.625
字　　數 190千
版　　次 2023年4月第1版
印　　次 2023年4月第1次印刷
書　　號 ISBN 978-7-5540-2276-4
定　　價 128.00圓(精裝)